悄吟文丛（第二辑）

古耜 主编

若有光

陈蔚文 著

SH 中国言实出版社

图书在版编目（CIP）数据

若有光/陈蔚文著 . -- 北京：中国言实出版社，
2020.12

（悄吟文丛/古耜主编 . 第二辑）

ISBN 978-7-5171-3625-5

Ⅰ.①若… Ⅱ.①陈… Ⅲ.①散文集—中国—当代
Ⅳ.① I267

中国版本图书馆 CIP 数据核字（2020）第 251241 号

出 版 人　王昕朋
责任编辑　史会美
责任校对　王建玲

出版发行　**中国言实出版社**
　　　　　地　址：北京市朝阳区北苑路 180 号加利大厦 5 号楼 105 室
　　　　　邮　编：100101
　　　　　编辑部：北京市海淀区花园路 6 号院 B 座 6 层
　　　　　邮　编：100088
　　　　　电　话：64924853（总编室）　64924716（发行部）
　　　　　网　址：www.zgyscbs.cn
　　　　　E-mail：zgyscbs@263.net
经　　销　新华书店
印　　刷　北京中科印刷有限公司
版　　次　2021 年 1 月第 1 版　　2021 年 1 月第 1 次印刷
规　　格　787 毫米 ×1092 毫米　1/32　10.25 印张
字　　数　200 千字
定　　价　59.00 元　　ISBN 978-7-5171-3625-5

在每一本书是所有的时间，所有的道路

可以肯定，证明人"活着"这事的指标绝不仅是肉体的新陈代谢。在新陈代谢中，有知觉和灵息的参与，才可称为"活着"，否则只是生物性的一个过程，无异于稗草、蟾蜍或鼠类。

每个意识到自己"活着"的人，大概都有其自身的方式。轰烈的，安静的；看得见的，看不见的。看见或看不见，都是"存在"。尽管，看不见，往往不被承认。王小波的哥哥王小平曾写道，"这个世界提供给我们的东西，除了表层的符号外，还有一些深层的实质性的东西。表层的符号多半是浮光掠影、无足轻重的东西，就像一件物品或一个人的名号，对事态没有实质性的影响……除了无关痛痒的符号外，还有一些实实在在地影响我们存在状态的东西。感触的层次之下，还隐伏着更深一层的实质，这些东西才是这个世界较为深邃的一面"。

可惜这个世上表层的符号总是强势地不待见那些隐伏的东西，认为标配外的"存在"是不存在的。

然而诚如王小平先生所说，在名号以外，譬如那些奇妙的感触，以不同方式搅动内心的波澜，这些东西才显示了世界的深邃。它和具体参数无关，通向一次艰难而愉悦的探寻，通向不可穷尽。

"当我们呼吸正常时，并不认识到这是多么重要，而急促的呼吸降临身上，才想到呼吸是我们的命根，是所有正常生活的决定因素，将一种曾经认为是恒定的力量因而被永远忽略的东西忽然推到眼前，这就是所谓的存在。"

写，也是寻找"恒定因而被永远忽略的东西"的一个过程。它囊括世间的蝇营狗苟、生老病死，囊括了探索自我以及外部的历程。

此前虽有无数雄椽巨笔录下过这些，可我的亲朋和邻居二大妈刘胖子没被录下，某条青春期的郊外公路没被录下，某家消失的小食店、某块老厂区黑板上的手写告示没被录下，某次旅途中，一个流浪汉用仅有的小盒牛奶喂他的狗没被录下……

我的写，于是成立。

像穿过开往霍格沃茨魔法学校的神奇站台——在九号站牌与十号站牌间，有个胖女人告诉新生哈利·波特，"别停下来，别害怕，照直往里冲，这很重要"，哈利弯腰趴在手推车上，向前猛冲，眼看离检票口栏杆越来越近——他已无法停步——手推车也失去了控制，他闭上眼睛准备撞上去，但是并没有。

当他睁眼，一辆深红色蒸汽机车停靠在挤满旅客的站台旁。哈利·波特回头一看，检票口的地方竟成了一条锻铁拱道，上边写着：九又四分之三站台。他成功了。

罗琳的这段描写，着实精彩！它打破了一道重要的隐形界限，将现实与魔幻结合，创造了和人类列车并行的另个时空。

那个九又四分之三站台，也可视作生活与文学之间的镜像。当写作者受激情驱使，不停下，带着探索的劲头照直往里冲时，就冲进了生活的另一个维度，与生活平行但更加深邃的内部。

人间万相，汤汤浊流，太阳底下无新事，这个世间永是一个纷沓的实体。经由文学棱镜的映射，周而复始的线性生活有了廓影、深度、体量和质感。

文学的"晶化"使世俗有了另一向度的意义。即便最贫穷低贱者，如福楼拜《三故事》中的主人公费丽西蒂，一个虔笃的贫苦女佣，在文学里却有了属神的可能。她身上的贫贱标签也无法阻止她对他者之爱，从中显示了人的希望。契诃夫式的人的热力。这动人的庄严，就像穷人诚心为客人奉上的一杯热茶。

"每一本书是所有的时间，所有的道路。它们排列，叠加，缠绕，交通，把你围拢在以书为墙的那间书房里，你在其中的命运无非是不知所云"，在图书馆连排的书架中，如入时间的迷宫。惶惑及疑问同时敲响：这世上，还缺你的这一份写吗？

　　同类的问题是：这世上的人够多了，数量比最宏大的图书馆的藏书还要多上许多，你还有必要活吗？你活着会对人类提供什么新意义？为什么你不怀疑这个呢？连闪念都不会，因为你从不是为世界与人类而活。

　　你为自己，为需要你的人而活。写下亦然。我，可以是我们。我们，不一定是我。

　　文学将一粒米从米仓中辨认出。

　　写，使你一次次地高过自我，翻过此前以为不能的山头。

目录

辑 一

辑 四

辑
一

若有光

在我以前没有时间，在我以后没有存在。时间
与我同生，时间也与我同死。

——丹尼尔·冯·切普科

1

"每天倒着写五个字！"我再次建议正找东西的母亲。
是一档电视节目里介绍的，说倒着写字可防阿尔茨海默病
（它曾长期被称作老年痴呆症）。母亲置若罔闻，只顾满屋
子翻找。

钥匙、钱包、票据、病历……寻找已成母亲的日常
例课。

"到底搁哪了？"她苦苦寻思，得出结论，而后推翻，
重新回忆。事实上她的回忆越来越不可靠。她的忘性虽大得

还未对正常生活构成要害性影响，只频频添些乱，却也够呛。比如最近一次她认定手机失窃，立即报了停机，半小时后，她发现它就在兜里。

她有时和人说到我或姐姐的过往，以一种具有小说家潜质的叙述侃侃回忆，而往事并非如此。她对我的不认同颇为不满，认为我试图篡改历史，她比我早二十八年进入这世间，当然比我更有发言权。有时她对同一桩事件的回忆会出现若干版本（甚至前后矛盾），但她不容人置疑。

在与她争执无果时，我真希望能有白纸黑字的当年记录以作佐证。但没有，事物正行进时，没人认为事实会被疏忘与混淆，然而，它以比我们想象快得多的速度变得模糊。

母亲建立起一套自己的往事体系，她的听力日益下降，这为她杜绝他人的干扰进一步提供了保障。她获得了记忆绝对的话语权。

据资料说，人脑的眼窝前额皮层，有一个鼎鼎大名的"奖赏系统"。它指挥人们去寻求快乐，与其他额叶皮层一起见识大脑中产生的感觉、记忆和想象信息，区分真实和虚幻，设定信息的优先级。当眼窝额叶皮层出现问题时，就可能导致"虚构症"。虚构症者往往以"脑补"的方式来填补记忆间的空白。

对母亲接下去的晚年生活我不无担忧，怕她套牢在寻找中。找钱夹，找钥匙，找名字，找莫须有的往事……

有时和她争辩时，我告诉自己，何苦争呢？宏大的人类历史都不知有多少虚构，就如《人类简史》的作者、“70 后”历史学家尤瓦尔·赫拉利所说，“讲述虚构的故事是人类大规模合作的核心”。赫拉利还说，“公司、金钱，也都不是客观存在，而是虚构出的故事”。

如果一切都是虚构之物，我干吗要和我妈争个子丑寅卯呢？

我对母亲的担忧，逐渐转为对自己的——寻找的场景已从她的日常复制进我的生活。我寻找的频率并不低于她，只是动静要小些。

遗忘业已侵入我中年的身体 U 盘，格式化掉不少内容。

有一次会议，有人热情向我打招呼，我尴尬微笑。啊，这个面熟的人，这似曾相识的声音……在哪里，在哪里见过你，我一时想不起。直到次日，我突然想起她是谁，是的，一个月前我们参加同一个活动，当时还聊了一会儿。

还有次，某培训班同学聚会。我带了些新书赠大家，签到其中一位女同学时，我竟然忘掉她的名字！她守在一旁，兴冲冲等我签下。我几乎想丢人地询问：你叫什么？笔悬半空，顾左右而言他，尽可能拖延落笔。芒刺在背，女同学神色已有疑。一位同学从外面进来，一阵寒暄，我装着打电话迅速打开同学微信群，查到她的名字……

类似事情的频繁发生使我想到“短暂性全面遗忘症”——此病表现为短暂性失忆，与其他失忆不同的是当事者记得个人信息，认知也无障碍，失忆内容往往几天后会逐渐恢复，但也有永远丧失部分记忆的。

再纠正母亲的回忆时，我有了动摇：没准她的记忆更牢靠？

当马尔克斯笔下魔幻的马贡多镇集体患上遗忘，居民们给每样东西标注名称，在路口贴上"马贡多"，以免忘记故乡的名字；在镇中心贴上"上帝存在"，以免失掉他们的信仰——文字成为拯救记忆的最后路径。

我为儿子乎乎记日记（有时是周记或月记），大概也为避免今后重蹈母亲凭一己记忆定义往昔岁月的覆辙吧。问题是，乎乎今后对这些琐屑之事有多少回顾的兴趣？与其说，是我为他提供成长的佐证，不如说，是我借由日记定格这些岁月，以抵抗今后衰老带来的各种遗忘……

2

"家乡的真正危险不是骗子，而是八卦，住着一群记忆力超强的人，左拾遗右补阙……"台湾作家唐诺说。这简直像说女友 Z。她之所以离开江南小城，只身漂在上海，就为逃离家乡那群"记忆力超强的人"。他们一直记得 Z 与当时男友的恋爱始末，记得 Z 与男友母亲的一顿大吵，还有男友后来的婚事。

憎恨平庸，认为平庸是种不可恕罪行的 Z，不能忍受自己的经历为小镇生活贡献新的平庸——那种茶余饭后，闲聚一处的"左拾遗右补阙"。在邻里唇舌间，她与前男友的情史不断演绎，永不能翻篇。

仿佛用张失效船票，她一次次被推上并不想登上的客船。

Z辞掉家乡安逸的工作，只身去沪。她喜欢上海这城广阔的层积，足以容纳大量匿名者。往事成为秘密，得以恪守。

在沪的第五年，Z买下一套中山公园旁的小二手房。她和它都是旧的，对彼此又都是新的。也像与上海的关系，各自旧着，又都互为新人。她隐在这座城中，避免口舌拨弄。

对Z，这是一座"看不见的上海"。那些乱糟糟的往事，沉下去，生出暗绿苔藻。她通过一个隘口，凫游进另一个宽阔水域中。

这是许多人去到大城市的理由吗？一座深阔的城市，其深阔成为个人的掩体。

卡尔维诺在《看不见的城市》中写到贝姬的居民，这座城里居民的记忆会在每一天的零点被清空。在一次次的记忆重启中，居民们获得了永生——死亡对于他们没有意义，死亡也不过是完成一次清零，因此死神也远远地避开了这座纯洁的城市。

婴儿般纯洁的居民，每天重新出生一次，清白地住在这座失忆之城里。某种意义，大城市也是这么座失忆之城。它像一块巨型海绵，吸汲着记忆。

Z又从上海去了南欧。出国前一年，她的房内贴满西班牙语单词。冰箱、床头、橱柜，甚至马桶。手机调成西班牙语制式。四十二岁的年纪，她被扔向天空，落在二十七个字母的异国，离江南小城（连同上海的若干故事）愈远。记忆进入新的飞地。

3

电视剧里的某个男人有些眼熟，像一位旧友。他的名字再想不起。除了面容，其他部分已虚化，消失于记忆之河。这条河里壅塞诸多沉落物，正如我也是他人记忆河中的沉落物。

亲人，会不会彼此遗忘？

某年春节，去女友海茗家，她给我们看去陕北高原旅行的照片：她头裹花布骑在马上，模样俊俏。她母亲，一位八十多岁的老太太凑过来，端详照片，问这女子是谁？我们说，是您女儿哇。老太太满意地点头，一会儿又指着照片问，她是谁？有时老太太会看着海茗，羞涩而惶惑地问："你是谁，干吗对我这么好？"

失忆症向来是影视剧热衷的桥段。主人公因失忆，人生重来，把棘手问题往失忆症里一扔，最后电光石火，找回记忆。现实版"失忆"情形要残酷得多。它多和阿尔茨海默病勾结，成为国际上继癌症之后第二个让人害怕的病症，医学释之为"一种进行性发展的致死性神经退行性疾病,临床表现为认知和记忆功能不断恶化,日常生活能力进行性减退,并有各种神经精神症状和行为障碍"。

海茗的老母亲,每日站在七楼窗口向下望,看见了什么?她认不出从自己体内分娩出的儿女,这一刻,尘归尘,土归土,她把一切交还尘世,去了另一个时空。那里,深林人不知,明月来相照。

海茗的老母亲是幸运的,有几个轮流照管她的儿女。我的旧邻方老师,则没这么幸运,阿尔茨海默病将其晚年送入悲惨之境。她是解放前大学生,在北京工作多年,一头银发,风度雍容,普通话纯正。丈夫老卜搞文史研究,早年就读于北大和清华,魏碑功底深厚,在文化部工作时和赵树理是同事。一次中风后,他走路姿势变得十分奇怪,一只手朝内蜷,定格髋骨处,另一只手持拐,每行一步,牵一发而动全身,艰巨犹如将一堆报废零件努力拼拢一处。他坚持每日晨昏在院里走若干圈,但不久后还是走向了死亡。老卜走后,方老师精神渐恍,患上阿尔茨海默病——这对一个体面的知识女性来说,是比死更可怕的病。儿女极少来,请了个阿姨。阿姨不善,嫌照看麻烦,给方老师吃得很少。防盗门后,她究竟过着怎样的悲惨生活邻居是不知的。只是从方老师的消瘦程度可推断,阿姨的照管相当马虎。

院里人提起方老师都唏嘘,有人向她儿女单位反映过,但家事究竟难管,未有下文。

某年秋天深夜，院里突然响起喊声，是方老师。院子铁门锁了，她奋力拍打，嚷着要出去，到北京给红军战士们送草药，大伙正等着。年轻时，方老师曾在离毛主席很近的岗位工作，这是她一段辉煌的人生记忆。

她心急如焚地喊着，普通话字正腔圆，她求门卫开开门！北京等着她送药救人呢！

谁来救她呢？

院里几人出来，劝方老师。可她焦急执意地要去北京送药，人命关天，背负革命重任的方老师态度越来越激烈。这位知识女性蓬发趿鞋，在黑夜中声嘶力竭。

我母亲几经周转，查到方老师女儿电话，打去。对方推拒有事，口气中有嫌我们狗拿耗子的不耐烦。

无奈，我跟方老师说，北京刚打电话来，一定让您明天再送药去。反复劝说，她将信将疑，踽踽走进楼道。不久后传来方老师去世的消息，院里人私下说，她近乎是饿死的，保姆嫌恶她拉在身上，常饿她……

一个被记忆抛弃的老人，也被尊严所抛弃。

有资料显示，近年中国阿尔茨海默病患者已逾千万。预计到 2050 年，患者人数将达 2700 万。并且，中国大多数阿尔茨海默病患者都错过了最佳诊断时间，"中国 AD 病人从出现症状到首次确诊的平均时间在 1 年以上，67% 的患者在确诊时为中重度，已错过最佳干预阶段"。

曾经，我觉得肉体的疾痼是最可怕的，现在我觉得比肉体之疾更可怕的是精神症疾。它使人尊严受辱，斯文扫地——那时即使肉身完好又有何意义？

我想起我妈，从事财务工作一辈子，做过的报表连起来长度和那个奶茶杯子近似，亲友公认的"脑瓜子好使"，如今她的忘性愈来愈大，记忆于她有时像那个纸条游戏——A事件的时间搭上B事件的地点，再绕上C事件的人物，组合成一桩重新创造的事件。

我自己无疑也属"用脑过度"人群，码字生涯加上失眠增殖出的思虑碎片，让我对今后患上失忆症的概率毫不乐观。

复旦大学附属华山医院一位神经内科主任谈到阿尔茨海默病与年纪大了记忆减退的区别时说，有四点可判断：一、前者经提醒也想不起许多事；二、对周边环境失去识别能力；三、逐步丧失生活自理能力；四、基本无烦恼——这第四点，听去像是对此病的一些精神补偿。若真如此，此生"想多了"的苦算得到根治性矫正，一切折磨人的记忆从此去向"无执无障"，干净了断。

可是，与难以忘却的苦相比，我为何更恐惧的是失忆后的"放下"——那如断崖下的万丈空白？

4

纳博科夫说："生动地追忆往昔生活的残留片段，似乎是我毕生怀着最大的热情来从事的一件事。"他的意思是，记忆是一生最重要的不动产。

可这笔不动产若遭贼呢？贼还不是外来的，是"监守自盗"。

和纳博科夫相反，博尔赫斯在一次访谈中说，如果世间真有上帝能赐予永生的话，他希望上帝能赐予他遗忘，"我宁愿不知道博尔赫斯的所有情况，不知道他在这个世上的经历，如果我的记忆被抹掉，我就不知道自己是否存在了——我的意思是说，我就不知道自己是不是同一个人了"。

"我"与"非我"，不仅仅是博尔赫斯的迷宫，也是更多人的迷宫。

有次听亲戚说起我青春期一桩事，几乎不能信，那个不可理喻的家伙怎会是我？在亲戚的陈述中，那个家伙乖张敏感，长满倒刺。我像听一个陌生人的传闻般，听亲戚说着，带着一点尴尬的侥幸：我不记得，那就不算数。

但我其实知道，那的确曾是我，敏感尖锐——那看似朝外的刺，刺向的其实是自己。

在遗忘类型中，大脑会自动升成一种"选择性遗忘"：遗忘内容经过高度选择，以满足特殊感情的需要。例如，完全忘记某一重大事件的经过，以致矢口否认此事曾发生的事实。这种遗忘方式，就像人遇上红灯，会本能自动地刹车一样。

上过一堂心理课。上海莘庄，在美国心理女博士的指导练习下，有人在台上痛哭失声，描述自己"像陷在一个洞里"，那个黑洞就是她的创伤旋涡：她和父母的关系。另个衣饰讲究的女人上台，在博士指导下，她亦突然失控，泪水迸发，因为与女儿的关系。她说女儿曾有很长一段时间说话不敢看她的眼睛……

台下的我诧异于她们上台与当众痛哭的勇气。大概，人人内心或都有个或浅或深的"记忆黑洞"？青春期郊外一座小桥边，我和女伴聊天，聊到成长，她突然说，我永远不会说出一件事。幽暗中看不清她的脸。她的声音低而坚定，表明她将永守一桩秘密。晚风吹来草皮与河水略腥的气味，货车从公路疾驰而过，卷起一波波尘土。

重潜那个黑洞，就能获得救赎与光明？那次课上，我问自己，你有勇气上台吗？有勇气当众潜入记忆深处去作回顾吗？不！我知道自己多紧张于这一切的发生。那些旧日之伤，请停驻原地，我已走远，琐碎如蚁而心系一处地生活，人生愿景不过如王朔所言，"不闹事，不出幺蛾子，安静本分地等着自己的命盘跑光最后一秒"。

那天的课没上完我就返程了。午饭前，我突然感到身体难以描述的巨大不适。出了教室，我在院里的一架紫藤下想等待不适过去，想坚持把下午的课上完，但不适愈来愈严重，严重到返程像是桩不可能完成的任务。

接下来，莫名大病一场，各项检查都查不出具体症结……

记忆的本能，懂得趋利避害。选择性遗忘可以有另一个命名——"保护性遗忘"。

不过，并非所有"被遗忘"都能得到保护，譬如情感上的"盲视背叛"。

整整有几年，我都充当着亲戚 X 的心理辅导师，自从发现丈夫外遇，她就陷在自我折磨与折磨他人的双重角色中。她拒绝离婚，四处跟踪丈夫，同时原谅他一次次谎言。她无法消化掉的深入骨缝的痛苦，部分化作对亲友熟人的倾诉，我成了她重点倾诉的对象。但后来发现，一切劝说其实无效。她一次次原谅背叛的伴侣，无视对方的冷暴力，她不愿为承认这背叛而选择离婚。她宁肯"忘记"，像钻进沙子的鸵鸟——不，鸵鸟钻进沙子以躲避危险原本是人类长期以来的误解。事实是，鸵鸟一旦发现敌情，会将脖子平贴地面，身体蜷曲，以暗褐色羽毛伪装成石头或灌木。它们并没钻进沙子，否则肯定会被闷死。

而"盲视背叛"者的所谓"忘记"，却是真正一头扎进了沙子。

她终于离婚了，独自回家乡小城生活。离她最初发现丈夫的背叛，已过去十年。

5

"作家们最习惯于找到过去的现在和现在的过去，永远生活在时间的叠影里。"重读《小团圆》时想到这句话。一个优秀作家，正是时间地质的勤奋勘测者，如张爱玲。她强大记忆复苏着那些一掠而过的细枝末节，易被常人疏忽的语调、眼神、手势……它们是小说，也是她人生的一部分，她从没丢开的一部分。那些"嘈嘈切切错杂弹"的记忆始终蛰伏于她异乎敏感的神经。这书从20世纪70年代开始创作，张已年过半百，她开始借《小团圆》对过往做个总结。至去世，稿未能完成，也未曝光，遗嘱中她要求将手稿销毁。往事历历，不吐如鲠在喉，吐了恐惹非议。但终于，还是示予了天下人。

博闻强记，与其说是技艺，不如说是命定。好比张爱玲，她注定要借"九莉"还魂。

称职的作家兴许都像一种鸟——克拉克星鸦，为储备冬天的粮食，星鸦辛苦劳作，收集森林中的松籽，然后埋在一个很远的地方。每年秋天，一只克拉克星鸦要将二点二万到三点三万粒松子埋藏在五千个不同的地方。待到冬天食物稀少时，它们逐个挖开埋藏点，不论时隔多久，总也不会忘记藏粮之地。

有些人一生混沌，如传说中只有七秒钟记忆的金鱼，他们所经历的重大事件只是"物"，没有引申，不加注释。

不肯忘者，他们皈依记忆，为之立传。

张纯如，这个美丽的华裔姑娘写成二十万字的《南京大屠杀：第二次世界大战中被遗忘的大浩劫》，在搜集资料过程中，她患忧郁症住院。张纯如最后的精神崩溃乃至举枪自杀，与"浸入式"写作此书显然有关。

传说中的匠人，以身为薪，瓷器方得以烧成。张纯如们，也同样跃入历史的熊熊窑火，明知不返，却执意将自我血色熔入其中。

当某些记忆变得吞吐、游移乃至滑向"集体无意识"时，总有决不妥协，沿献祭道路而去者。他们用提前殒没的背影提醒着历史的真相。

6

"越近的事情越容易忘记，越久远的事情反而记得越是清楚。这是初老症的症状。"对照此条，我大概还非初老，是中老了。因为常忘掉近事，却连在摇篮中被姐姐不慎推翻在地的惊慌都记得。还记得一些场景与瞬间——童年的寒冬早晨，外公用煤油炉煮面的香气；七八岁时，家里窗台上盛开的鸡冠花、指甲花，院子里的夜来香和红艳的美人蕉；江边往来的驳船，天空的流云，施工队在街道挖出的一铝盒锃亮针具，引发各种充满离奇想象的街坊猜测；小学二年级，从外公家旁的街道小学转入父母家附近的重点小学，让我先考试的女班主任威严高大的身影（这个乌云般盖下的身影成为她所教授的数学的隐喻）；学校隔壁省委大院内的柚子树和紫云英，雨天沉甸甸地落在地上的紫色泡桐花。还有，邻班一对高挑清丽的表姐妹在夏日街上走着，穿牛仔短裤，露出在那个年代显得惊世骇俗的白皙美腿。多年后，看电影《西西里的美丽传说》，影片中玛琳娜走在西西里岛小镇的那双美腿顿时让我想起她们。

进入这所重点小学后，不快的回忆愈来愈多。同学对我这个插班生的疏离；十岁时外公的离世；每回父亲从部队探亲回来时我的惊慌（这意味着母亲的告状与父亲的"整风"）……

"像一个夭折的婴儿／种进土壤里／生根 发芽／一再重复地长出他自己。"我在一首诗中曾写道。

一生再长，或许都是童年的某种延续与变体。

再有一些凌乱的青春记忆：暴雨夜的通宵电话，摩托车掠过的立交桥，厚厚的几大本日记，拒绝与被拒绝，出走与归来……没有主线，每一天都在渴望后一天，每一天都在懊悔前一天，心智孩童般不定，又如老人般迟暮。像茨维塔耶娃的诗句："我的青春！——我不会回头呼唤，你曾经是我的重负和累赘。"

转眼坐四望五，距印度作家阿兰达蒂·洛伊《微物之神》中说的"三十一岁，一个可以活着，也可以死去的年龄"已逾十年。还在努力活着，愈来愈靠近"夕阳红"模式。但身体的疲势仍不容分说，包括记性的衰退——据说到了四十岁，脑神经细胞的数量开始以每天一万个的速度递减，从而造成记忆力下降。是的，夜半忆旧事，恍如前世。诗人说，"只要想起一生中后悔的事／梅花便落了下来"，现实中，梅花并未落满南山，只有懊恼弥漫，天迟迟不亮，仿佛"被灌进一整个冬天的黑暗"。

那些旧事部分被写下，部分的，永不会被写下。已发表的绝对诚实的文字是稀有的。在写下（发表）与真实之间，注定隔着不可被全部指认的罅隙。

或许只有日记相对诚实。

八月，在去北欧与俄罗斯旅行途中认识一位湖北黄石的冯老先生，从赫尔辛基到彼得堡的车上，他埋头记着日记。从小学六年级起，他已记了五十多年的日记，一天不落。

回国后，他拍了几则行程日记给我看——

2016.8.20 星期六 阴 阵雨转多云 彼得堡—莫斯科

彼得堡时间五点起床，在宾馆大厅遇一北京游客，一聊，知与我同年同月出生，与我同届（高66），且性格兴趣同。他参加的是俄罗斯十日游，除俄罗斯莫斯科彼得堡外，还有新西伯利亚和莫彼之间的一个小城，原价九千元人民币，因有人临时退团，他捡了一个漏，只花了六千元。互相交流了旅游经历及感受，像是久别重逢的朋友，聊兴浓，话无尽，情难舍。

我对俄罗斯有难舍的情怀，这可追溯到60年代初上初中，那时我迷上了俄语，并把到苏联留学作为自己的目标，因而俄语成绩不错，1963年初中毕业，高中全市统考，我因俄语九十九分的成绩被优先录取省重点高中——黄石一中。高中三年我也把俄语作为我学习的重中之重，1966年填写高考志愿，前三都是外语专业。这个梦经过半年的迎考准备，因"文革"开始而化为泡影！更黑色幽默的是，在"文革"初期查抄学校档案时，发现全校应届高中保送生中，有保送我上北京外语学院的学校推荐书。很久以后，当听到这个迟来的信息时，我已下放农村插队，在广阔天地里接受再教育。再次燃起希望是在十二年后的1978年，恢复高考的第二年，因年龄限制（外语专业限二十五岁以下）我未能如愿进外语系，而被无多大兴趣的财经专业录取。这就是我的俄罗斯情怀，所以，退休后的第一次出国，我就选择了俄罗斯（2006年）。这次北欧四国加俄罗斯是旧地重游，仍心潮澎湃，激动不已。

……

人间惆怅客，笔底忆平生。五十多年的岁月串联而成的日记，不，应当是五十多年日记串联而成的岁月。这次旅行后，黄老先生和一位同样热衷行走的老友建了个小群，把我也拉了进来。他们分享着与老伴共走天涯的记录。黄老先生最近分享的是"大巴尔干希腊九国十六日游记"，还发了不少视频与图片，包括南非开普敦豪特湾的海豹岛上，数以万计的海豹栖息礁石的奇观。

感佩这些老人的脚力与心力，他们尚有去看蔚蓝的大海和船帆的热忱，并进行记录。而我成为一个所谓的职业写作者后，反而很少以日记的形式记些什么，包括这些年的异邦旅行，旅途中多用手机镜头记录，结果是不少记忆始于手机镜头，也终结于镜头，行走杂糅成一片走马观花的景状。澳洲的海和加拿大的海混在一块，意大利帅哥的脸和德国乐手的脸重叠一起，纽约的太阳辐射着洛杉矶的楼宇，那些古老辉煌的教堂，多数想不起名字，只余相似的庄严……

我是真的到达过这些地方？对一名路盲与健忘者，旅途何以成立？

所幸，还清晰地记得一些与人有关的画面。

新西兰的一所教堂（关于它神圣的背景资料全忘），一如其他到过的教堂，华美的穹顶使无神论者都会产生上帝在俯瞰的错觉。东张西望间，见进门左手边有座钉在十字架上的耶稣像，一位短发的东方女子抱紧耶稣的腿，像抱紧骨肉相连的亲人，抱紧所有的罪与罚。她久久地，一动不动。这具清瘦背影，与传说中钉在十字架上的耶稣身影一般让人震动。直至出教堂，我也没看到她的脸。一个在承受也在被慰藉的背影，这背影，仿佛是更多人的背影——负轭前行中对希望与救赎的苦苦寻找。

北欧，从挪威峡湾盖洛小镇去往松恩峡湾的公路上，大巴车窗掠过不远处的山头，成片的积雪还未化，在阳光下闪烁着碎片的光……寂静的公路忽然掠过一个人，孑然走着，在这前不着村后不着店的公路上，不可思议地走着。大巴飞快地往前开了十几分钟，半钟头，个把小时，仍未见到任何人迹（包括服务区，加油站，商店）的公路上，刚才那个行走的人像是错觉。但我分明看见了他，像一只微小、固执的蚁，也像是超现实的神的信息。

温哥华的史丹利公园，一个跛腿老男人用摄像机偷拍一位躺在公园长椅上小憩的女人（她有着迷人丰满的腰臀），阳光照射着他的紧张与迷恋，我甚至想象他的手指正微微发抖；夕阳中的澳洲海滩，金色短发的同性恋，她们长久倚靠一起，偶尔微笑对视一下……

这些画面，偶从尘世生活里跳出，像灰白风景画中的一抹彩色，吸引我的下一次行走。

记忆是有定向的，向一些事物关闭的同时，向另些事物打开。定格下来的记忆，似乎超越了风景的存在而成为一种独立画面，成为某种隐喻与化身。

这些记忆，以及另些可堪记取的事物，从一地鸡毛的俗世生活里浮现。如是我见，如是我闻，它们将生活的庸常性与神圣性奇异地融合在一起。

7

秋天，从常走的一条路——省府大院内的一条小路——走过，两旁杂花生树，金桂馥郁，20世纪七八十年代的三层楼房皆由青灰砖砌成，鸟雀穿梭于高大树冠间（一只黑白羽翎的伯劳鸟活像风度翩翩的小开），一条英俊的白色哈士奇大狗懒洋洋卧于路中，即使对面骑来一辆自行车它也懒得动弹下，车得绕着它走。因为它的英俊，人们都好脾气地配合它的任性。每回经过，我与它对视几眼，看着就要笑起来，它的眼眸有孩子的神情。

傍晚，某个窗口传来钢琴声，另个窗口飘出烩小杂鱼的香味，贯通着童年未被篡改过的气味。路边大丛夜来香（它有个好听的学名晚香玉）随夜色加深，释放出令人昏眩的香气……

这一切，像为永恒而搭建的布景，近于梦魇，是的，很快这个位于市区中心的大院就要翻天覆地了。随着省政府迁往九龙湖的行政中心，开发商加快了改造省府大院的脚步，这些老房，这些时光，将与这些生长多年的花树一道消失。

于20世纪50年代建成的这处省府大院，汇聚了当年从各地来此工作的省直单位干部职工。这条路上，住了大半辈子的老人们操着北方话、上海话、湖南话……开的店有粮油店、丝绸店、美发店、面食店，等等，有人说它就像是南昌的"眷村"。可没什么能阻止得了"开发"的脚步，大院东边几栋楼已开拆，立于楼顶的民工挥舞着大铁锤，一记记奋力砸下。楼一点点坍塌、缩小，窗户没了，露出里面的房间，老式木门框上贴着春联，墙上是一个倒着的"福"字，旁边贴了几张稚气的儿童画。曾住在楼里的一户人家，那个画儿童画的孩子必也随大人迁走了，他会记得童年住过的这幢楼吗？楼的青灰外墙多好看哪！

我抓紧行走，在这条路。我曾无数次牵着儿子乎乎的小手走过的路，这片由老房、树木、旧时光同构的路。贪婪地听、看、嗅。在消失前。

乎乎的时间被越来越多的课外班占领，从这个教室到那个教室，人工光源照射着他的成长。这条路，更多是我独自走，从家到单位。阳光，阴霾，雨水。树长新叶了，从绿转为褐色，又落了。风吹过来，复止歇。墙上用白石灰写着"每天念佛一千遍"，字丑而虔诚。

走在这条路上，人感到生的确幸，也预见到死的必然，二者交叠如树冠间那只伯劳鸟的黑白羽翼。鸟的啾鸣传递着一个可见的世界，也提示着在不可见处的发生：人类个体的生命正以比植物迅疾得多的速度走向衰惫，属于他（她）的记忆在风里将陆续散逸，直至随同他（她）从这世上消失。

会有新的人群汇入新的记忆。"结局时的人群仍是开始

时的人群，没有人变老，也没有人死亡。"记忆有着个体的
崭新，又古老得似洪荒初辟。依旧是生老病死，喜怒悲欢。
逢秋至，微风乍起，风中充盈过往的群声喊喳。远方已远，
林尽水源，山有小口，仿佛若有光。

北站以南

1

"发票发票发票……"像播放录好的磁带，她们机械地循环往复，冲来往路人一遍遍说着。苏北口音，"票"字发音独特，扁嘴形，拖着迸溅的仄声尾音。不少女人抱着孩子，幼小，脏乎乎的，有的女人腆着大肚子——孩子学会的第一个音节可能不是爸爸妈妈，而是"发票"。

有回一个男人从对面走来，快与我擦肩时，他忽然喊，"发票——发票"！我吓一跳，不习惯这词从一个西装齐整的男人嘴里说出。它应当与妇女以及抱在妇女怀中的孩子连在一起，像燠闷地气与错综地铁连在一起。

从未见有人买过，甚至停下询问者也无。那回荡在整个火车站南广场上方的发票都被哪些人买去了？一定是有人买的，不然这"发票发票发票……"声不会周而复始，成为火车站广场的一部分。

　　某个春天起，我的上班路线变成每周经过三次上海火车站：从轻轨 3 号线出口穿过一条拥挤的地下商街，自东南出口到地面，穿越车站南广场，上天桥。天桥两侧玻璃挡板上涂写着"办证电话 131……"。下天桥，走十分钟，到恒丰路 218 号的现代交通商务大厦，供职杂志社的办公地点。

　　下天桥后，迎面电线杆上贴着"某酒店直招公关"的油印广告："某酒店直招男公关，学历不限，18—35 岁，月薪 8000，另有提成。要求身高不低于 1.72 米，思想开放，有良好敬业精神……"一男子脸凑向广告，边看边记下什么，油亮背头，高个，急于求成的脸——像为这张广告内容而定制。

　　他看得很坦然。"打自己的车，让别人走路去吧！"没准他会碰上一条渴盼已久的捷径。他的神色分明已满含对现状的不耐烦。若干年前，在重庆碰到一帅男，在嘉陵江边开了家专卖明星与动漫海报的店，我为当时供职的青年刊物采访他的创业，以为会听到则励志故事。不料他说，他的起家不具参考性，他不想再提南方那段生活。他一言带过与夜店、男色消费有关的信息，我按捺惊讶，做出见多识广，心领神会的样子。至少，他是坦诚的。

　　"苏州—无锡，杭州—宁波"，沿恒丰路往前，长途客运站，揽活司机不停吆喝。杭州去过多次，宁波从没去过。印象中，它是个老练的港口城市。苏青、娘姨、鲞鱼、汤团、象山港、向天空直矗的参差高桅、空气中鼓荡咸湿气味。被符号化的宁波，就像说起西藏会联想高原、神秘主义、晒佛、经幡这些意象，每个城市都有它的"所指"烙印。

司机吆喝声让宁波以及周边城市变得很近，仿佛一抬脚的事。每回进马路对面的大厦前，司机们都要再问我一遍要否去宁波——我真的确定不去？

进大厦，摁亮电梯"10"层打卡，揿开电脑，去茶水间泡咖啡，在第一缕升腾的热气中开始一天。

2

她异乎沉静，端坐于火车站南广场露天长椅上。灰袄，帽子一直拉至头顶，帽子有圈毛边，她坐着，像专心抵御一场暴风雪来临。事实上，此刻风和日丽，阳光让走得急的路人背上起了层汗，体味在空气中发酵。

她捂那么严密，端坐气温之外。毛边帽子烘托得她的脸周正清穆。近旁，广场右侧大屏幕的电视在播放新闻，那对她来说是被屏蔽的另个世界的影像。

在她身上，发生过什么？一场怎样锋利的往事将她与这尘世划隔开？她沉思着，或者，什么也没思。她只是空旷地坐着，像头顶不是一轮公共的太阳，而是旧年月光。

这张脸，岁月静好，没有被摧磨的痕迹，细长眉目带有一种柔和的家族特征。她脚边是旧行囊，对她这年纪的女人来说过于简陋的行李。

身上这件长袄是她最重要的行李吧，灰绿的一所屋子，每个扣襻都系牢了，她住在里头，脸在那圈人造毛皮的掩映下有池水的静，失忆症的静。

"历史在那里中断了。这张脸无论对未来还是对过去都搭不上一句话。"——到底发生了什么？

阳光燠热。她年轻身体正接受周遭眼光的打量，有些目光凶婪，野地里饥兽瞳中的一点邪气绿火——车站广场如此混杂，彻夜游荡着各种可疑形迹……她置身度外地坐着。"外界"这种物质的现实被取消了，你几乎可以确定，不再有什么能使她走出内心世界而进入外物世界。

她的脸，适合画进油画中。不是漂亮，漂亮轻佻了，漂亮里有流行成分，她的脸在时间之外，是在油画里可以住上许多年的脸。

入冬了，这天的热只是寒潮来临前的信号。就在前天，地铁派送的报纸上说几个外来务工人员夜宿火车站南广场的花坛内，被邻近酒店设置在此的排气口突然冒出的蒸汽烫伤！有个伤势较严重，被抬出后一直在喊痛……

那个高高的广场花坛，正与她几米之距。

"这个女人，却让我无法忘记她——也就是说，我无法用一句简单的'神经病'就把她从我心里打发出去，我做不到，做不到。"一位女子描述另一个闯进她北京××大街×号编辑部的穿睡袍的女人。长椅上的她，让我想起这隐含痛感的一句。

3

下午六点多，从办公室出来，天已有些昏暗。去南广场坐轻轨 3 号线，偶一抬头，月亮奇异：半轮，齐崭崭的！像被锋利的水果刀切开，切得不偏不倚，妈妈分月饼给俩孩子，一点不偏袒哪个，仔细揣度后才落的刀。刀口利落，让再刁赖的孩子也没话说。

从地下通道去向 3 号线入口。通道两旁是各色店铺，兜售各类廉价玩意儿：手表、皮包、服饰、鲜艳可疑的零食、饮料、玩具……他们卖给"过路客"，南来北往的外乡客。人流以竞走速度奔向出口，像有礼品派发。溽热的大地内腹，被缺氧裹挟的人们，似乎脚下有条隐形传输带。"它令每一个进入其中者最终成为旋涡本身，无限地运转，在惯性中为避免被高速抛出而努力向心，无限地沉沦。"

穹顶的阴影。空气中的压强已达饱和，到处弥散激动的、吵闹的、不连贯的神经质的波动。这条地下商业街写照着现代化的另些特质：困守、精疲力竭的欲望与奋争……

每一次，进入这条地下街道，我的步伐也越来越快，尽管没什么可慌张的，却被一股气流不由分说地裹挟。

头顶隐隐传来沉闷的铁轨声响，上海诗人肖开愚在《北站》中写道：

我感到我是一群人 / 走在废弃的铁道上，踢着铁轨的卷锈 / 哦，身体里拥挤不堪 / 好像有人上车 / 有人下车 / 一辆火车迎面开来 / 另一辆从我的身体里呼啸而出。

多年后，我在上海中山公园旁的一家咖啡馆见到诗人，我提起这首诗，问他是否写的就是这个北站？答案却不是，虽然《北站》中写到"在老北站的天桥上"。

这条过道，人工光源的世界，白与昼被取消。除了人群密度，光源大概也是令人焦虑的原因，"人工光源会导致生物体内大量的细胞遗传变异，它会无形中扰乱生物钟，造成人体心理节律失调，精神烦躁"，我还只是匆匆过客。那些店主，每天要在这光源中从早待到晚，冲着熙攘旅客不停推销他们的生意。我比任何时候都感到自己的幸运。

没有阳光照拂的空间，有种无根性的恐慌。

4

检票口外，他们忙乱地最后一次收拾确认：蛇皮袋、桶盆、铺盖、双肩包、大提卫生纸……这些行李体积如此庞大（价值成反比），是在外谋生的保证。

行李上堆了一摞盒饭，打工者上车后的晚餐。天逐渐黑下去，他们排队进站，有人腾出手拎牢那摞盒饭。这些盒饭不久后会充弥在硬座车厢，同泡面味纠缠一处。

相较起来，泡面味似更"高级"一点。电视剧《蜗居》中海萍为购房连吃五天清水挂面，老公苏淳忍无可忍地抗议："我不想吃挂面，我要吃方便面"！的确，盒装泡面至少挺括。包装上热气袅袅的美图让人哈喇子直流，虽然，谁都知道这些图片近似意淫。盒子上的乌托邦。整只的虾，大片火腿，温良母鸡依偎着香菇，面上铺陈的牛肉用量慷慨——这一切，泡开后的现实是语焉不详的脱水颗粒。

谁真以为仅小半注沸水就能泡开一个幻景？"此图案仅供参考"，若一厢情愿认为图片与盒中物对应，幻灭会如发涨的泡面。厂商会说，难道你以为购"老婆饼"就送个老婆？方便面盒上印个明星代言人，明星就得来陪你吃面？

"仅供参考"，还包括打工者将奔赴的都会，那些高楼广厦，霓虹闪烁，全都是"仅供参考"。

"一切以实物为准，最终解释权归商家所有！"对这个时代里纷纭的出门人，谁又拥有"最终解释权"？

摄影师王竞拍了部电影《方便面时代》，主人公丁宝（李亚鹏饰）为留京，被分至京郊文化馆工作，日子不咸不淡，成天吃方便面，他几乎吃遍所有牌子的方便面。认识了家境殷实的本地女孩小春后，丁宝吃上了她做的晚餐，却不甘小春说的，"日子不就是这样过吗"。在理想与现实的博弈中，他想考研突围，不想被这种"多数人的日子"套牢。

和小春分手，他上车走了，前路未卜。电影最后一个镜头，车来车往的公路旁，路标牌上写着——距离北京十八公里。

这十八公里，要吃掉多少泡面才可抵达？

时代旅途中，到处充满丁宝们的身影，也到处充弥着泡面味：沾附在时代胃壁上最顽固的气味。

泡面，它对应着都市凌乱逼仄的出租房，隆隆轮辐与庞杂车站：车站广场神秘的游荡者，月台凄惶的分别，车厢内永远亮红灯的厕所，呼噜声，脚臭味，孩子哭闹，黑色大塑料袋内堆积的泡面盒，单调的轴承咣当声，上铺半天不挪窝的女孩，坦裸的田野，热衷交谈而又彼此警惕的旅客……

弥漫于整节车厢熟烂的泡面味，调味包中挤出的黏稠的世俗生活，过道里走来小心翼翼端面碗的人。即将到嘴的滚烫，旅途中的一点贪婪激情，这点儿来自火车锅炉中的烫货真价实！虽然它一并融解了面碗中的聚苯乙烯——服点毒是难免的，沿途，正因那些不同剂量、性质的毒，出门人最终才变得百毒不侵。

5

火车站广场，钟摆下，一家三口正拍照留念。扯平臃肿的衣物，挤出"茄子"的笑容，边冲拍摄者比画：一定要摄下"上海火车站"几个大字，人小点没关系。

骄傲的城市地标。作为抵达一座城市的入口，"上海"

两字的前缀使照片有了镀亮的性质，它使这个寻常的公共建筑有了不寻常的意味，使抵达本身（即便是风尘仆仆，蓬头垢面）具有了"与有荣焉"的光彩。

我的相册里，没有一张以火车站为背景的照片。车站对我从不是个适宜留影之处。无论是童年、青春期，车站对我意味着离散、叵测、冲突……有很长日子，我患上了"车站恐慌症"，它像"医院恐慌症"一样，是尾随我多年的症候。一旦置身这两个地点，被施咒般，血液深处的慌乱带来生理的各种不适。

日常中，我不耐烦被地理规限的单调薄瘠的生活，真来到通往远方的车站，却如惊弓之鸟。单调至少是熟悉的，动荡却暗藏叵测。在"远方"表面的浪漫属性（吉他、麦浪、牛仔裤）之下，现实袒露着它驳杂的重口味。

那些年的春节，父母捆扎好大袋小包，领我们踏上回浙江老家的路途。车厢内永远人满为患，烟雾中夹杂着孩子哭闹，有次车将开时，窗外有人从开着的车窗中猛一把夺走桌上拎包，飞快猫腰穿过铁轨消失。丢包者呆若木鸡，甚至来不及发出一声惊叫；另一次，深夜行驶的列车突然一串踉跄慢下，停住，车厢里传来消息：前方有人卧轨导致列车紧急减速。据说是位中年男子。一个多钟头后，列车重驶，车速匀稳，似什么都不曾发生。

这充满混乱与卑微的两幕构筑了车站在我记忆中的基调。

在车站，很少看到微笑松弛的面孔。即使离发车尚有足够时间，旅客脚步依旧踩出误点的凌乱。如同医院，到处是白色消毒水的表情。

人真正与世相接榫，大概正从这两处地方始。

超越障碍的训练场不在别处，就在造成恐慌的地点。频繁接近，直至消除它神秘的残酷性。这种训练使"接受"成为常态。所有惊慌，无非来自对离丧的抗拒——那原本如洪流不可逆的生命现象。因为不肯接受，车站与医院呈现的面目便是一场劈头抽打的暴雨。当某天，接受了这所有，像接受世间有酷暑也有寒冬，离与丧就转成暴雨后色彩丰富的苍茫天际。

上海的这五年"训练"，我一次次穿过火车站南广场，像穿过童年、少年的车站。我的心跳渐趋平稳，准确地沿着既定路线来回，有那么些恍神瞬间，我甚至体会到当年惶惧中夹杂的诗意——譬如，不经由飞驰的火车窗口你无以得见绵亘山峰与陌生河流，无以得见"鸽哨在高蓝天上飞过 / 有人回到故乡"；不经由亲人与他者之死，不会深谙新生与朽烂的互文……

那曾在灰色中定格的铁路画面，有了另种意味——小学暑假，我和姐姐每回浙江老家，都由在铁路工作的三姑父（他长年穿蓝灰制服，胸前吊枚笛哨，钢轨般瘦长的腿）来金华站接。到站已是夜晚，姑父还没下班，匆忙地去和同事交接。我们在长而空荡的月台等，守着行李。

　　夜色与间或驶过的火车隆隆声响使周遭一如荒原，此际，想起严厉父母竟也是可亲的。

　　也许时间并没过去多久，但它显得如此漫长。我们焦急等待姑父的出现，在我们几乎以为他忘了我俩的存在时，他跨过铁轨现身了！我们跟在他身后，跨过枕木，去向对面月台。四周灯光昏黄，像为了不惊动一次微小的成长……

西贡，西贡（另一则）

> 我现在有一副面容衰老、布满枯深皱纹的面孔。可它却不像某些容貌清秀的面孔那样骤然沉陷下去，它依旧保留着原来的轮廓，只不过质地被毁坏罢了。我有一张被毁坏的脸庞。我还能跟你说些什么呢？我那时才十五岁半。那是在湄公河的渡船上。这个形象在整个渡江的过程一直存在着。

这是法国女作家杜拉斯的小说《情人》第一节中的文字。她七十岁写下它。从这本书起，"湄公河"几个字从此改变了它的词性——从一个地理名词转向一个文学的修辞，爱情的修辞。

再之后看了电影《情人》，1992年拍摄的，梁家辉主演，我看的是碟片，"讲述一位法国少女与中国阔少在西贡发生的凄凉动人的爱情故事"。只记住了梁家辉的白西装和扎麻花辫的少女的法式平顶帽，其他的没有印象。电影的剧情简介把小说《情人》浓缩成了一个通俗的情爱故事，作者换成任意一个擅写言情小说的作家都可以。

中国的大年三十，下午我从柬埔寨的暹粒飞到胡志明市。飞机降落已是夜晚，降落前一刻，从舷窗望去，地面灯火之璀璨令人惊讶，那大片的光芒，壮丽的城市之光！因为飞翔的角度关系，地面的灯火如翻转过来的巨型闪钻飞毯。

1976年春天，为纪念越南共产党的主要创立者胡志明，西贡改名为"胡志明市"。这个最早是小渔村、周围都是沼泽的地方，因为高棉人在此居住多个世纪后，逐渐发展成港口贸易重镇，成为越南最大的城市和工商业中心。我还是愿称它为西贡。"西贡"，这个词才符合它的气息。

"我在西贡一所国立寄宿学校里住宿。"仍是《情人》第一节中的。

1914年，杜拉斯出生在西贡近郊。十八岁她离开越南，奔赴巴黎，在巴黎大学攻读法律和政治学。1939年与丈夫结婚。

在西贡，她遇见一个大她十二岁的中国男人，他叫李云泰，老家在辽宁抚顺，祖上来越南经商发迹。他帮她家渡过经济难关，她亦钟情于他，两人有过一段缱绻相处。但他家坚决反对，给他安排了抚顺的妻子。他们分开了。杜拉斯去法国念书，临别那天，他赶到码头送行却不敢近前，"她从那些手势中认出了他。站在后面的那个人就是他，他的形象依稀可辨，他痴呆地站在那里，没做任何动作。她知道他在看着她，她也看着他。当她再也看不见他的时候，她仍然望着那辆黑色的轿车。最后，连车子也看不见了。港口消失了，接着，大地也消失了"。

她缄口不提这段情事有半世纪之久。直到1984年，七十岁的她才在小说《情人》中予以披露。据说1971年，李云泰和妻子曾去巴黎，不敢见杜拉斯，但忍不住给杜拉斯打了一个电话。杜拉斯一接电话就听出了李云泰的声音，她后来在《情人》中写到了这个细节："他给她打了电话。她一听声音就知道是他。他说：我只想听你的声音。

"'是我。你好。'她回答。

"他有点发慌，跟以前一样胆怯。他的声音也突然颤抖起来。听到这颤抖的声音，她也立即发现了那中国音调。他说他和过去一样，他仍然爱她，他不能停止爱她。他爱她，至死不渝。"

1991年，李云泰病逝。杜拉斯闻讯后，老泪纵横。"我根本没想到过他会死。"她停下了手头的一切工作，沉浸于回忆当中。

"整整一年，我又回到了在永隆的渡轮上横渡湄公河的日子。"一年后，她写了一本新书《北方的中国情人》。

"湄公河，主源为扎曲，发源于中国青海省玉树藏族自治州杂多县，流经中国、老挝、缅甸、泰国、柬埔寨和越南，于越南胡志明市流入南海，干流全长4908千米。湄公河在中国境内称为澜沧江。下游三角洲在越南境内，因由越南流出南海有 9 个出海口，故越南称之为九龙江。"

此刻，我站在一条浑浊如泥浆的狭窄细流面前，河上泊着一只只漆成艳蓝色的木船，小木船有个美丽的名字叫水叶。

这就是湄公河？似乎与想象中完全不同。

"妈妈曾经对我说，我一辈子再也看不到像湄公河和它的支流这样美丽、壮观而又汹涌澎湃的河流。这些河流注入大海，这些水乡的土地也将消失在大海的胸怀之中。在这一望无际的平坦土地上，这些江河水流湍急，仿佛大地是倾斜的，河水直泻而下。"

杜拉斯不是这样描写湄公河的吗？

眼前狭窄拥挤的河道里，船只在河道两旁茂密的植物下来来往往。撑船的多为女人，包着头巾，戴着口罩，皮肤在常年的炽热阳光照射下成为黝黑。

与杜拉斯描写唯一相同的大概是河的两边模糊不清的草木疯蹿着。河面的阳光如雾。

行了一段，迎面而来的船上，一位只戴了头巾的女人露出秀气的面孔。在如此炎热的天气里往返撑船，对男人来说都不轻松，遑论女人。而这是她们赖以生存的活计，日复一日，年复一年，周而复始的辛劳，没有一股韧劲无法坚持下来。

"爱之于我，不是肌肤之亲，不是一蔬一饭，它是一种不死的欲望，是疲惫生活中的英雄梦想。"杜拉斯的名言，几乎每位文艺青年都能脱口而出。在这条河流上，我不由也想起这句话。杜拉斯一生都在践行这句话。

杜拉斯在《物质生活》中写道："我从来没有在一个我感到舒适合意的地方住过；我一直在寻找一个地方，我愿意留驻的地方；我一直没有找到……"

这个地方，大概不是地理意义的。

她还说，"也许直到生命结束，我的一生都是孤独的，不过从一开始我就接受了这种命运"。

但无论如何，杜拉斯的一生在他人看来并不孤独，包括她最后一位情人，年轻的杨·安德烈亚，一直陪她走完了八十二岁人生。

湄公河，炽热阳光下，撑船女子熟练而用力地划桨，一记又一记。在这条河上，有许许多多像她一样奔波的女人。她们的人生全都伴随着骄阳和水叶。这是她们的一生。爱，之于她们会是什么？或者，恰恰就是肌肤之亲，恰恰就是一蔬一饭，而非"不死的欲望"，更不是什么英雄梦想。

这是让人想不起《情人》的湄公河。一条充满着艰苦生计的河流。唯一的一点文艺调子是许多船上都有一瓶野花，用罐头瓶装着，生机盎然，如同那些西贡女人的写照。

"这就是西贡河。浑浊肮脏的河水沉重地涌动。这样一条河正该在经济腾飞的大城穿过，冒着浓烟的工厂、热气蒸腾的排污口。他回想了一下，在那部电影里，这条河似乎也不是清澈的河，是黄色的、暧昧的，汇聚着热带的暴雨和情欲。但至少有一种风景，玛格丽特·杜拉斯肯定不曾在此见过，在河对岸，并排耸立着两块巨大的、一模一样的广告牌：那是一家日本电器，它甚至懒得说话，不屑于提供形象和幻觉，它并不打算美一点，聪明一点，它只是不容置疑地呈现商品的抽象符号。"

在回来后的几个月，我在李敬泽先生一篇《西贡邮局》的文中看到以上描述。

是的，杜拉斯的"越南"已和今日越南大为不同，今天的越南成为世界上 GDP 增长最快的国家之一，世界第四大造船国。它的制造业比重不断增加，虽然离成为下一个"世界工厂"尚有距离，但它的经济发展有目共睹——在 2020 年第一季度过完，各国因受疫情带来一波接一波的冲击，纷纷掩面叹息之时，越南第一季度的 GDP 同比还增长了 3.82%。

它不再是那个法国殖民下的西贡：贫穷、落后，一点神秘的东方主义色彩，外加各处法式审美的痕迹。

这些痕迹成了法式文化的遗产。包括边青市场，西贡最大的传统市场，东南门是一座殖民时期风格的标志塔楼——法国人的审美如此强烈地留在了西贡的土地上。当然还有西贡邮局，每一个到胡志明市的游客都会到此打卡，它是这个城市的标志。邮局迄今有一百多年的历史，和巴黎的埃菲尔铁塔是同一位建筑师。大楼有着巨大的拱顶，邮局内两侧的窗口也均为拱形或半拱形，这座带有浓郁的文艺复兴时期风情的建筑看上去更像是教堂，而不是邮局。

但在那个时代，对越南来说，这个邮局的作用可视作另一种教堂。

"这是帝国主义世俗统治的象征和枢纽，通过邮局，遥远的殖民地维系着与殖民母国的联系，邮局和邮政从基础上构造了殖民与资本的全球网络，这是现代性的教堂。"

邮局里有不少旅游纪念品柜台，陈列着五颜六色的越南手工艺品，我买下一个钉珠缎面的蓝色手包，折合人民币不到一百元，它看去更有点法式风格。

邮局的旁边是座真正的教堂——红教堂，整点的时候教堂会敲钟。据说，建筑红教堂的每一块砖都是从法国运过来的——法国文化对这个社会主义共和国的影响真是太大了，咖啡的气息飘荡在这个东方的城，在这里，喝杯咖啡就像喝瓶矿泉水那么自然。

我们找了家咖啡馆，咖啡馆里到处是人，有穿很短裙子的当地女子和朋友围桌聊天。服务生送上用越南传统咖啡滤壶"Phin"冲泡出来的浓重罗布斯塔，杯底倒上一层炼乳，加入冰块，用长勺搅拌均匀。它喝上去更像一种咖啡味的饮料。

当地人最爱的"咖啡馆"通常是那种门脸很小，屋子纵深细长，门口随意挂幅帘子的小铺子。点杯咖啡也可在户外喝，门口摆几把矮矮的桌椅，咖啡就放在塑料小凳上，朋友仨俩围在一起。咖啡和越南米粉一样，不是生活的点缀，是必需品。街边集市上还能见到咖啡熟豆售卖店。店内一半是茶叶，一半是咖啡熟豆。咖啡大多用玻璃罐装着，按重称售，就像中国卖散装茶叶的小店，廉价、日常，称几斤咖啡豆就像来炒货店称点瓜子花生。

在越南，咖啡是一天的起点与终点，是每件事物的开端与结束。不远处，西贡河流着，在《情人》的尾章，杜拉斯写道：

> 风已经停了，树下的雨丝发出奇幻的闪光。鸟雀在拼命鸣叫，发疯似的，把喙磨得尖利以刺穿冷冷的空气，让空气在尽大的幅度上发出震耳欲聋的鸣响。
>
> 邮船的发动机停了，由拖轮拖着，一直拖到湄公河河口近西贡那里的海湾有港口设施的地方，这里是抛锚系缆所在，这里叫作大河，即西贡河，邮船就沿着西贡河溯流而上。

　　这是被文学"殖民化"的西贡，它永远打着一个作家赋予它独特的风格烙印。只是，我没有听到鸟雀的鸣叫，只听到轰鸣而过的摩托车声不绝于耳……而傍晚的西贡河边，你可以坐在河边的椅子上等待夕阳落入河中，也可在灯光亮起时登上打着殖民时期标签的邮轮——这些泊在码头的邮轮成为西贡特色的高档餐厅，在这儿你可以吃到风味法餐。服务生们扮成船长和船员，音乐和模拟汽笛响起，邮轮好像即将顺河而下，甲板上有年轻姑娘戴着平顶呢帽靠在船舷，如同年轻的杜拉斯就要沿着湄公河坐船去往法国。

光影记

"被摄影"与"心像"

一列人出行，队伍中常有摄影爱好者，单反相机如枪在握，随时瞄准目标：风景，人，一切可成像事物，都在镜头射程范围。当镜头扫来，我浑身不自在，面肌瞬间僵硬，出于人际礼节，只能迎向镜头，如同迎向灼烫的枪口。热心些的拍摄者这时还会予以指导，"头歪点！对，脸朝左侧点""别看我，看前方""笑一下，自然些"，我呆若木鸡，只听咔嚓一声定格，一缕看不见的硝烟在焦距间升起。

不消说，照片一定好不到哪去，表情隐含猎物被枪口堵截的惶恐。

摄影爱好者们，原谅我冒犯你们的热心——未经当事人许可或默认的拍摄其实亦是种暴力，不是每个人都热爱"被摄影"。

"被摄影"的别扭有时不亚于一次被侵。

　　"抗拒照相最本质的原因是'自我不接纳'，不管照片是为了给自己看，还是给别人看，当我们在思考这个问题的时刻，都是通过我们心中的'他人'的目光来看待。心理相对健康者，既不会过分逃避照相，同样也不会过分迷恋相片中完美的形象。两个看似相反的行为背后，都是需要借以他人的赞许目光，才能确认自己的存在感。"

　　我承认，在不习惯镜头背后，确有着不接纳自我的倾向。这源头来自童年时父母严苛的教育方式，他们认为赞扬有可能毁掉一个孩子，只有不断否定才对孩子成长有所助益。

　　这种严苛的后效是：我基本按他们希望的成型，中间虽出了些或大或小的岔子，有过自暴自弃的"坏"，但在"道德性焦虑"的监督下，终究步入庸常、安全的多数者生活。

　　在"坏"消失的地方，自由意志或许已一并被阉割，像长年不飞的鸟即使翅翼完好，控制扇动的胸肌也已萎化。

　　接替了父母当年审视我的严格目光（那也是来自一个时代的集体意识目光），在当年反抗乃至仇恨这种目光中，有一天，我不觉亦用这目光，成为自我的审视与限制者。

　　这目光事先在心里已做了挑剔的预设——那些拍下的影像与自我期待总差着一条鸿沟。

　　在一本心理学书中看到，美国著名整容医生马尔茨发现，许多人有"虚构之丑"的倾向，他对此的解释是，每个人的内心都有一幅用来描绘自己的精神蓝图或"心像"。对我们的意识来说，这幅图像可能模糊不清、朦朦胧胧、不甚分明，甚至一个人的意识根本没觉察到它的存在，但它的确就在那里，完完全全，纤毫毕现。

那幅自我描绘的心像，将跟随人终身。即使成年后的"我"已达社会考核标准，但在那幅心像中，"我"却破绽百出。

"如果你在别的声音和形象中听不到它，看不到它，它就会从中发明它自身。它随处藏身，又随处现身，想回避都回避不了，以至于你对它的任何回避全都反过来证实它，形成它。"——这段话正如"心像"的写照，它最重要的光源来自童年。

镜头深处

很多年前《读者文摘》上的一则故事。一个对外形不自信的少女，有次为参加舞会买了枚蝴蝶结，这枚新蝴蝶结使她觉得自己突然漂亮起来。她戴着它参加了舞会，和男孩跳舞。

舞会散场，爱情已然光顾。

走在回家路上，她意外发现掉在路边草地的蝴蝶结！原来舞会开始前她就弄丢了它，她的头顶上方根本没有那枚蝴蝶结，而它却给予了她整个夜晚的自信。

"暗示"这种心理有着惊人的催化力，像女孩头顶那枚隐形的蝴蝶结，赐人以能量。

和镜头关系良好的人，头顶都有这么枚蝴蝶结。反之亦然，缺乏自信会使再美的外在都变成摄影师的灾难。

"你知道黄金猎犬能嗅到恐惧吧？那么记住，佳能或尼康也可以做到。不要躲避相机——它总会找到你！"

在一次活动中认识 A 小姐，客观地说，她不好看，小个子，黑皮肤，但一面对镜头她立即表情灿烂，笑容符合美国《心理月刊》对"更易有幸福感"者测评中的第一条：拍照片喜欢露出牙齿——需要面肌舒张才能达成的表情。

A 在乡村成长，有位慈父，父亲对她和姐姐疼爱有加。A 说，我和我姐，其实我们挺普通的，可我们也都挺自信。

一个人与镜头的亲密度，似乎能准确地反推他（她）的童年，有种"超形象"在那其间建立，巩固。在成长中获得足够肯定与接纳者，无论形象如何，他们掌握一种熵的能量守恒原则：在镜头与实况间，他们会找到平衡路径，去自动消除现实与心理之间的"差值"。

在世俗标准看来算不得美女的 A 每次面对镜头时，注视的不仅是自我，还有镜头背后以父爱为背景的和煦童年。

对不安者，镜头对准的不仅是外形，还有更深处对"内在性"的放大审视，那些不愉快的经验，轻微一次曝光便可能使之重返。

这种对镜头的脱逃常会被当成矫情。照相等同被目光打量，活在这世上，谁不得随时接受各种目光？目光不过是转换成了镜头，有何区别？

没有镜头障碍的人不会明白，当然不同。比起日常目光，镜头更代表剪裁，控制。谁镜头在握，谁就拥有了阐释权。只要置身镜头前，你和它就构成了对立与臧否的关系，并被之定格。

曾有很长一段时间，我说话从不注视对方的眼睛。偏偏在若干年里，我从事的是记者职业，简直像个反讽，我总装着埋头记录以避免目光与对方相遇。多年后，单亲家庭长大的表弟高考后来我家吃饭，直到出门，他都没看过我一眼。我知道，在这"无视"中潜伏着成长的创伤——那未被充足的爱与肯定滋养过的生命，总在尽力隐藏。

这种害怕与他人目光交流的症状被称作"对视恐怖症"，又名社交焦虑症，是恐怖症中最常见的一种。患者躲避对方目光，害怕自己的言行会引起羞辱或难堪。心理学给患者的一个建议是，每天照镜子三次以上，每次时长三分钟，在镜子中与自己对视，并对着自己微笑，表情自然，使自己放松。通过正视"我"，逐渐习惯于与别人对视。

不知这练习是否奏效，"接纳自我"是个漫长艰巨的过程。将碎片化的自我一点点整合，能够加速这过程的不是镜子，是镜子反射出的那个自我。一点点地，认可自我，坚定自我，超越那些负面的经验，让觉识的中心点保持清明宁静。

"……你忙着自卫的那个自我，愈来愈透明且逐渐隐退。这并不表示你被分解了，或飘在虚无缥缈中，而是你开始感到气质的变化，你的欲望或伤痛不再是生死攸关的大事。这些表面看来凶猛的波涛，只是纸老虎而已，丝毫动摇不了那更深的自我。"美国心理学家肯·威尔伯如是说。

当人不再忙着自卫，或许就能坦对目光，坦对镜头。

两次拍摄

采访一位人像摄影师，中途有顾客来拍照，一位消瘦染发的小个子歌手，拍夜总会演出用的海报。他迅速更衣，拍摄，动作快，准，狠，决不让相机连拍功能的每一秒落空。表情同步跟进——也许那可称之为"海报体表情"？

一个老练的表演者。有在驳杂生涯中积攒的面对各种目光的丰富经验，他像正置身一次观众云集的演出。观众只有摄影师和我，但于他的发挥无碍。那个镜头，他通过它百倍千倍地幻化出潜匿观众。

一通咔嚓声中，仿佛不是镜头激发了他的表演欲，而是他的烂熟表演使物理的镜头也产生了化学的亢奋。

拍摄完，他热情地与摄影师道别，一秒之内向我出示一个笑，算作对我这个陌生人的礼貌。那个笑又在一秒之内消失，他拎包匆匆离去。

若干年后，那位摄影师的脸我已淡忘，却记得那位瘦小歌手，他在镜头前的身姿摇曳和眼神抛洒：幽怨，妩媚，迷离……像蛇听到印度弄蛇人吹奏的不可抗拒的笛音。

另次印象深刻的拍摄，一位歌手，20 世纪 80 年代红遍宝岛，离异后只身从台湾到上海创建一个服饰品牌。我替供职杂志采访她，她吸烟，戴造型夸张的戒指，皮包镶豹纹。拍片那天，摄影师希望她表情甜美些，一如之前几位女星的拍摄，也像通常摄影师对顾客的要求，要"笑"，并且要"笑得再自然些"——在一个极不自然，到处是人工布景的地方，"笑"却通常是人像摄影师的最高追求。

"那就不是我了，就这么拍吧。"女歌手淡淡一句。

样片同步显现在电脑上，她略方的面庞沧桑，鲜艳，带一抹冷峻的独立。

中途，她起身看样片，"对，这就是我"，她满意地点个头，接过女助理递过的"万宝路"。

镜头在开始工作前，已注定是被拍者预谋、选中的含义。同时它是翻译器，翻译每具身体后的所有经历、肉体与精神深处的秘密——照片不像本身呈现得那样光滑，如果用一只高倍放大镜，你会发现它布满凹凸颗粒，那些都是某年，某月，某种发生（被发生），幽影的痕迹，讯息的汇总。

艺术照

王安忆在一文里说起当年剧团里有个好友，在某剧中饰一名村姑，戏份不多，但也拍得一张剧照，引得众人羡慕，

"这一张照片拍得极好，都可印成明信片发行。心中很是羡慕，并且有一分戚然，想到也许不等有一张好照片，青春韶华就将流逝"。

住校生活时，我隔壁班的女同学，也拍过这么张好照片。她比我们年纪长些，来自一座铜矿小城，在她蚊帐里挂着一张十八寸艺术照，外寝室的同学来有时误为是哪位影视新秀，再看又有几分像年轻时的影星赵雅芝。当知道照片主人就是那位女生时，她们发出一声惊呼。

如那位女生恰逢在场，她微微一笑，十分谦逊。

在那声夸张惊呼里，包含着两个信息：一是赞美，二是表示照片与本人的距离。但那位女生显然忽略或过滤了第二条信息。

这帧使用了强烈柔光镜的照片激励了一拨女生去拍那个年代很风行的艺术照，但全都没超越这幅效果，包括长得比那女生漂亮的。现实中的那位女生偏黑，细眉细眼，说不上漂亮，在柔光镜中却放出异彩——这张"好照片"，以一种创造的方式升华了主体。

后来，女生拒绝了一位同班男生的追求，按同学看来，男生配现实中的她是够了，于是猜她是拿艺术照上的自己去定位爱情。不过听说她苦恋老家的一位已婚教师才是她拒绝男生的真正原因。有人曾在她笔记本中见过那位老师的照片，是一位儒雅男人。大伙猜，她一定把那张艺术照送老师了，没准照片后还题着"愿得一人心，白头不相离"吧。

快毕业时，有次她在食堂，同学递给她一封刚收到的信，她拆开读了几行，脸色大变，饭也没打就掉头奔回宿舍了。路上有老师和她打招呼，她理都没理。这种失礼当然和那封信有关，据同宿舍女生说，是那位教师写来的。写了什么，无人知晓。

毕业后，她回老家那个铜矿工作。若干年后，在一次聚会上，我听说她出事了：她参与一起重大行贿案件，被判刑。

在场的女同学不约而同都提到，她拍过一张很好的艺术照，直到毕业，也无人超越。

自拍

鼓浪屿，甜品店门口，一位姑娘举着手机杆自拍。从店内排队买完一杯芒果沙冰出来，她还在拍，万年不变的四十五度自拍黄金角和全民通用的卖萌剪刀手。

另一次，参加一个活动，从机场到酒店，一位女士一路自拍，墨镜摘下戴上，调整帽子角度，没一会儿已上传朋友圈几组图。她向同座女人传授自拍经验，喏，这个软件可修高鼻梁，这个能拉长腿……

上帝已无法阻止人类自拍了。

朋友圈里甚至还有在医院打吊针时的自拍，虚弱而不忘PS过的脸——会不会，有一天流行"临终自拍"呢？如果彼时还能举得起手机的话。

纵观摄影史，自拍并非什么新颖的表现形式。现代女艺术家依莫金就在长达六十年的创作生涯中不断为自己拍摄肖像，从早期的柔焦影像到九十三岁去世前两年的封镜之作，她每年穿同样服装，以同样姿势面对相机，直至衰老。

这些自拍，和时下风靡的自拍不同。前者是为认识"自我"，试图观照自身同一性的变化。从这些自拍像中，透露出女性精神的自觉。依莫金们在拍自我，内心镜头却是朝外的，朝向一种更深广的注视。

自拍控们，即使在拍世界，也只在拍自我（或说"想象之我"）。手机镜头建构了空前自恋的平台，"拍"成为和吃饭喝水一样日常的行为，手机举起了一个缭乱的图像时代——"这种现实世界与影像世界间的混乱，在现代社会尽可以称之为天真烂漫的误解"。

被镜头与围观充斥的社会，笼罩着一层虚假的柔光，影像的洪流裹挟人们滑向焦距失真的地带。那个地带，也许可称为"假在场"。

"如果世上没有了睫毛油，就会失去继续活下去的勇气！"某女星如是说，对这时代来说，如果没了随时随地可举起的镜头，会怎样？

不仅是自拍，一切皆可成像，镜头空前消费着私人生活。我拍故我在，世界的最终解释权归图像，它物化与平面化一切，包括自然，情感，人际。

镜头的刺激削弱着真实感受。它介入着，也抽离着，彼此捧场，相互取消。在"拍时代"，镜头的底部堆积如山，又空空荡荡。

为某个时刻而备

韩国电影《八月照相馆》中，有位老奶奶梳着整齐发髻，独自来照死后预备在灵位前摆放的遗照，她对照相馆主人正元说："你给我拍得好一点啊，一定要好一点啊！"正元的手抖了一下，中年的他知道自己患了绝症。绝症也无法阻止爱情的到来，他爱上常来店里的女交警多琳。他什么都没告诉多琳，只是看着她在沙发上酣睡，用衣服挡着雨送她回家，认真听她絮叨工作中的琐事，没有亲吻，没有拥抱，没有甜言蜜语。

有一天，正元把焦距调好，坐在灯光下，微笑着为自己拍了放在灵位前的照片。

"放弃自戕后活下来的祖父，每年都要为自己拍一张遗照。这个春天，祖父最新的照片被照相馆弄丢了，孙子保润却阴差阳错收获了一个无名少女的照片。丢掉照片的祖父于是失了魂，收获照片的保润从此落了魄。"这是苏童的长篇小说《黄雀记》的开头，一张照片开启了一段 20 世纪 80 年代的历史和几段不同的人生道路。

小说中的祖父，是个为自己身后事准备周全的老人。更多老人，大概是会绕过这张照片的。

深秋的某晚，婆婆突陷昏迷，我从当时工作的上海带着年幼的儿子赶回，再没和她说上一句话。在她弥留之际，才发现没一张适合照片可用来制作遗像。只能从一张合影中裁出。照片中的她肩膀是斜的，拿去照相馆修。老板熟练地修好，冲洗。去取时，已是一幅装裱好，可供后辈缅怀的端正照片了。老板说，这种临时修照片用作遗照的事常有，不久前住在附近的一位老人，晚上在公园散步时猝死。老人生活照挺多，就是没一张正面半身，适合制作遗像的。从国外赶回的女儿哭着说，父亲平日身子骨挺结实，下半年还准备去国外待一阵的，哪想到这么突然啊。后来也是从家庭合影中裁出一帧，制作遗像。

办完婆婆的丧事，晚上在电脑前，我想，父母有没有一张合适相片，可供今后某一天使用？这想法不免残忍、冒犯，在中国文化里，死亡是种忌讳，可这念头还是冒了出来，我甚至想立即在电脑里寻找。万一没有，那么一定要找机会为父母拍一张。

又想到自己，有没有一张中年之后的好照片，能在特殊时刻用？我是个有强烈不安感的人，任何事，都要提前做好准备方觉安心。严格守时，从不拖欠，旅行头天一定收拾好行李（包括必带的眼罩和保温杯），每晚睡前计划好第二天的早餐以及要穿的衣物——那么，我是否要为自己备好一张照片，以供某个不可预料的时刻？

睡前，读尤金·奥尼尔的集子《天边外》，1984年版，扉页上奥尼尔留着小胡子，西服笔挺，有张深邃和略郁悒的脸——凝视书勒口或扉页的作者照片，已成为我阅读一本书前的仪式，透过作者的面庞，似能寻找到一条进入其内心的路径。

集子中有一篇奥尼尔的自传性剧作《进入黑夜的漫长旅程》。剧中，一个从早到晚彼此抱怨挖苦、争吵又和解的家，父母和两个儿子，"在他的笔下，父亲吝啬，母亲吸毒，哥哥是酒鬼，自己患肺病"。读时忍不住将他扉页上的脸套进剧作中，在这种家里成长的奥尼尔有双布满疑虑的眼睛，深黑背景衬出他宽阔的额头。

一张捕捉到灵魂某个刻度的照片。

桑塔格说，一张照片在本质上是永远不能完全超越其表现对象的——但我觉得，一张好照片，在本质上恰恰是超越其表现对象的。它在光影合力下，既呈现了一个表现对象，同时又创造了一个新的表现对象。

有如全息的幻术。

离办完婆婆丧事的那个晚上又过去了不少个夜晚，我仍不能从文件夹里找出一张可以胜任某个重要时刻的照片。它应当是沉静的，载沉载浮，眼神里有爱，原谅，忘却该忘却的，记住该记住的。它从容接受到来者的凝视。无论从哪个角度，它都禁得起这种凝视，显示出时间之外的静止的舒缓。

两张照片的故事

　　女友Z的妹妹，从老家来上海后认识的前夫，恋爱七八年，结婚两年后发现丈夫外遇。离婚。搬家。丈夫，不，前夫已先她一步搬走。墙上有幅很大的结婚照，镶着白色描金相框，怎么处理这相框成了问题。这是套租房，她不想把它留给下任居住者，Z的妹妹用力拉扯相片，它纹丝不动，牢固地镶嵌在框中。她想把它整个扔进垃圾桶，可她不想和前夫在照片上微笑着，看起来很幸福地在一起——她曾在小区看见一幅中式结婚照，因为太大扔不进垃圾桶，盖子般盖在桶上面，那种感觉非常吊诡。

　　Z的妹妹试图举起相框砸掉，但相框很沉，她砸了几下，仍没动静。她一筹莫展，在闷热的天气中快哭出来。这时Z叫来帮忙的一位摄影师朋友到了——正是他最早在地铁上碰见Z的前妹夫和外遇亲热地在一起。

　　得知这一难题后，摄影师提起穿着马丁靴的脚，勇猛地把相框踩成几块，照片还是没坏，看上去，它比Z的妹妹和前夫的感情要坚固多了。

　　无奈，他们去物业借了把大剪刀，捣鼓半天，总算把照片剪成两半，和相框一起扔掉了。

　　这幅结婚照真把Z的妹妹折腾坏了。她后来在网上看到有人说，用白色油漆把照片刷白，扔起来就方便多了，只是当初拍那套照片花了两万多，心疼！还有人说，结的时候就担心会出现这个问题，所以没拍婚纱照，省钱又省心。

Z的妹妹不久后去国外留学，半年后认识了西班牙新男友。Z发来他们的照片给我看，两人看起来挺幸福的样子。据说新男友不久会回中国见Z的父母。我想，Z的妹妹还会再拍那么隆重的结婚照吗？

另一张照片的故事是我一位男性朋友的。他从高中暗恋一位女生，视她为女神，但他没有勇气表白，他想表白了也一定会遭拒，不如"宜静默"。两人没怎么联系，工作后，有次高中同学十年聚会，他们又遇上。这次的他有了还不错的身份与收入，得知她几个月前结束上一段恋情后，他开始了追求，也真追上了。无论到哪，他钱夹里总装着她的照片。

在一起一年多后，两人还是分手了。"性格不合"，这是他们对外宣称的，"不出恶言"，这是他们分手时的约定。

他极痛苦，痛苦之后还是有了新女友，一个性格与"女神"完全迥然的姑娘。他只字不提过往，可那张她的照片怎么办？分手后，照片从钱夹转移到了抽屉下层。扔掉？不，他不愿她微笑的样子被扔进臭烘烘的垃圾箱。撕掉？烧掉？不，他自己先觉到了灼痛。他还想过把照片埋进养的盆栽中，不，似乎有点不祥。他不愿有任何不祥与她有关。

在和新女友结婚旅行时，他选择了南方的海边，趁她不注意，他把那张照片扔进了海水中。来之前，他已把照片拍下来，存成了电子版，放在一个很少用的邮箱中。后来，因为很久没登录那个邮箱，它被注销了。

他讲这件事时是一个小范围聚会上，某个户外吧座，喝了点酒。

"你们会怎么处理这张照片？"他问。此时的他已当了父亲，孩子上小学。

答案五花八门，不过并没有哪个特别妥当，至少不比让它在海水中漂走更妥当。

"我很后悔，我应该留着那张照片。"坐在对面的他突然说了句，垂下头，握着空了的酒杯，起身去了洗手间。

他哭了还是没哭？至今是个谜。

他还爱着她。深爱。这不是个谜。

石头构筑的伟大

听见几个人聊天。

"怎么好一阵没见你，去哪了？"

"去了趟柬埔寨。"

"到了吴哥窟吧，觉得如何？"

"到了，没啥好看的，就是一些石像。"

"就是，我前年去的，有些石头雕像还破破烂烂，不过柬埔寨的物价蛮便宜。"

我吃惊于聊天的这几位对吴哥窟以及这些石雕的印象。

前几天微信群里有人聊《安娜·卡列尼娜》，说"与一部通俗的情感小说之间没有多大的距离。安娜、渥伦斯基和卡列宁之间没有什么新鲜的故事，列文与吉提也是平常夫妻——所有的元素相加也没有办法把它划到伟大小说的范围之内"。

群里另一位作家说："我不同意这种观点，其实这里牵涉到一个评价一部小说是否优秀的标准。什么样的小说才是好小说？故事、情节、人物以及结构，是不是小说优劣的最重要元素？如果不是，那究竟是什么？其实，我并不关注安娜究竟讲了一个什么样的故事，也并不关注情节进展，但我看见了列文、吉提、安娜、奥勃朗斯基、安德烈耶夫公爵、卡列宁、渥伦斯基……我听到了他们的心跳，那种切入真实的力度与深度令后来者比如福克纳等都略显单薄，这是为何海明威声称他打倒了所有前辈作家，但到了托尔斯泰这里甘拜下风的原因。列夫·托尔斯泰在他的时代做到了对真实的最大限度的开拓。"

文学见解是见仁见智，一千个读者眼中有一千个哈姆雷特，但就这个对话上，我同意后面这位作家的观点。因为如从"新鲜的故事"角度考量的话，《红楼梦》大概也算是部通俗的情感小说，故事并不新鲜，无非权贵之家如何从繁华走向败落，以及一对痴心男女的爱情悲剧。《悲惨世界》可概括为一个有偷盗行为的穷小子，如何在仁慈主教的感召下，改邪归正，从善如流，并发家致富，救助孤寡，完成自我救赎的故事。我最近重读的《复活》呢，是一位曾轻浮的公子哥在法庭上见到被自己引诱过，现沦为妓女的女人，深受良心谴责，然后开始追寻道德自我完善与"新生之路"的故事……

或许，所有伟大的文学作品讲述的都是不那么"新鲜的故事"，至少不如一些悬疑或侦探、穿越小说来得"新鲜"。正如许多伟大的建筑从材质上来看不过是木与石，钢与土——然而，是什么使它们成为"伟大"？

譬如吴哥窟。

台湾作家蒋勋写过本《吴哥之美》，他为此十四次游历吴哥。而当我在某个冬季到达柬埔寨，站在吴哥窟的石雕前时，我在想：是什么吸引了蒋勋先生来了这么多次？

在"就是一些石头"之外，他还看到了什么？蒋勋自己也曾有此问：吴哥窟我一去再去，我想在那里寻找什么？我只是想证明曾经优秀过的文明不会消失吗？而我的文明呢？会被以后的人纪念吗？

我来柬埔寨起初并不是冲着吴哥窟的石雕，至少不是全部。当年看电影《花样年华》时遂对吴哥窟有了文艺的向往。

那四十九座巨大的四面佛雕像使柬埔寨从文艺的温情转向了历史的厚重。佛像唇边的微笑中原来有更复杂的成分，因此蒋勋先生一次次来到此地，思考建筑里时间与空间的力量，感受历史、信仰以及艺术的永恒魅力——正是这些同构了建筑的伟大。

一座古建筑无论如何颓旧，其内在的文化内涵不会被抽离。反之，一座仿古建筑无论在外形上多么神似古建筑，其内在的历史信息近乎为零。

"旅行的精髓是一种流浪感，特别是在不同文化中展开的异域漫游"，所以我们去到不同的地域，去观看、了解那些陌生的景观背后潜藏的文化密码，让那些异质的经验引领我们，扩充对这个世界的认知。

一部优秀的文学作品正如一座经典建筑，或许未使用什么新奇特的建筑材料，但它在若干合力的作用下，撑持起了一个有灵魂的空间，再现了一个有温度的"人类现场"。

在内容或文体的求新求变之外，"经典"的属性应当有着根本广泛的人性，绝不空洞，它辽阔、一叶知秋，是回声，亦是追问与探寻。在那些恢宏而精微的细节当中，游走与驻扎着各式各样的他者与"我们"。

如果列举出一百部名著，熟练的名著缩写者可以毫不费力地把它们整理成一千字内的提要或梗概，而这些提要，大抵是"太阳底下无新事"——那业已被写过无数次的人类生活，男与女、生与死、泪与笑、罪与罚、圆满与残缺……但显然，一支伟大的笔总是能以它充满力量的方式从容展开讲述，从亘古的"旧"中呈现新的阅读体验。

仿佛用无处不在的石头，其实可造就许多迥然不同的建筑。

每一座都自成风格，"其中的灵魂会对生命有真正的开启"。这开启的前提需是——观看它的生命不能是漠然、封闭的，更不能持傲慢与偏见。

如此，景观（无论是建筑景观还是文学景观）与人之间才能相互看见与被看见。

上海时光记

或者，我在上海的生活真正开始要从租住在徐汇龙漕路135弄凯翔小区算起，从厨房窗口望去，万体一带霓虹闪烁，上海光大会展中心的灯牌彻夜通明，宜家就在近旁，我从那儿陆续搬了些东西回去——租房的厨卫像给兔子用的，偌大的卧室却够一只河马居住：细木地板，高屋顶，夏天搬进也有秋的冷清，如同矜持单薄的少女，吃多少东西都不能使她看来丰满些。

此前，我住在杨浦区的同济大学附近，常穿过这座学府去赤峰路轻轨站。"同济文化周"时，我和Y去听了马原、格非、孙甘露等人的讲座。有爱好文学的学生传条上来问写小说有意义吗？开宝马的马原建议干什么最好也别干这个。但多年后，我在云南碰到马原时，他仍然在干着这个，还笑呵呵地和我们谈论国外小说大师，海明威、奈保尔。马原自己还写起了儿童长篇小说，写了好几部，《湾格花原》《三眼叔叔和他的灰鹅》等。

晚上在同济大学食堂吃面，盆状红碗，盖浇上一勺油花花的菜，看着就饱了。饭后看电影《一个陌生女人的来信》，电影院老旧，20世纪80年代建的礼堂，即使观众像警觉的动物般支棱起耳朵，屏幕传来的声音仍模糊难辨，老教授们纷纷退场。

散场，我和Y去她住处附近闲逛。华东政法大学，前身即圣约翰大学。1942年，张爱玲与好友炎樱搭轮船回到上海，曾在此就读。这是第一次去到与张爱玲气息有关的地方，以前虽然知道常德路195号的爱丁堡公寓，但一直没去过。

我们沿苏州河畔走了一段，附近在施工，空气中有浓重的灰尘味。我想起有位嫁到瑞士的女作家和我说起她的爱情故事：那时她也住苏州河附近，有次一个老外向她问路，她正好顺路，领他到要去的地方。第二天同条路上，她又碰到他，他说是特意等在这的……后来，这个老外成了她的丈夫。

这个故事发生在上海似乎顺理成章，类似故事我还听过若干。张爱玲说"到底是上海人"！别的地方的都市传奇在上海就是平常故事。

我和Y回到中山公园，沿路有流动卡拉OK摊，每个摊前都有人放歌。想起N年前，深圳夜晚的那些流动卡拉OK摊。当街唱歌的人多么自由。不就是唱首歌吗，谁认识你，想唱就唱吧，我和Y相互鼓励怂恿还是没唱。我检讨，"太爱惜自己的羽毛了"。"其实根本就没什么羽毛。"Y说。是的，其实没有，但幻觉中的羽毛总会禁锢妨碍人活得更自在。下回也许应当从唱路边卡拉摊开始，让神经更粗大。

住在同济附近时，每周去工作地点徐汇区的漕溪路三次，每次历时一小时左右。刷卡，上扶梯，在露天站台等候，展开报刊，塞紧耳机。所有人保持划一的动作和表情。轻轨启动，在楼群之间穿梭。有人戴着耳机念英语，有点磕巴，断续的，突兀地被剥离，他执着地念下去——没有比上海更需凭借英语而通行的城市，不只是这个戴耳机，头发松蓬的男人，还有蔻丹发亮的本埠女孩，握着袖珍单词手册默念，把音节当早餐消化。这座海上的城，必须掌握由二十六个字母构成的咒语，才能畅行。

路途长得让人几乎丧失到达终点的信心，好在有读物和耳机，这是路途必备。还有短信（那时还没有微信），拇指飞快摁出小小的光。车厢内，人们建造各自小小的临时隔离带，用一张报纸，一段短信，当作掩体，遮挡身体过分挨近带来的不安。如果是高峰期，掩体的搭建也变得困难，胳膊被另条胳膊挟持，后背抵着后背。还有最后一个办法：只需把眼皮合上——这世上最轻薄牢固的帘布，把世界挡在外头，在补偿睡眠不足的梦境里开花结果。有几次我坐过了站，不过没关系，轻轨永远循环往复，它带着我们在城市的体腔内左奔右突，寻找下一站出口。

搬到龙漕路单位附近后，不大坐轻轨了，更多乘地铁，1号线或2号线。有次去很远的浦东机场，早上六点不到，地铁里熟悉的气味：潮湿，燠闷，长期不通风沉积的庞杂的气味。刘德华在对面广告灯箱中不服老地微笑，挽起袖子露出代言的腕表。

地铁进站那刻，气流鼓荡起大风，站台上女人们的头发和裙裾纷纷扬起，幽暗站内——平素它像颗年久失修的心脏，此刻如同正打开的花朵，焕发刹那诗意。我总是站得更近，接近候车区黄线，这样风来得更激荡些。

地铁车厢玻璃窗上又换了内容，前阵子是"幸福就是煲了一下午的汤"——看到这句，我小小吃了一惊，它在冗闷车厢里显得那般家常，香气袅袅，让我想起猪骨炖黄豆，好久没心情煲个汤了。再看，还有下句，"却只花了一点点气"，原来是则燃气灶广告。

想起我曾过了 N 年悠闲的生活，闲到有年冬天，快过春节，外面街道的人群如蚂蚁班师回朝，我在电暖器旁读诗集，心旷神怡。那一刹的幸福感如此真切，以至多年后还记得。这样的日子多久没来了？也许读首好诗只需要几分钟，但这几分钟，真正进入的几分钟要数以百倍千倍的情绪来成就。慢的，个体的，阻隔而恍惚的几分钟。总在忙乱，生活持续膨胀，各种琐碎事体塞满人生每个角落。泥沙俱下的生活，从上游进入中游，湍急的转弯与激起浊浪的水面。但也是好的，浊才开阔。我接受，故我在。

这次地铁玻璃窗上的广告内容换成两幅漫画，左侧，"加班时他当你超人"，右侧，"加薪时他当你隐形人"，不知多少白领心有戚戚焉——这是座白领密集的城市，上周"麦克学摇滚"的万体演唱会，每首歌台下都和者众多，主唱兴奋得又临时加唱了若干首歌。

通常在地铁上我看随身带的读物。有次带的读物是《小王子》，看入迷，坐过了站。小王子使那段往返多次的上班路途突然变得美好，书中明朗而旷远的时光，小王子与狐狸，星球与玫瑰花——他们可不仅是童话的创造，更为乏味的成人世界打开一扇门。不过放下书，那扇门又已紧关……

在地铁上，你会碰见各式各样的人，他们步履匆匆，携着各自的命运与故事。有次我的身边站了对男女，看着像打工者。女的矮个头，面庞有着微胖女孩特有的一点甜。男的高出她一头，不怎么吭声。

"昨天有个客人来店里打牌，前天也来了，喊我和他搭，你晓得我又不会打，他说输了算他的。"

"你们店生意好不？"男孩闷了半天憋了句。

"开张时一般，现在蛮好。小王那个莘庄的朋友，丑死了！请我们蹦迪唱歌，又去麦当劳，后来还请我去玩，我说有事不去，才不想和他出去呢！"

"你把你二哥介绍到火锅店，开心吧？"又过了一会儿，男孩问。

"没啥开心的。我还不一样上全班，天天待在店里无聊死了，我不想同他们打牌，那些客人老叫我，小刘小刘的，烦死了！"

"你老板给你二哥开几多钱？"

……

女孩要他关注她，要他知道她有行情、有人气，虽然人气里包括一个好丑的莘庄男人。而他，对她话中出现的男人毫不为意。她小小地不甘，一次次提醒他注意，注意那些男人热情背后可能隐藏的动机，这动机在她的话里已颇为明显。可他全不解风情。

他们说起回老家过年的事，女的提到她碰上一个同学，在苏州打工，他喊她有空去玩，说介绍她去苏州一家电子厂做事。

"那里薪水挺高的，就是累点。苏州离这里很近的，坐车一会儿就到。"

"是很近，我老乡上周去了，他妹在那念书。"男孩说。

"我说我考虑下，哪能说去就去。"

男孩还是没接话。

女孩的脸黯淡下去，不过很快又笑着和他说起了别的。此刻她是高兴的，她同他站在一起，同辆地铁，同个站下，可能约着去同个地方，不过她肯定有点着急，他对她话中的男人竟一次也不追问，一次也不露出紧张且警惕的神情——世上还有他这样扫兴的人吗？！

搬到杂志社旁的龙漕路后，晚饭后我常一人去附近随便走走。

有个夜晚，漕宝路地铁站附近，1号出口旁有个烤肉摊，夫妻档外加一个七八岁的小女孩，小推车上还有个孩子，是他们的老二。夫妻俩手脚麻利，女摊主戴副眼镜，这使她和其他摊主看上去有那么些不同。因为她的眼镜，我买了一些很少吃的烤串。

上海夜晚总是有风，秋天的风最惬意，一阵阵从灌木和树梢上刮过，夹杂着桂花香。小区门口饮水机亮着灯钮。每隔一天，我就要抱个四升的净水瓶去打水——自来水管里出来的水有股漂白粉味。有次打水，有个女孩在旁边小声嘟囔，肠子都漂白了脸还没白！我笑了，她黑得其实挺好看，小麦色，听口音是外地人。

租住的6号楼在小区最里面，楼高十八层，从卧室窗口望出，四周全是楼间距窄到望不见顶的高楼。有次早上，在小区门口遇见一个穿暗花绸缎旗袍的女人，伊真隆重啊，高跟鞋，开叉旗袍快盖至脚面，梳着工整而复杂，让人想起"爱司头"的大发髻，夹着包在马路边等出租。一刹，我觉得她不像这时代的人，像百乐门时代，金大班时代，她正赶往繁华跳舞场，那里有不少她相熟的舞搭子。乐队三步音乐一响，他们滑入舞池，鞋底下木地板略微发着颤。这个女人，她盛装站在这个秋天的龙漕路上，显得有些失真。马路两侧是扬州包子店，福建沙县小吃，重庆水煮，北方煎饼以及苏州羊肉馆，离她不远处，鱼贩子在叫卖一筐东海带鱼。

另一次，我在这条路上碰见一大一小蹲在路边。大的是人，小的是狗。一个橙色饮料瓶盖，小狗舔几口水，男人加一点，小狗再舔几口，男人又添上点。这是早上九点多，马路上到处是车和人。周一，新一轮奔忙开始。男人蹲在路边，像什么都比不上一只小狗喝水重要。

那只狗小小的，略卷的棕黄毛，温顺，舔水的样子算得上文雅。男人其貌不扬，不过肯定是个有爱心的人。不是每个有闲的男人都有耐心在周一早上为小狗的瓶盖一次次添水。

过个小十字路口，漕东支路上的气息就不同了，两旁是"××花园"的一个大楼盘，我办公地点就在里面。房介店的玻璃上贴着"亏本出售……"那个房价令人望而生畏。

前面一点就是高架，轻轨站。夜晚，长列亮灯的轻轨在半空飞驶，像一排移动的小房间，很美，让人想起淡水码头，地老天荒之类。有次谁家孩子放焰火，正好轻轨驶过，灯光映衬焰火——想起台湾导演陈果的一部片子《去年烟花特别多》，好像亦舒也用它做过小说名，热闹与事过境迁的冷清，焰火腾空，转瞬，它们就成一地残骸。

当初来上海，这份媒体工作对我的吸引包括了可以采访形形色色的人。有次去建国西路采访某位女艺术家。她拍了许多上海女人，做编织"软雕塑"，最近 DIY 一堆很有风格的项链，她的人生美学是性感，个性，有风情。她的居所和她的人生美学也相符。老石库门旧房，陈旧木地板，旧家具（不是古董的旧，是被琐碎日子磨旧），房内氤氲着咖啡与茶香。是她独创的泡法，咖啡煮好，加入立顿红茶一袋，加炼乳若干，或再扔进几片苹果，煮好即是浓醇的咖啡红茶，可配小点心。

平价的成本也可以诞生艺术——这是她让人感受最深的。艺术不是品牌店的特许经营，是随时随地可发生的事。用几根毛线针，她编织了一批作品，颠覆了编织活的家常性，赋予了毛线以艺术性，穿着这些编织品的模特走上了T台。

为人妻母的她，有一些不足为外人道的不易，这不易她也拿来成全作品了，"所有好的小说家都不可能是纯洁之人，他必须心中有鬼"，一位作家曾这样说道。艺术家也一样，这个"鬼"是那些坑洼、褶皱，太光滑的内心对艺术是不具抓力的。

她给我看她近期的摄影，全是黑白片，皆是沙滩与泡沫。她说年轻时，只爱海浪疯狂的呼啸，如今更敬慕那些柔软又富张力的泡沫。礁石海风里堆积的泡沫，在黑白的光影中奔涌。

龙漕路离黄陂南路的新天地不远，外地朋友来，最常去的就是新天地。此地是最能代表上海腔调的地方，石库门穿插着现代建筑，青砖步行道，清水砖墙，厚重的乌漆大门和雕着巴洛克风格卷涡状山花的门楣，使得观光客仿佛置身于20世纪二三十年代的上海。然而当跨进每个建筑内部，则又非常现代和时尚。

据说当年地产商为动迁这个地块上居住的近两千户、逾八千居民，花费了超过六亿元。经过改造，淹没在弄堂内一座漂亮的荷兰式屋顶石库门建筑便跃然而出。拆去违章建筑，市区不多见的弄堂公馆重见天日。被保留下来的旧建筑各呈特色，仿佛一座座历史建筑陈列馆。整旧如旧，一个"旧"字，代价远远超过了新砖新瓦。地产公司专门从德国进口一种昂贵的防潮药水，像打针似的注射进墙壁的每块砖和砖缝里。屋顶上铺瓦前先放置两层防水隔热材料，再铺上注射了防潮药水的旧瓦。由此，有了风情万种的"新天地"。

有外地朋友来，我有时也会带他们去北外滩。作为外滩的延伸，它坐北朝南，面水朝阳，西南处外白渡桥、吴淞路桥两桥与老外滩相连，南面隔江与陆家嘴金融贸易区相望，延绵起伏的古典建筑群和对岸的摩天大楼尽收眼底，坐在哈根达斯门口看一江灯火，通体透明的船只在江中交汇，天空似泼下鸡尾酒，到处流光溢彩。

有次带父母来，母亲觉得一杯冰淇淋的价钱实在贵了。我说，这不仅是冰淇淋的价格，还有为这么美的夜景买的单呢，这么想就觉得不贵。

常去的还是新天地，离我住处近些。小众风情，酒吧如迁回院落，七进八厅缠缠绕绕，离了哪间都不完整，只有簇拥一处才合成丰美的欢场。灯光迷离，乐不思返的客人如同《聊斋》中被鬼魅勾了魂的书生，在音乐、骰子和酒精中晕头转向。

空气中飘浮着洋酒与香水味，穿露背装的中国女人挽着人高马大的老外走过，一拨拨旅行团把此处当作打卡的景点，快门兴奋地闪烁——很少看到独自的人，这里更适合成双成对，或成群结伙，一个人坐在那儿多少有点诱惑意味。一个男人独坐呢，就有甘愿被诱惑的意思。

酒吧内传出乐队声，驻唱歌手多唱英文歌或爵士风老歌。有次传出的歌声却是《上海滩》，"浪奔浪流／万里涛涛江水永不休／淘尽了世间事／混作滔滔一片潮流／是喜是愁／浪里分不清欢笑悲忧"。熟悉的歌声让人忍不住驻足，继而走进酒吧内，只见持话筒的中年女人黑裙黑袜，波浪鬈发，黛色眼影，看客人的眼神仿佛有一肚子知心话要同他们吐露。只有她们压得住今夜阵脚！《上海滩》也只有这副略带沙哑的嗓子才能唱得波澜不惊而又风浪暗涌。这般不年轻的女歌手新天地内还有不少，她们是经历过"诺言背叛诺言，刀子背叛缠绵"的女人。唯其不年轻，才能把老歌诠释得这么好；唯其不年轻，她们才练出了强大的胃，可从容对付有度数的酒。

那些在吧座上的散坐着的年轻女人，她们是新鲜生啤，是兑冰的朗姆酒，口感奇异。这液体喝下去，你就会懂得上海的夜晚有多么值得冒险，懂得那些外表松弛内心偾张的男人，他们杯中酒的下沉速度与热望的眼神让你想起一句上海女诗人的诗：

若有光／陈蔚文

热爱她，就憧憬着死在她的刀口下！

——读到这句诗的几年后，女友 Y 带我去那位女诗人家吃了顿晚饭，同座还有位写科幻（或是魔幻）小说的长发男人，沉重的金属耳环让我替他耳朵担着心。他盘腿坐在椅子上眉飞色舞地讲他在卢浮宫看画的经历，说波提切利的《春》近看原来构图透视有问题，而《蒙娜丽莎的微笑》用绳子围住，实际毫无看头。男人在家大公司任一个时髦职位，他说到要在静安寺的对面开家闹安寺，搞支电子乐队时，兴奋得差点从椅子上摔下来。后来收到他电邮的一个小说，里头的确有许多奇思妙想。

那时女友 Y 还没买下中山公园的小房，租住在万体附近的天钥新村，与我走动频繁。站在她租房的走廊看院中，花影盛大。怒放的夹竹桃，高大的石榴花树，还有广玉兰，院里泊着辆大红炫目的进口车，衬着周遭灰暗的楼房，有种奇诡的艳。

她住处的浴缸与灶台一帘之隔，外头是公用走廊，洗衣机间歇性轰鸣，这样的情调显然不适于泡澡，浴缸于是被充当洗菜池。从卧室窗口望去是邻居的窗户，黄昏，夫妻怒气冲冲地为小事争吵，油烟味四溢——这城不只是最新时尚发布会以及新锐派对，一样有它的俗陋，颓唐，并非全都流丽如海上花开。

当我自己在万体附近找房时，才明白在这个地段找房的不易，那些在外省会自卑到脸红的老房在这却开着骄傲的价格，并且租出极快，几乎像抢。

我和 Y 在万体馆台阶上坐着，风从高高的万体台阶刮过，近旁球场上灯光明亮，我们东拉西扯。她借给我三本书，刘小枫的《走向十字架上的真》，里尔克的《亲爱的上帝》，还有袭帕·拉希莉的《疾病解说者》，前两本是她一直随身携带的行李，无论到哪她都带着，近乎为心灵找到的依靠与慰安。书堆叠在床边，她甚至没一个正式点的书架安放它们——但书绝不比搁在堂皇的架上更感到委屈。

我们看碟，用她新添置的 DVD。《时时刻刻》，一部妮可·基德曼向女作家伍尔夫致敬的片子，优雅的妮可扮演一个游走于疯狂与清醒边缘的女人，片子充满光影与挣扎。夜深了，还有一堆碟来不及看，《樱桃的滋味》《十戒》《天堂的颜色》——Y，那时她的日常工作是为少女读者提供风花雪月的爱情故事，兼采访歌星影星们的美容秘籍，教导读者如何泡玫瑰花浴（虽然 Y 自己的浴缸用来洗菜）。

夏天快完时，她搬到延安路高架附近的江苏路，多了间阳台，卫生间也大了不少。秋天，周末我去她那，我们去花店买了棉纸荧光笔等一块做手工贺卡，用各自的美术底子把卡片做得很美，不过似乎没有什么人可邮：这样一份手工的心意，在这个年代的确有些不合时宜。后来，她总算在中山公园一带购了蜗居，总算能在自己家听 Eagles，盘腿与朋友谈论纳博科夫或理查德·福特之类了，或者，还能聊聊她一直想实践的类型——电影梦。

作为她新房第一位留宿者的我，如此喜欢这房的气息：放松，艺术，简练而迷人。房里有她四处行走的见证，那些来自旅途中的纪念物。墙上是一位上海女诗人赠她的手绘油画。梦境的湖蓝。宜家的若干书架装下了她的那些书，她单身生活里最重要的伴侣。一副书架无疑是一个人的精神版图，在这版图跟前，一间房的面积与窗户多寡无关紧要。茨维塔耶娃不是说过吗，"有这样一类你走近大城市时最初看见的房子：窗户很多，但住在里面的生命却不可思议的全是瞎子"。

有回我俩和一位摄影师朋友去唱歌。我唱了《千千阙歌》，Y很喜欢这首歌，觉得它代表着一个青春高度以及某种时间向度，就像她每次去歌厅总要唱王杰的《安妮》一样，那代表着十九岁的年纪和阶梯教室那些多褶皱的暗影。

2020年的冬天，偶尔看到《千千阙歌》的原唱陈慧娴出现在某档综艺节目里，排场很大的华服，染金色短发，站在炫目的舞台上，唱起的依旧是当年的几首成名曲：《飘雪》《千千阙歌》，声音仿佛当年，但老了，胖了不少，眉眼已无当年痕迹。从她的老去，我清晰地看见自己与整个20世纪70年代的老去。

歌声里，忽然想起已远去异国几年的Y，某年深秋，我们有一次东北之旅。她鼓动我上路的理由是她会带我去那些不寻常之地：滩涂、湿地、边境、无名村落……比起A级的风景与团线，她更愿去往的边缘之地。

在哈尔滨，某个岛上，我摄下她逆光的背影——落叶铺满空旷悠长的道路，一袭黑衣，背着大包的她向前走去，前方是她未知的路，也是我们都未知的路。

"好的画，迫近神而和神结合。它是神的完美抄本，神的画笔的阴影，神的音乐，神的旋律。"米开朗琪罗说。好的季节也如此，如秋天。

植物宁和，云朵宁和，远山宁和……自涩而熟，但又不至熟向萧瑟，天凉得刚好时，就是秋了。良乡栗子满街的秋天，我习惯在恒丰路一家小店前买，收钱的是名短发的外乡女子，圆脸，端正白净。几麻袋栗子堆在屋子墙角，男人在锅内大力翻炒，边从中拨拉出劣的。有客等得急，催他别挑，赶紧炒。他不理，埋头一粒粒拨拉，客人急得跳脚，复催，他冷张黑脸，"你不买就算，我就这么卖！"吵架的口气。短发女子竟也不劝，笑微微的，既不怕他上火得罪客，也不怕客走掉。而客竟也等下去，有点讪讪的。

柜内的她略丰满的身量，像一枚饱满的良乡栗子。她老是笑微微的，可能和身后炒栗子的黑脸男人在一起安心。栗子季一过，他们不知要上哪去，来年秋也不知还会不会来。

揣着热栗子回去，给一位采访对象发去提问的邮件。她的介绍是"从欧莱雅到 LV 的她，一个时尚从业者，优雅出现在各大时尚 PARTY 中，而她又脱下华服，出现在广西支教的队伍中，拿起粉笔，在山区做位普通教师……"

这是她曾经的一段经历了。她在博客上写，"爸爸在重症监护室里伸出手来做 OK 的手势，教会我懂得放什么，拿什么。放心，爸爸的慧眼看着，我的人生会重新排序。中午，同仁堂二楼，看到店堂里额匾上的话，'修合，无人见，存心，有天知'。轰隆仿佛惊雷过顶，而后，豁然天明……"三十三岁的她也提到"豁然"二字。觉得有这感受的人多幸运。像走着夜路乍然望见灯光，遂明了方向，朝着光走下去。"豁然"二字原出自《怀素自叙帖》，讲怀素幼而事佛，经禅之暇颇好笔翰，然恨未能远睹前人之奇迹，所见甚浅。遂担笈杖锡，西游上国，之后"豁然心胸，略无疑滞"。我是至今没有豁然，也不知何时能够豁然，那正应是秋日之境。

去外头散步。过天桥，远远的，空中悬一轮皓月，光晕温存，像绘本中的月亮。下天桥，过十字路口，前面有人竟牵着匹马，矫健温良的马，尾巴向地下垂着，默默跟着主人靠路边走，倘在乡间石子路，万籁俱静，会听到嗒嗒的马蹄声。

一棵树，一轮月，一匹马，就是秋了。

秋日的天很高，不过也就到鸟的翅膀。

在上海的第五个秋天，同样金黄的银杏树，阔大的梧桐，叶子在风里翻飞，落叶铺垫在人行道旁，并不萧瑟，倒有种来去从容的劲儿。秋天是有景深的季节，像俄国画家列维坦的油画。

夜晚，电脑里在放着女歌手邝美云的歌，我喜欢的女歌手。她的粤语歌尤其动人，明亮而有厚度，像前阵去森林公园见到的盛开的广玉兰，碗大的皎洁花朵藏于枝繁叶茂间，走到近前，才被那一壁的雍容江山小小地一震。子夜，听她的《离别的摇篮曲》，云层后的思慕，忽高忽低的飘浮，二十年前的河川自成一派情意世间……1963 年出生的她曾获香港小姐选美比赛亚军，在访谈节目中依旧风韵卓越。但风韵已非她追求，她捐资建校，做义工。她的人生里除了美和歌声，有了更多东西。这些东西使她无所谓光阴，光阴成为类似酒的发酵，不论保质期，只论年份。

打开电邮，回复白天收到的 F 的信，她又遇上一场感情变故，很接受不了。这些年，她总在不同的男人与情爱间载沉载浮。

我在灯下给她回复电邮，告诉她今天读到胡因梦的一句话：如不戒掉爱情的毒瘾，那她内心就始终是个小婴儿，不能自给自足，更难以焕发出内在的生命能量。我告诉她，前几天和她也认识的周聊天，她说，"这段时间我知道原因了：痛苦源于自私，快乐源于奉献。一个人试着多给出就快乐了。我们要学会如何放下自我，对自我不执着不判断不批评，只是接纳。心理学会教你分析自我，这并不能解决问题，反倒有时带来问题，因为它的视角还是围绕我。所以，我觉得真正的修行是放开那个我，去看见更大的世界，这才是真正的解脱和超越"。

在给她回信前，得知我的前任主编走了。才三十出头。我是她博客的常客。她患有恶性肿瘤，一直在写博客，分享积极乐观的抗争，在西医化疗与某位中医间，她艰难地选择了中医。她儿子八九岁，叫牛牛，她在生命最后还养了条叫朋朋的狗，她心平气和地谈到许多生死问题。她的博客里能遇见不少癌症患者以及家属，求生，是他们日子里最最重要的事。

"真后悔浪费了太多大好时光。好像老觉得有充足的时间似的。事实上，从一个看起来还算正常的人，到出门都困难，原来这么快。许多身后事都没处理。今天下午决定硬着头皮出门剪头发。精力有限，还是剪成短头发更易打理。对俺好不容易留起的长发，还真恋恋不舍呢。"这是她最后一则博文。

这个秋天有太多东西涌来。我收拾行装，准备离开这个待了五年的城市，开始下一段的旅程。

落花时节又逢君

　　如果没有杜甫的《江南逢李龟年》，有几人知道李龟年为何许人也？

　　"岐王宅里寻常见，崔九堂前几度闻。正是江南好风景，落花时节又逢君。"这首脍炙人口的诗被清代诗人邵长蘅评价为："子美七绝，此为压卷。"可见此诗非同一般的艺术成就。我感兴趣的是，这首诗包含的强烈叙事性，短短四句里，仅人物就有岐王、崔九、李龟年，还有与这三人俱有交往的作者杜甫。

　　一段盛唐至大历年间的历史蕴藏其间。

　　岐王，唐玄宗李隆基的弟弟，名李范，以好学爱才著称，雅善音律，是当时的文化名流。崔九，中书令崔湜的弟弟，因在兄弟中排行第九又叫崔九，玄宗时，他曾任殿中监，出入禁中，得玄宗宠幸。值得一提的是崔九的另一个身份，他是"诗佛"王维（王维和岐王李范的关系也很好）的妻弟。王维三十一岁时，妻子崔氏也就是崔九的姐姐病故，三十年间王维再未续娶，只身孤居，素食布衣，过着禅僧的生活。

在这个朋友圈里，王维与李龟年亦关系甚笃，由王维的七绝《送元二使安西》改编的《阳关三叠》就是早年李龟年传唱的名曲之一，全曲由三段组成，旋律抑扬深沉，由李龟年唱响后，一时风靡朝野市井。

李龟年，其祖父李怀远曾任唐中宗时丞相，邢州柏仁（今河北隆尧县）人，李龟年的父亲是位宫廷乐师，这使得李龟年三兄弟都遗传了音乐细胞，皆通音律。其中李龟年的音乐才能最为突出，他是位唱作型的全能音乐人，能歌擅乐器（吹筚篥、奏羯鼓），还会作曲，曾和兄弟李彭年等人共同创作了《渭川曲》，此曲早已散逸，但后人推断它是在俗乐基础上吸取西北民族音乐、融秦声汉调于一体的法曲乐调，同《凉州曲》《伊州曲》一类相似，繁弦急管，清飏宛转。

也正是因为《渭川曲》，李龟年在宫廷乐工中脱颖而出，为唐玄宗所赏重。

"岐王宅里寻常见，崔九堂前几度闻。"杜甫的这两句诗一下把开元初年的气象召唤出来。

岐王宅与崔九堂是当时文人雅集之地，丝竹管弦，曲水流觞，笙箫歌舞声中折射出开元盛世的一派繁荣。

"开元年间，国力空前强盛，社会经济空前繁荣，人口大幅度增长，天宝年间唐朝人口达到八千万人，国家财政收入稳定。商业和交通发达，对外贸易不断增长，波斯、大食商人纷至沓来，长安、洛阳、广州等大都市商贾云集，各种肤色、不同语言的商人身穿不同的服装来来往往，十分热闹。唐朝进入全盛时期，中国封建社会达到顶峰阶段。"这段材料的记载可以遥想那时盛况。这与唐玄宗的治理密不可分，景云三年（712年），唐睿宗李旦让位于李隆基，是为唐玄宗。玄宗粉碎太平公主集团后，立即"讲武于骊山之下，征兵二十万，旌旗连亘五十余里"，并流放郭元振，斩杀唐绍扬威皇权，并逐步将功臣、诸王外刺（调离出京，到外地任刺史）。皇权稳固后，玄宗开始整顿朝纲，任用贤能。

开元年间除了政经繁荣，文艺也相当兴盛。唐玄宗多才多艺，精通音律，能奏多种乐器，如横笛、拍板、羯鼓、琵琶等，其中最擅奏羯鼓——李龟年也擅此乐器。

羯鼓又叫"两杖鼓"，最早流行于西域地区，大约在南北朝时传入中原。这种乐器两头粗腰部细，以公羊皮做鼓皮，因此叫羯鼓。它发出的音主要是古时十二律中阳律第二律一度。演奏起来节奏急促，扣人心弦，被唐玄宗称为"八音领袖"，其他乐器不可与之相比。

唐玄宗曾作鼓曲《秋风高》，每逢秋高气爽，他必奏此曲。可以想见那是幅多么具有意境的画面：秋风飒飒，鼓声朗朗，大唐山河如此多娇。

当时的宰相宋璟亦擅长敲击羯鼓，他对玄宗说："击鼓时，如果能够做到'头如青山峰，手如白雨点'，便是击羯鼓的能手。"可以肯定，唐玄宗的击鼓技艺一定达到了宋璟所言境界。有次和李龟年交流击鼓，玄宗问李龟年打断了多少根鼓杖，李龟年答："臣已打折了五十根鼓杖。"唐玄宗得意一笑："这不算什么，我已经打折四立柜了。"

唐玄宗还擅奏竹笛。有一日他作了首新曲，当晚用竹笛反复演奏。翌日听见有人在熟练地吹奏那首新曲，不禁大惊，当即将演奏者唤来。原来是当时著名的笛手李谟，听到唐玄宗的演奏后颇为喜爱，于是默记下来。

据说玄宗还擅指挥乐队与作曲。他一生创作了很多乐曲，这些乐曲与前代音乐有很大区别。唐玄宗之前的音乐政治性非常强，大多为歌功颂德类，玄宗所作的乐曲一改前代以艺术性见称之风。

在玄宗倡导下，达官大臣慕之者皆善言音律，而在这些人中，李龟年的音乐水准又高出一筹，在当时音乐界的地位可谓"甲于都下"。

明人张岱在《夜航船》中对其才华也有描写："李龟年至岐王宅，闻琴，曰：'此秦声。'良久，又曰：'此楚声。'主人入问之，则前弹者陇西沈妍，后弹者扬州薛满。二妓大服。"此段写了李龟年隔门辨音，可见其对音律的熟悉。

据说那次宴会结束后，岐王以"破红绡、蟾酥纱"作为礼物赠送给来宾，李龟年根本不把这些放在眼里，却突然掀开帷幕冲了进去，从女伶沈妍的手中将琵琶一把夺了过来，然后若无其事地拨弄着弦……他的举动使周围的人大为愕然，生怕冒犯岐王，岐王却毫无愠色，因他本人不但工于诗文，也颇解音律，对李龟年有爱才之心，从此，李龟年便成了岐王府的常客。

李龟年的两个兄弟李鹤年与李彭年音乐造诣也不错，鹤年能歌，彭年善舞，三兄弟即可组一个戏班。唐玄宗命太乐署为兄弟三人在洛阳城中繁华的上等甲地——通远里划了一片地，起造宅第，规格等级超越了相关规定，时称"逾于公侯"，堂屋廊院极是华丽。

据说，后来这座宅院被晋国公裴度（唐中期杰出的政治家、文学家）辟为别墅，名"绿野堂"，成了裴公和白居易、刘禹锡饮酒赋诗的所在。马致远的套曲《双调·夜行船·秋思》中写道，"裴公绿野堂，陶令白莲社，爱秋来时那些；和露摘黄花，带霜烹紫蟹，煮酒烧红叶"。白居易也有诗云，"绿野堂开占物华，路人指道令公家。令公桃李满天下，何用堂前更种花"。这"裴公绿野堂"的前身，就是李龟年的宅第。

名声显赫的三兄弟常被王公贵人请去演唱，赏赐丰厚。那无疑是李龟年人生中的盛年，春风得意笙歌逐，高处烧银烛。

安史之乱后，李龟年流落江南，靠在宴会上演唱为生。"每遇良辰胜赏，为人歌数阕。座中闻之，莫不掩泣罢酒。"据说有次他流落到湖南湘潭，在访使举办的宴会上演唱了王维的五言诗《相思》："红豆生南国，春来发几枝。愿君多采撷，此物最相思。"又唱了王维的一首《伊川歌》："秋风明月独离居，荡子从戎十载余。征人去日殷勤嘱，归雁来时数寄书。"表达了希望玄宗南幸的心愿。但此时玄宗已是风烛残年，自顾不暇，哪还有精力顾得上李龟年呢？

就在李龟年暮年飘零的途中，与故人杜甫相遇。国破山河在，城春草木深，当年繁华已逝，乐声远去，游魂伶仃归不得——这种落差，不禁让人想起南唐后主李煜的词，"独自莫凭栏，无限江山，别时容易见时难。流水落花春去也，天上人间"。

两人相遇时节正是春天，地点长沙，"正是江南好风景"，听去似乎春光大好，处处明媚，但诗人紧接着笔墨一转，"落花时节又逢君"，提示出时值暮春。风景虽好，花已凋零。"落花"与相遇的心境是吻合的，时运、世运与人运的萧瑟都笼在"落花"之中。

此诗作于大历五年（770年），杜甫人生的最后一年，距安史之乱结束七年，战乱造成的创伤仍未疗愈。这一年，鱼朝恩专掌禁军，势倾朝野。每喜于广座恣谈时政，侮辱宰相。这一年，李白已经去世八年，王维已经去世九年，在成都资助自己生活的老朋友高适和严武也已去世五年，山河依旧，故人不在，老杜在无边落木里看长江滚滚，写下了著名的《秋兴八首》。

这几年来，思乡心切的杜甫乘舟出峡，先到江陵，又转公安，年底又漂泊到湖南岳阳，行程中杜甫一直住在船上。

由于生活困顿，不但不能北归，还被迫更往南行。大历四年正月，由岳阳到潭州（长沙），又由潭州到衡州（衡阳），复折回潭州（长沙郡），"疏布缠枯骨，奔走苦不暖"，晚境凄凉。

也就是在此时，他与流落的宫廷音乐人李龟年相遇，不由感慨万千。故人重逢，本是乐事，但在此种情境下相逢，唯余满腹辛酸。"世运之治乱，华年之盛衰，彼此之凄凉流落，俱在其中。"

开元盛世永不再回。想必李龟年在流落途中不止一次忆起那"繁弦急管催献酬，倏若飞空生羽翼"的过往吧——唐人胡璩所著笔记小说集《谭宾录》中载："天宝中，玄宗命宫女数百人为梨园弟子，皆居宜春北院。上素晓音律，时有马仙期、李龟年、贺怀智皆洞知律度。安禄山自范阳入觐，亦献白玉箫管数百事，皆陈于梨园。自是音响殆不类人间。"

这段话还原了一个乐声回荡的天宝年间。梨园，原是宫中的一个果园，春天的游宴处。梨园中有个亭子，《旧唐书·中宗纪》多次提到梨园亭，皇帝率众在此观看打球和拔河比赛。开元二年，唐玄宗创设"梨园"，即设立在禁苑梨园中的宫廷音乐机构，以专门教习法曲为主。玄宗十分重视梨园，一有机会就到梨园亲自指挥乐人排练，除法部外，还专设了一个梨园"小部"，"凡三十人，皆十五以下"，相当于国立戏校，从苗子起培养戏曲人才。

当时梨园子弟有数百人，成日在园内习歌演舞。在梨园任职的就有李龟年等知名乐师。安禄山从范阳（今保定以北，北京以南一带）进京朝拜，献上白玉箫管数百件，都收于梨园。梨园内成天乐声飘飘，犹如仙境。

宋代《太平广记》中也载有一故事：开元年间，宫中喜牡丹，得新品种后移植在特为太真妃新建成的沉香亭边，又值花会繁开，玄宗皇帝乘照夜白宝马，太真妃乘步辇相随，前往沉香亭畔观赏牡丹。下诏特选梨园弟子中的优秀歌手唱歌，得乐曲十六部。李龟年当时也在，他手捧檀板，站在众歌手前边，刚要开唱，玄宗说："赏名花，对美人，怎能用旧曲旧词唱呢？"于是命李龟年持御用金花笺，宣召李白进宫，让他立刻写出《清平调》三章。

李白欣然受命，只是宿醉还未全醒。他略一沉思，提笔挥就，写成《清平调》三章："云想衣裳花想容，春风拂槛露华浓。若非群玉山头见，会向瑶台月下逢。""一支红艳露凝香，云雨巫山枉断肠。借问汉宫谁得似，可怜飞燕倚新妆。""名花倾国两相欢，长得君王带笑看。解释春风无限恨，沉香亭北倚阑干。"

李白写罢，龟年立即进献。玄宗命梨园弟子调丝竹伴奏，催促李龟年引喉唱之。太真妃杨玉环手持玻璃七宝杯，玄宗亲吹玉笛为李龟年伴奏。

李龟年常将此事讲给人听，那是他的高光时刻啊。

安史之乱后，梨园子弟四散。洞晓琵琶的梨园乐工雷海青在安史之乱中因不肯为安禄山演奏而被残忍地肢解示众（据《资治通鉴》）。王维闻此事，立即写了一诗表达悲愤："万户伤心生野烟，百官何日更朝天。秋槐落叶空宫里，凝碧池头奏管弦。"

这首诗又意外地救了王维。安史之乱中，安禄山硬把王维迎置于洛阳的普施寺中，并授予他"给事中"的官职。安史之乱平定后，凭"任职"这点王维本可治罪，但唐肃宗从这首诗知道王维任职所非情愿，对他也就从轻发落。

战乱后的河山千疮百孔，杜甫内心亦然，多病，丧幼子，左耳聋。暮春与李龟年的相逢自是心情复杂，他这一生"朝扣富儿门，暮随肥马尘。残杯与冷炙，到处潜悲辛"，从未有过李龟年的得宠与当红。如今，他乡一遇，眼见这位昔日君王的座上宾沦落到卖艺为生，怎能不唏嘘嗟叹？

老杜的最后几年多在船上漂泊，风痹病愈加严重。公元770年，四月八日，长沙发生臧玠的乱子。这是一次小规模的地方武勇兵变，和杜甫这一生经历过的大风大浪比算不得什么。但此时老杜已是暮年，"战血流依旧，军声动至今"，战乱带来的阴影令他痛恨这种提心吊胆的惊惶，于是他去往衡州。

在衡州，他接到任职于郴州的舅父崔伟的书信，便去投奔舅父。时逢夏季，湘南洪水泛滥，船在耒阳被困五天断粮，幸得耒阳县令闻讯后送来白酒、牛肉解困。大概六月，乱子平定，这也是杜甫为什么忽然改变原来南下郴州的计划，又由耒阳折回长沙的原因。老杜无时无刻不想北归，避乱南下本是万不得已，现在乱子既已平定，自然要掉转船头北归了，在船上他写下人生的最后一首诗，此诗可说是自挽诗——《风疾舟中伏枕书怀三十六韵奉呈湖南亲友》，"故国悲寒望，群云惨岁阴。水乡霾白屋，枫岸叠青岑"，写了从舟中看到的凄惨景况——那望见的亦是他自身命运的凄惨。

大历五年冬，杜甫在由潭州往岳阳的一条小船上去世，时年五十九岁。

或许，比起李龟年，杜甫还算幸运，至少留下卒年，诗篇传世，而李龟年郁郁而终，卒年不详。他的音乐才能早已消散在天宝年间的风中。从宫廷首席乐师到民间卖艺者，从"逾于公侯"的府邸主人到流落江湖，这位唐代音乐大师的一生可谓跌宕。

而其他那些著名的古代音乐人似乎命运也没有好到哪去，比如三国时期音乐家嵇康，遭人构陷，在刑场上抚了一曲《广陵散》后从容就戮，时年四十岁；西汉音乐家李延年曾因犯法而被处腐刑，后因其妹受宠，李延年也成为汉武帝的近侍，主持乐府，得宠尊贵一时，后却被两次灭族；南宋的文学家、音乐家姜夔，少年孤贫，一生转徙江湖，靠卖字和朋友接济为生，过着寄人篱下的布衣生活，死后靠友朋吴潜等人捐资，才勉强葬于杭州钱塘门外的西马塍……

如果不是老杜的这首七绝，大概世人如我一般，多不知李龟年为何人，虽然大历才子李端也为他写过一首诗，诗名就叫《赠李龟年》，"青春事汉主，白首入秦城。遍识才人字，多知旧曲名。风流随故事，语笑合新声。独有垂杨树，偏伤日暮情"。这首诗虽也写得不错，但比起老杜的《江南逢李龟年》，究竟略逊一筹。

一个是旁观，一个是亲历，李端比老杜小二十五岁，算是老杜的晚辈，当年老杜出入岐王宅和崔九堂，一闻李龟年的动人音律时，李端大概彼时还在"少居庐山"。老杜与李龟年的江南相遇则"同是天涯沦落人"，心有戚戚，在"又逢君"中有着难言的怅惘。

在李龟年之前，广德二年（764年），老杜还写过一首有感乱世中老友相逢的诗，主人公曹霸是三国高贵乡公曹髦后裔，精通书画，官至右武卫将军，擅画马，尤精鞍马人物，曾画"御马"，笔墨沉着，神采生动，深受玄宗赏识。安史之乱爆发后，曹霸因一幅作品有影射唐朝之嫌，被削职免官，过着流离失所的生活。他流亡至成都时，身无分文，靠为人绘肖像谋生，后杜甫几经寻访，终于与之相见，老杜写下《丹青引赠曹将军霸》及《韦讽录事宅观曹将军画马图》两诗，为曹霸也为自己发出了"但看古来盛名下，终日坎壈缠其身"的感慨。

六年后，老杜遭逢旧友李龟年，写下他人生最后一首七绝《江南逢李龟年》，短短二十八字推开了一扇通往天宝年间的侧门，笔简意深，难怪朱熹评价说："杜诗初年甚精，晚年横逆不可当，只意到处便押一个韵。"意指老杜的诗到了晚年已入化境，看似平易随性，功力却十分了得。《江南逢李龟年》即是如此，看似寻常，几个名物词语将一个时代的兴衰浓缩其中。

不知李龟年本人是否读过这首诗，若读到，又是何种心情？这四句诗的况味如此复杂，包含着当年的管弦之盛，故国不堪回首的悲慨，晚景惨淡的无奈，善自珍摄的辞别……"又逢君"之后，其实彼此知道，不会再遇。老友远去，一如盛唐的远去。

邈渺鼓声中，沧海尽成空。

行 客

1

赣州龙南客家的关西新围是我头回见到的围屋，它有着偏居一隅、自成一统的巍峨，蜜蜂营巢般的严谨——从天空俯拍的圆形围屋图片，正如一个巨形蜂巢。

"其方、圆式围楼结构和堂、横屋纵横交织的综合性大型建筑形制，具有极强的中国传统伦理观念及风水意识。"——建筑是通向历史与文化深处的路径，每块砖瓦、每根梁椽，都暗藏文明形态的密码。

秦汉以来，每次王朝更迭的背后都有大批迁徙的身影。两晋至唐宋时期的战乱饥荒，更造成黄河流域的中原汉人被迫五次大南迁。他们扶老携幼，挥泪作别故土，避居于南方的荒野陵谷，也由此有了中国迁徙文化中浓重的一笔：客家文化。

我所认识的一些客家人身上，多有着勤勉、练达，有不达目的誓不罢休的劲儿，同时还有着未雨绸缪的精明与安危意识。

这座关西围屋的主人是当地名绅徐名钧，人称徐老四。在江南经营木材生意起家，后开药铺、当铺，成一方富贾。清嘉庆三年（1798年），他开始找名匠建筑此围，历时二十九年竣工，成为赣南现存五百多座客家围屋中规模最大、功能最齐全的一处。

围屋整体结构像个巨大的"回"字，中间的"口"字部位是祠堂，也是围屋的精神核心所在，以其为中轴线，遵照礼制依次分布不同等级的厅堂，由天井、连廊和夹道串联，体现出莫大向心力。

整座围屋充满强烈的家族意识，散发着森严的气息。进来参观的人，即使踏着最轻的脚步，也有几分像贸然的闯入者。

2

客家人，这群因大迁徙而啸聚一处的中原族群，何以在南迁过程中，生出了一呼百应、具有高度认同感和归属感的文化？行走于围屋之内，这种发问无处不在。

纵观前史，因各种原因而导致的大规模人口迁徙几乎遍布历朝历代。从西晋的"永嘉之乱"、唐朝的"安史之乱"，再到近代的"走西口""闯关东"，都未留下一个类似客家文化的族群，即便是作为中国人口大迁徙的集散地——山西洪洞大槐树，也只留下了一首"问我祖先在何处，山西洪洞大槐树"的民谣。

五代十国以降，中原文明屡遭来自北方游牧部落的侵袭，加之朝政倾轧，动辄殃及池鱼，大批中原失势的贵族和流民自此踏上南迁之旅。无形中，他们担负起赓续文化的重任，这文化在离乡背井之后愈发铭心——此时的故乡已成为唯借助于文化符号、民俗礼仪才可复现的群体记忆。在陌生的南方，来自中原的迁徙者们戮力同心，宗族文化正是连接这一族群的核心纽带。

在与赣闽粤边山区的古南越、畲、瑶族渗透直至融合的漫长过程里，中原客所引入的儒家文化显现了其强大的秩序构建力。在儒家纲常的架构之下，合作与秩序替代了对抗与机会主义——这种"识时务"的策略在动荡年代显示出其强大实用性。

围屋，正是这一策略的建筑彰显。

3

"安居"一直是植根于中国传统文化的最核心表征，安居才可"人和、意顺、神畅、福至"。四海为家的"浪漫"非动荡年代百姓可消受。对他们来说，"途中"意味流离失所与未知凶险。北宋《云笈七签》卷六十曰："譬於器中安物，物假器而居之，畏器之破坏，物乃不得安居。"这正是人与屋的关系，人为物，屋为器。器不安，物何置？

迁徙中的漂泊感加剧了人对安居的向往。

坚固，齐备，世代居于其中，外坚内和，尽享天伦，这是迁徙者对居所的终极理想。

在客家先民进入赣南之前，本地百姓居住的多为干栏式（架空地面楼居）房子。客家人来后，采用中原传统建筑工艺中最先进的抬梁式与穿斗式相结合的技艺，选择丘陵地带或斜坡地段建造围龙屋，屋子多以营垒式为主。明清时期，大约有五百座围屋在赣南大地拔地而起。青砖筑起的厚围墙，只留一个小小的入口，墙体设有可射击的炮楼。若有匪扰，围楼紧闭门户，男丁通过射孔用弓箭和枪抵制。围楼和围楼之间，还可相互支援。

对每一座围屋，"家族精神"是其灵魂所在，带有牢不可破的意味。围屋的每间屋子均朝向坐落于中轴线上的宗祠——建构在血缘关系之上的合作乃是一种成本最低、关系最牢的组合。"聚族于斯"，庭院深深中，宗法伦理成为家族成员们的精神自觉。

4

"客"在中国古诗词中是个出现频率颇高的字，"万里悲秋常作客，百年多病独登台""晨起动征铎，客行悲故乡""棋罢不知人换世，酒阑无奈客思家"……一句"独在异乡为异客"更是定格了"客"的怅惘身份。

"客家人"，在这称谓中原本贯穿着命途的坎壈之感，而围屋便是变"客"为主的践行。一座围屋即是一户客家人的堡垒，一处精神的框架，一根心魂锚定的地平线。甚至在建材中也渗透着客家人未雨绸缪的安危意识：围屋的内壁常以糯米或薯粉掺入，不仅增加墙体黏性，饥馑之年还可充饥；围内还设有储粮暗井，灭火装置。有些围内的井中养活鱼数条，防人投毒……

除这些严防死守的安全设施之外，亦有怡情遣心的庭院戏台，可供吹笛引箫，比如徐老四的关西新围内便有一处戏台，让人遥想当年围内如何在兵荒马乱中另有一番桃源之逸。

关西新围里，至今仍有十余户徐家后人居住，多是老人孩子。有的老人从出生就住在围内，住了七十多年。徐显镇是围屋始建者徐名钧的第七代孙，之前一直居住在围屋的东厢房，因为只有两间房，不够一家八口居住，后搬离了围屋。在小学任教的徐显镇是同辈人中文化水平较高的，退休后，他自愿担任起了关西新围的讲解员。他介绍围屋的设计、施工者是苏杭人，主房结构是"三进六开九栋十八厅"式，围屋里的"小花洲"仿照的是《红楼梦》中大观园的形式。每年冬至之前，徐家都要举行盛大的祭祖典礼，要求徐家后人的家庭成员都来参加，但总有缺席的——后人们多在外打工。

　　历史已完全地切换到另个维度——乡村人口正向城市大面积漂移，城市飞速扩张，田园将芜。自 20 世纪 80 年代打工潮出现至今，它早已成为一种常态的社会现象。固守家乡的"安居"被广泛的迁徙替代。从乡村出走，从县城出走，从二三线城市出走，从此岸向彼岸出走，去往 GDP 值的更高处。在当代的巨幅地图上，布满错综频繁的流动与迁徙……

　　前现代乡村的价值、故土信念和生活方式，与城市板块发生着激烈碰撞。对一个城邦而言，客与主已然混淆，谁为客，谁又为主？到处是摩肩接踵的行客，"族群"的概念逐渐消遁在以个体为中心的存在形式里。

　　时近黄昏，夕阳为这座建筑留下浓重廓影。白发老妪立于槛边凝伫，她身后的围屋宏大，幽深。身前大门口正前方，曾象征着聚财的半月池在夕照中折射出粼粼光影。

大畲村的"下午茶"

在很多地方喝过下午茶，但在一间乡村的老屋喝是第一次。从仲夏午后的强光中走进赣南石城大畲村的一间老屋，有失明之感。视力经过短暂调整，见桌边围坐三四位老人。

"你们在吃饭吗？"

"喝茶。"有位老人答。下午两点左右，这黑黢黢中进行着的下午茶有一种殊异的气息。此刻的"下午茶"和屋内乌黯的墙、悬挂的竹篮饭箕是一体的，和屋外的天井、葱盆与残缺石凳是一体的，和整个村庄在蝉鸣声中放大的寂寥是一体的。

圆桌上一架小黑白电视机在放城市题材的连续剧，老人们边聊天边看几眼电视，顺带了解儿孙们在城市可能的遭际。

老人热情地招呼我们坐下，在小杯中斟上茶，黄绿色的粗茶也许就出自村后某棵大树。桌上茶点除了几块塑料纸包装的小糕点外，还有颜色乌沉的薯干和自种的花生。花生潮了，硬度正适合老年人的牙口，就像"暗"吻合他们的暮

年，吻合乡村的作息：日出而作，日入而息；凿井而饮，耕
田而食。

座中年纪最大的老妪已八十岁了，一颗花生在她干瘪的
嘴里研磨了许久，像把一颗花生从种子至收获的过程都在其
中过了一遍。老人极瘦，体内汁液好像已经蒸发殆尽，在烈
日的田垄间，在秋日的谷坪中——体力的支付是这样漫长的
熬炼。原始的、四季更迭、永无止休的体力活，无异于田间
地头的苦役与流放。有位朋友曾说，当年拼命逃离乡村就是
因为再忍耐不了繁重的体力活，忍受不了拖着几百斤的稻谷
行进在骄阳下，像头绝望的牲口。

朋友算幸运的，从乡村一步步奋斗到了城市办公桌边。
更多的乡村儿女，他们正在逃离路上。在车间、厂房或其他
打工场所，从不标准的普通话开始与城市的磨合。和朋友一
样，逃离"体力化"的人生是他们强烈普遍的愿景，或者说，
用工业文明中的体力置换"面朝黄土背朝天"的农耕社会的
体力——工业化的体力生计里包含着脱离的希望与可能，而
置于农业中的体力生涯却几乎漫长无际。都市霓光四处闪
烁，通过屏幕一直递到最偏远的地方，那是"外面的世界"。
尽管进入工业社会有新的困难与风险，包括身份转型的尴
尬，但它比起沉重的土地，对年轻一代的诱惑仍然巨大。

老妪在这幢屋里迎接着终点，她会在此成为乡村的一部
分，成为枝叶、柴草、苔藓、泥土，成为大畲村历史基质中
微小的一部分。另几位老人，无疑有一天，也会埋骨于此，

像水回到水中。

那些走出去了的儿孙，还会回到这里吗？

这座村子地处琴江镇东南部，宋前曾名竹子洞、彭家村，在宋元时，因畲人入迁而取名大畲。曾经，这座村庄有过盛事。村中的"南庐屋"（又名黄家屋）占地一万五千多平米，由清乾隆癸卯年的北关义士黄声远出资建造，历时九年，典型客家天井式砖木建筑，全屋有房九十九间半（客家奉行"满则溢"风俗，因此不能满百），间间相通，廊廊相连，梁柱门窗雕刻精美。中间为四栋大厅堂，门外一大坪。坪外有一亩池塘，塘两旁植有七棵大柏树，其形若盖，有近两百年历史——这幢气派老屋，如今几成空宅，留守的唯有老弱。

"当家园废失，我知道所有回家的脚步都已踏踏实实地迈上了虚无之途。"出走者不止在乡村，城市同样涌动着大批出走者。某次聚会，席上多半人的孩子都在"北上广"工作或异国留学定居，余下的几位孩子尚小，但已有此规划。仿佛一条生物链，"北上广"与发达异国成为新的链条高端。即便迁徙成本越来越高，也无法阻止这股洪流。"背井离乡"一词不再充满悲剧意味，不再像马致远在《汉宫秋》中所形容的"背井离乡，卧雪眠霜"那样苦。

老人沏上新一轮茶。小而粗糙的杯盏，乡居岁月里，所幸还有几位老伙伴围坐一张桌边，话话家常。他们是乡村最后的留守者，离土地最近的人，地理意义上的故乡因他们还存在着。尽管，它会是个越来越模糊的概念。

　　从后门去向院中，抬眼，一只褚红松木制成的脸盆架倚着青灰墙壁。褚红剥脱，露出斑驳底色。架顶雕着两条翘尾的鱼，相向吻着一朵莲——荷花在此地有着久远渊源，如今村子中部长约六华里宽一华里的小盆地皆为百亩荷田，保持着古典的"彼泽之陂，有蒲与荷"景况。

　　脸盆架的主立架分为三格，上下两格为小正方形，上头的正方格内用于镶镜，便于梳妆，下方格可放洗漱物件，中间长形雕的是镂空的莲，枝叶蔓蔓，衬有水波纹，构图匀称而美。一滴水珠折射出一幕老故事：遥远年代的陪嫁，晨曦中的梳洗，灶火中腾起的炊烟……

　　一只脸盆架，旧时代最寻常不过的日用品，在这偏僻村庄，以温雅的造型，透露着往昔的美学样式，它与现代日用品形成强烈反差——现代用品多为塑料铸模，彻底的实用主义，取消了旁逸斜出的情致，取消了"慢"的具有仪式感的生活。

　　现代日用品不负责提供回忆，设想一百年后的某天，人们来到这个村庄，他们如果要"发现历史"，要循着物件的形态还原当年生活的美学现场，恐怕是徒劳的。历史为他们留下的是一堆风化的塑料碎片，整饬的流水线用具……

　　不再有纹饰、造型与手工艺可作为某段历史的凭证。

　　"元代青花、釉里红等釉下彩的出现，开辟了瓷器装饰的新纪元，打破了过去一色釉的单调局面。明、清以后各种色彩的发明更丰富了瓷器的装饰，而每一种装饰方法的出现都有其发展过程，因此也可推断器物的年代。"

定位历史已不再需要器物的佐证，代之是符码等电子讯息，世界已置身于庞大的计算机系统中，后人不用再靠物的甄别来推论历史，网络全面接管了对历史与记忆的信息处理。

院落里，这只废弃的脸盆架，鱼身的鳞片，鱼尾的纹路，那枝复瓣的亭亭的莲……在旧中，具有一种完整的美的品性。它是"日常"对美的守护与致敬。架腿依然簇拥着一只盆，盆内徒生杂草。盆架后面的墙壁，右边是老青砖砌成，左边小半边墙以水泥补缮过，旧与新的交汇，时代立此存照。

真想将这只脸盆架带回，那鱼与莲散发的美是温润的，又是强烈的。是入世的，又是出尘的。奈何运输不便，只能拍照存念。返程中痴想，若能带回，补上那面圆镜，架上置一古拙瓷盆，养几尾鱼，是多么好！

曾经，我还在一乡村的杂货店迷过只案几，腿脚都不稳了，依然透着中式的雅正，与"做旧"不同，它们是真旧，反射着年代河流的波光。

这些旧物，我喜欢它们什么呢？喜欢"旧"中安贫乐道的风度，皱褶里散发的"但为君故，沉吟至今"的"慢"。在"旧"中蕴含一种对生活的和敬。它们不仅是有用的日用品，还附着"无用"的审美心——"无用"的那部分，正是日子意趣所在。

我并非打算吟唱一首旧时代颂歌，我只是着迷那些器物上散发出的美的匠心。

不久前，见到一把温酒壶，主人说是祖上传下。温酒壶民间称"酒烫子"，由大小两只锡壶组成，里面的子壶与外面的母壶衔接密封好，取用方便。使用时，在母壶中注入热水，将子壶置于母壶内，即可保温。这柄壶内浸润着一个时代的意境，"晚来天欲雪，能饮一杯无"，有了这把温酒壶，冷就成了衬托。莹冷的雪片降下，于牖外漫天飞舞，对杯倾谈，足可消寒夜。

某年春节回金华老家，年初一表叔同我们回汤溪（父亲的外婆家），在表叔姐姐家的厨房有只老碗橱，设计合理，有种阴凉而实用的美感，可沥水防蝇，橱板上雕着图案，寥寥几笔，活灵活现。表叔姐姐家至今还在用这只碗橱。20世纪80年代，我儿时记忆中也有人家用碗橱，有的还安有纱窗，将藏与露结合起来——"现代化装修"却是要掩藏日常生活的痕迹，样板房般簇新，洁净，成为家装的最高法则之一。

一扇床档，一方窗棂，都体现着民间在实用性之外兼及的审美经验。

在一名资深"工匠"的生涯中，其手艺陪伴与见证过若干代人的生活。"匠"包含了技艺的演进，包含了炉火纯青的可能，而"工"更多是批量复制。在碗橱消失的地方，许多东西也消失了，手作的线条被模具替代。现代化进程就是如此吧，在诞生同时也必有一些失去。正如一些事物的离去往往会带走另一些；一个人的离去带走了一半或更多的世界，一棵树的伐倒带走一群鸟，一些信件的散逸带走一段感情……

　　再看了眼镌雕着鱼与莲的盆架，我回到屋内。屋内光线晦暗，努力调动还不错的视力，见屋角有一只空饮料箱，大概是出门打工的儿女带回的。当节假结束，饮料喝干，他们又从大畲村去向了天南地北。

叠 映

"美君是在 1949 年 1 月离开淳安古城的……"

美君是龙应台的母亲。此刻，高铁呼啸向前，距离美君离开家乡六十七年后的秋天，我乘坐 G1344 次去往淳安，美君的故园。

24 岁的美君对母亲平常地告别一声，头也不回地走了，因为她并不知那是诀别，甚至没对淳安多看两眼。

庭院深深的老宅，马蹄嗒嗒的石街，还有老宅后边那一弯清净见底的新安江水，对美君而言，都和月亮星星一样是永恒不变、理所当然的东西，时代再乱，你也没必要和月亮星星作别吧？人会死，家会散，朝代会覆灭，但是一个城，总不会消失吧？更何况这淳安城，已经有一千五百年的历史。美君向来不是个多愁善感的人，她聪明、果决、坚强。城里的人都知道，应家这个女儿厉害，十七岁就会独自押着一条船的货，从淳安沿水路送到杭州城里去做买卖。

美君是喝着新安江水长大的女子。那个动荡年代的冬天,她告别淳安,从此每见到河便要说:"这哪里能和我们老家的河比⋯⋯"无论是阿尔卑斯山里的冰湖,莱茵河的源头,或是多瑙河的蓝色风光,美君在满意地发出赞美后,必会补充的一句是:"可是这水啊,跟我们新安江不能比⋯⋯"

再回淳安,已是半个世纪后,美君70岁。新安江畔的故乡早非当年离去时的景状。

1959年,为建设新安江水力发电站,淳安集体迁移。30万移民肩扛手提,匆匆离别家乡。周边27个乡镇、千多个村庄、30万亩田地和几千间民房,全部沉入了千岛湖底。百千山头升起为岛。

龙应台记述了故乡人回忆当时拆迁的经过,"谏村是淳安远近闻名的大村。全村214户,883人,村庄临溪而筑,依山而建,黛墙青瓦,雕梁画栋。1959年3月,通知我们移民,一只雕花大衣柜收购价格1元2角8分钱,一张柏树古式八仙桌卖6角4分"。

　　因工作关系,迁移时我未能请假回家。挑到移
　民村的担子有70多个,全靠75岁的父亲,每天起
　早摸黑挑担翻越山岭,来回40多里路。移民村四

面高山，田地少，土质贫瘠，又逢三年困难时期，吃糠咽菜，苦不堪言。母亲因地形不熟，跌进天井骨折，舍不得就医，落下残疾。后来生活太苦，大伙申请重选址移民。这次移民到金华某国营农场下的分场。1966年春节后开始搬迁，因大雪在船上滞留三天，下船后倒腾到火车站，下车后又走了八里泥泞小路，当时父亲已82岁，母亲71岁，小脚有残疾……

这是另位现居金华的移民后代的口述，也是无数个移民故事中的一个。

岛，江海或湖泊里被水所围的陆地，按成因可分为大陆岛、火山岛、珊瑚岛和冲积岛四大类。千岛湖的岛，却在四种成因之外。它们原是连绵比肩的山头（千岛湖镇原名排岭），几经劈山填壑，如今以"岛"的身份同构着一片浩渺水域。

乘缆车登观景台俯瞰，岛屿棋布，绿意蓊郁，正是杜甫诗中"云水长和岛屿青"的景状。

岛，无论音节还是词源学意义，都最具美感，也最具隐喻性——以水为界，孤独，自由，有鸟越过山梁，走兽隐没林中，不与外界交集，自成一域。

岛和鸟在字形上如此相似，或许因为它们都有折叠的翅膀。鸟会飞翔，岛可漂移。鸟择伴迁徙，岛比邻而居。

在山顶俯瞰这些岛，它们漫不经心地随意，又像别具匠心的拼图。哪座岛离哪座岛更近些，或许，是经它们自由选择的结果。

岛和岛的关系，类似一种理想的人与人之间的关系。各自独立，彼此呼应，贯通着茫茫水域，应和着湖的心跳。

上一次来千岛湖是十几年前的春天，与两位友人，都还年轻，兴致勃勃，吃鱼头，乘快艇，一路拍照，标准的游客姿态。当时并不知道水下是一整座沉没的古城，也无心去探究"历史"，那个年纪的浮皮潦草，眼前涌动的皆是人影春光。

对于千岛湖，我只是个"到此一游"者，鱼鲜美，水荡漾，锁岛上的十几万把心形锁，蛇岛上交缠、绚诡与幻化的蛇……我记得的风景是被所谓人工的诗情赋予的，像一张张散发着油墨味的明信片。

十几年后的秋天，再次来千岛湖，似乎为印证季节与人心变化的关系，我清晰意识到，上一次春光里的"我"，已被时间的胃壁新陈代谢掉，尽管面前的千岛湖并没有篡改和虚构什么，但它的确在我的视线中改变了向度。不是简单以旅游资源之名，更以历史与奉献之名。

若不知道一座城的历史，真正意义的抵达将不存在。如果只看到露出水面的千岛湖部分，那么"千岛湖"也只完成了"能指"而未通向所指：那个完整的，由 1078 座升起的岛同构的沧海桑田。

淳安县博物馆，满墙的黑白老照片，全是当年淳安城的居民。有位倚亭回眸的女士，别有风致，她的笑，透出徽派文化与江南文化融合的婉转。

"从后视镜里看她，她的面容，即使84岁了，还是秀丽姣好的。"龙应台写母亲美君。美君年轻时，会否就像照片上这位女子？当年离开淳安城去投奔丈夫的美君，年事渐高，记忆丧失后，她认不出自己的独生女儿，却始终未忘记故乡淳安。

龙应台开车带她到台湾屏东山里去，美君一路无言，看着窗外的山景，突然说："这条路一直下去就会到海公祠，转一个弯，往江边去，会经过我家。"

新安江自西北蜿蜒而下，横贯全境。美君的家，就在老淳安城的上直街96号，这个江畔的地址，1959年沉入湖底，如同印度的坎贝湾或埃及的Thonis-Heracleion遗址，永成水下之境。

"千峰郡"从此成"千岛湖"。

某种意义，"千峰郡"又是不会真正消失的，譬如这整面墙的黑白照片，由生动的个体生活的面容身影构成的"时代"。水下老城的照片——在沉入水底半个世纪之后，老城还保存得"相当完好"。由青石砌成的明清城门、几百座牌坊、徽式民居、精美的砖雕……

建筑会沉没，历史不会沉没，附着于历史之上的不会沉没。一个复调的千岛湖，它深层的意义超出青山绿水的景观范畴。

俯瞰千岛，我努力想用眼前的崭新召唤出水下的古老，在 21 世纪的绿意与 20 世纪 50 年代的黑白间一定存在着某些不可磨灭的对话吧——那是现实与历史的对接，正如午后湖面的波光与水下某个门牌号的叠映。

辑
二

关于柳生的回忆

收到女友蔡小容从武汉递来的新著《柳生》。这本集子首篇是贯穿着"柳生"形象的一则成长小说，当年首发于《十月》杂志。第一次看到小说名时，就觉亲切而好奇。柳生，全名柳生静云，20世纪80年代电视剧《陈真》中一个颇具正义感的痴情日本剑客。当年我也曾那么喜欢他，以至初中喜欢过一个长得颇似他的英气男生（恰姓柳）。后来写中篇小说《流水十年》，其中男主人公陶小平的形象便是依据那位柳姓男生设定的。初中后我再没见过他，听说去当了一名工人。

从看到这小说名《柳生》第一眼起，我便惦记着小容会如何在文中以她的灵气构设内容。此次结集，小容仍以《柳生》为名，由此可见这篇小说，这位柳生，对她的重要性。

一气读完小说，在小容平实细腻的叙事中，柳生的形象重回眼前：这个深情孤傲的男子，放弃自己声名显赫的柳生家族，以浪人身份同心爱的女子燕如不顾一切地私奔。他的箫声萦绕，使一切困苦化作生死相许的承诺……

"长久以来回忆起我的初中三年我都觉得是一片枯荒，寸草不生虽不至于，但黄泥沙地上生长的都是败了节的、僵死的草，山风一吹就毫无抵御之力地摆来摆去。"这也多像我对自己初中三年的回忆啊。这青黄不接的孤独的一段日子，一部电视剧，一首歌，一个人物形象往往让人刻骨铭心。

正如屏幕中柳生的出现，他作为一种爱的提纯的形象，满足我们所有对爱的想象，包括他的名字，那么完美地诠释了他的形象，如同"纳兰容若"这个名字与人的辉映。

剧中，燕如的生日，柳生卖剑换中式长袍，奔回梅花林却看见盘着秀发，一身和服的燕如——此前，他们既被中国人排拒，又为日本人不容，他们都想着为对方改变身份，能像普通夫妻那样出双入对。

没有更多的要求，只是做红尘中一对匹夫匹妇，厮守到老。

这个要求，未能实现。燕如病重，柳生为救她，不得不与陈真决战。结局燕如病死，柳生带着她为他削的竹刀赴死……

箫声悲吟，这个深情的男人和爱人双双死去——在另一个时空，他们会继续长相厮守吧。

小说《柳生》结尾，二十年后的"我"购了当年影碟，重温那个从未对人吐露的秘密：

"他，还是那样好，甚至比记忆中更好，因为现在的我才真正理解了他承受的一切屈辱悲愁，甘愿给予和牺牲……"

曾偶在"柳生吧"看到有人留言，"我从未真正爱过现实生活中的那些男人，柳生静云是我真正爱过的高于现实世界的人，我所爱的并不存在于平凡世界，只能流于虚空。我明白我所爱的只是一个幻影，是不存在的，但我愿意为这个虚幻的，虚构的'他'而生存。谢谢刘纬民塑造了这一永恒的银幕形象"。

另一位看到她留言的贴友甚是激动，说想加她为好友，因为，她和她的感受一样。

——原来世间如荧屏中柳生般痴者竟是不少啊。

柳生静云的扮演者刘纬民，中国香港男演员，毕业于无线电视培训班。网上几乎没什么他的资料。1985年，正值当红的刘纬民，在拍毕《大千小传》后突然宣布退出娱乐圈，自此再未参演任何影视作品。而燕如的扮演者也在1985年选择了息影。

柳生消失了，在完成了"柳生"这个形象后，即辞而去。

相隔数十年，读《柳生》的这个夜晚，我才知道当时在相邻的省份，在与我平行的青春里，有个叫蔡小容的女孩也和我一样喜欢着柳生，澄澈的，深挚的。

从《柳生》的书页中，我发觉当年那个形象并没消散，只是的确足够遥远了，不过，远有时也意味一种无法超越。在后来的荧屏形象中，我再未遇到如此撼动心灵的记忆。也许与"初"有关，与他的名字、面庞和箫声有关，与我们萧瑟的少女时代有关。

如今已有些模糊的成长，当年竟是那么白浪滔天——那困在其中的日日夜夜，成长如蝉蜕的挣扎与迷惘，在小容的书写中，全如重现般真切。

如今"80后""90后"的青春，"充满对爱的执着追求、对时尚的关注与表达以及对当今世界的叛逆"。而那时"70后"的青春，这几条似乎都沾不上，就连对家长的小小反抗也不容易。虽与"80后"相隔短短数年，却有着迥然不同的成长。

因为时代风气与家长意志，还有前途选择的单一性，"70后"的青春如此枯索，没有网络、电子产品，只有题目和成绩单。一个黑白片的世界。在这世界中，唯有青春的身体兀自按它的规律蓬勃生长。生长势必带来困惑与问题，但资讯的封闭和家长的讳莫如深使青春的度过愈发如摸着石头过河。那无人可倾吐、指引的跌跌撞撞。

"爱"是神秘的，带着些原罪，它是禁区，是迷雾。而英武沉默的柳生降临，拨开这迷雾，告诉我们"爱"不可阻挡的美好，它是灵魂的重生。

回想当年被围困的青春日夜，如深夜晚点的站台，不知道那辆来接应的列车何时能开来，只能于夜色里苦等。冷、孤独，都是必然。但车终将开来，带我们驶出青春的夜晚，驶向更远的地方。譬如小容，那个当年的女孩——"唯有想到柳生的时候我才有一种充沛丰盈的感觉。他是荒地上一株从容生长的草，我日日浇灌使他繁盛，没有让他受惊扰"，现在的她是英美文学硕士，中国现当代文学博士，武汉大学外语学院教授。她有脾性温和的丈夫和上中学的女儿小穗，他们住在每年樱花盛开的武大校园里，有自己的充沛丰盈。

而我亦做了母亲，有了喜欢的职业与安定的家庭。我和小容，我们的先生一定都不似"柳生"，但这没有关系。很早便明了这点，我曾喜欢过的那位柳姓初中男生，他其实和柳生也无一点关系，他只是恰好姓柳，长得有几分英气。我从不了解他，正如他从未了解过我。但我一直记得他的名字，他的面孔，他那么抽象而鲜明地照亮过我的青春。

而荧屏中的柳生，更为遥远的形象，虽然他曾那么贴近过我们的青春，近到我们把他当作一位生死相许的爱侣，此后将他定格在记忆中，如一幅黑白小像，偶尔抽出看几眼，放回去，依旧过自己的生活。

"少年心事当拏云。"而少年总要长大的，成为青年、中年，而后经历老年——在读《柳生》时，一位女友从外省打来电话聊天，说起自己今年五十了。"以前没觉得年龄的变化，但四十九到五十岁这一年我感到了自己的明显变化，看人和事心态都与此前不同，体会到些不以物喜，不以己悲的意思。"我吃惊于她竟已半百了，想起是有数年未见。岁月就是这般沉浮起落啊！

我们说起，上回见面时，我儿子还小，现在他已进入青春期了。时间真快啊。放下电话，接着读《柳生》时，我想起，儿子竟与我当年相仿年纪了。七月，他满十四岁，他的卧室电视机上方贴着欧冠联赛皇马的海报，门背后贴着他最喜欢的日本动漫《海贼王》海报，柜子里还有一组未来得及贴的海报——他最喜欢的歌手邓紫棋。他买了各种与她有关的产品，还买了她同款的手环和无线运动蓝牙耳机。他的微信头像是她，加入了她的粉丝群。他的 QQ 空间里不少是与她有关的讯息，MP3 里下载了许多她的歌。他大大方方地展示着他对一位女歌手的由衷喜欢。我从未为此责备过他，我听他推荐的邓紫棋的歌，和他一块设计一面墙上如何尽量美观地安排好五张有关邓紫棋的海报，虽然我更喜欢什么也不贴的墙壁。

这就是青春啊，为某个人着迷，觉得他（她）闪闪发光，无可挑剔，让他（她）参与建构自己的精神世界，对方认不认识自己有什么关系呢？他（她）给我欢喜，为我解忧，以一种具有启蒙的力量，不论他（她）是荧幕中的日本浪人柳生，还是现实中的歌手。而我当年，是不可能与任何人谈论柳生的，一旦提及，必然冒着被责备与被嘲笑的危险——爱或喜欢在那个时代，那个年龄，是一种羞耻，父母和老师会觉得你早熟，心思不正。你只能悄悄地把那个影像连同他的箫声，隐藏在辗转难眠的夜里。

　　儿子的青春不复如我当年一片荒瑟，它是丰沛的、坦荡的，不被压抑、不被管束的青春，似蓝天下的明亮鸽哨。

　　有一天，他喜欢过的歌手也会成为回忆，而这回忆是了无遗憾的，不带着苦涩。这多么好。

"我从没爱过任何人比海更深"

"电影以一个普通家庭略显糟糕的生活境况为主线展开，在几代人的情感纠葛中，让人感悟到家的美好与温情"，这是在说日本电影《比海更深》，导演是拍过《下一站，天国》的是枝裕和。

才看一会儿，觉得电影叙事风格有些像小津安二郎或侯孝贤导演的。后看资料，得知是枝裕和1993年就拍摄了关于杨德昌和侯孝贤的纪录片《当电影映照时代：侯孝贤和杨德昌》。

《比海更深》的情节很简单，离异的中年男人良多是一个十五年前获文学奖后就沉寂了的不入流的作家，现在以取材为由，当起了私家侦探，但他把收入全都挥霍在赌博上，几乎无法支付孩子的抚养费。前妻响子带着儿子真悟生活。

良多的父亲去世后，母亲淑子独自一人生活在郊外的家中。良多有时去看看她，顺便在家里搜寻一番，看有没有什么值钱玩意儿可顺走。

一个夏天的夜晚，响子来接前来看望奶奶的儿子真悟，但因台风走不了了，只好和真悟、良多一起住下来，淑子非常高兴，这个清冷已久的屋子难得这么热闹，可这晚谁也没睡好。半夜，良多带儿子冒着风雨去近旁公园玩，响子找来，三人一起找寻被风吹跑的彩票。彩票是良多送给真悟的。真悟问奶奶，如果中了奖，就可以买个大房子了吧？那奶奶也可以和我们一起住了。奶奶说，你这样说，我真高兴。

良多是父亲的翻版，自私、软弱、落魄，又好面子。良多带儿子去买鞋，他为了表现出父亲的气概，给儿子买了双阿迪达斯。付款前，他迅速将鞋子在地上划出一道痕，然后要求店员打折。为了多赚点钱，他变相勒索委托调查人的妻子。他跟踪前妻和男友约会，表情复杂。母亲告诉他，自己身体越来越弱，以后恐怕要他照顾，良多直接回："那可不行。"不过这个男人并不让人讨厌，倒显得很真实。他一方面想占家里的便宜，一方面自己拮据时，却塞给母亲从同事那借来的钱，让她去买 CD。

良多的母亲淑子是个很达观的女人，不乏幽默，儿子良多辩解说自己属于大器晚成，淑子嘟哝说："那也太晚了点吧。"她一人生活，她把自己拾掇得很齐整，还去小区参加老年人聚会，听一位老绅士的古典音乐讲座。

她送儿子良多去车站的路上，告诉他："我前些天路过这，有只蝴蝶老跟着我，我觉得是你爸变的，我就停下来问它：你是孩子他爸吗？我过得挺好，你走吧。然后那只蝴蝶就飞走了。"

这是位单纯而乐观的女人，却被丈夫辜负了一生。儿女偶尔来看她，捎带着盘剥下她的退休金，她没有怨言，亲热地招呼他们。她保留着儿子小时候写的作文，拿给孙子看，告诉他你爸爸从小就有文采哦。每回儿女来，她都要站在阳台上目送他们远去。

良多去典当相机时，听当铺老板说起，当年经济紧张的父亲典当了东西，买了良多出版的第一本小说到处送邻居，还送了他一本，并让老板好生收藏，"以后肯定会很值钱的"。典当行老板慎重地取出笔墨，请良多签名。良多，这个和父亲一样的失败者，在签下自己名字的那一刻，才真正体味到父亲对自己的爱。

剧中，在那个台风夜，母亲淑子和良多一起听邓丽君的日语歌《别离的预感》，歌词唱道："比海还深 / 比天还蓝 / 要这样爱你 / 我试问做不到。"母亲对儿子说："我都这把岁数了，从没爱过任何人比海更深。"又说："对一般人来说肯定也没有吧，正因为没有，才能活下去啊。"

这就是导演是枝裕和想传达的东西吧，没有要死要活的爱，没有英雄，不存在拯救。只有日复一日的生活，说得文雅些，可称作静水流深，说得通俗点，就是鸡零狗碎。平视生活，琐屑的对话，回到最质朴的镜头语言，甚至没有影评里说的"由琐碎构建生活的凝固之美"，只有"由琐碎构建的生活本身"。

难怪是枝裕和有日本电影界"家庭题材的杰出匠人"之称，《比海更深》与他的另两部作品《步履不停》《回家》共同构成家庭三部曲。

《步履不停》讲的也是一个家庭的故事。这一家人每年只有在大哥纯平的忌日才会团聚。在麦茶、西瓜和母亲拿手的料理之间，一家老小热闹地度过一天。然而他们分享品尝着的，却是欢笑背后隐隐的哀伤，小心翼翼地对话又忍不住地争执，不经意触动的回忆以及藏在心中未说出的秘密……

1989 年，侯孝贤以《悲情城市》等影片开创了电影的"素读"方式——"素读"一词原是日本对私塾授课的定义，指不追求深入理解，只用反复诵读方式烂熟于心，投射在电影风格中，指不张扬自我感情，将个人情绪深藏，尽量客观地呈现生活原生态。

是枝裕和的电影便是以"素读"方式表现生活。母亲淑子平静地说，"我都这把岁数了，从没爱过任何人比海更深"。淑子说的"任何人"大概也包括自己吧，因而才能平静地接受一辈子的操劳，接受衰老与孤独。

许多个家庭也正如此吧，没有比海更深的爱，却也有台风吹不散的牵连。

一部平行于生活的电影看点在哪？母亲没生病，没去世，彩票没有中奖，良多与前妻响子看上去没有复合的可能，良多本人前路未卜，能否按时付儿子的抚养费也是个问题……电影就这么结束了，地铁站口，前妻、儿子与良多告别，前妻嘱咐良多到时别拖欠抚养费，良多露出一个中年男人疲惫的笑脸，一口答应。

看上去信手拈来，以至于略显平淡——都是小人物、小格局。不过，是枝裕和追求的就是这种"去戏剧性"的平淡。平淡里，一个家庭及成员关系呈现得又不无丰富，包括未出镜的去世的父亲，其性情也通过家庭对话浮现出来。

诗人穆旦在寂寥的晚年写下《冥想》："为什么万物之灵的我们，遭遇还比不上一棵小树？"诗尾一句至今空谷回响："这才知道我的全部努力／不过完成了普通的生活。"——这也是小津安二郎、是枝裕和、侯孝贤等人的电影美学内核吧，以"无"表现"有"，普通生活里也充满海浪和礁石啊。而人可能在某个阶段模拟过海的咆哮，翻卷的浪花，但无论爱或伤恸，终会平复下来，接受分离，逝去。平复后，是枝裕和告诉观众，并没有什么比海更深，但生活依然可以似海一般绵亘。

巴尔特与母亲

读林贤治先生的随笔，关于罗兰·巴尔特与他的母亲。

1977 年 10 月 25 日，著名法国作家、思想家罗兰·巴尔特的母亲在经历了半年疾病折磨之后辞世。母亲的故去，使巴尔特陷入了极度悲痛之中。他从母亲逝去的翌日就开始写《哀痛日记》，历时近两年。

"这是一部特别的日记，共三百三十块纸片，短小而沉痛的话语，记录下了他的哀痛经历、伴随着哀痛而起的对母亲的思念，以及他对于哀痛这种情感的思考和认识。"

"在巴尔特的笔下，这是一位美丽、质朴、仁慈，有着相当的文化修养和高贵的自尊心的女性。当母亲活着的时候，巴尔特担心失去她而使自己处于神经官能症的状态之中；及至去世，他不能不成为自己的母亲，这时，他已然无力承受孤独和虚无的重压。他一个劲儿使用灰色调，在纸片上这样涂写他的自画像：悲痛、温存、消沉、害怕，总之脆弱得很。"

我们完全相信，巴尔特的母亲一定是位尽责的好母亲，这位二十三岁就因为战争而成了寡妇的女性（丈夫是一位海军军官，在巴尔特未满一岁前阵亡），靠微薄的战争抚恤金把巴尔特和比他小十一岁的同母异父的弟弟养大成人。

她用一生守护着儿子，"她不但是巴尔特的生活的缔造者，而且是巴尔特的灵魂的养育者和庇护者"。

然而，当看完这篇随笔，我却觉得这位母亲也许不能算是完全称职。因为对巴尔特来说，"失去母亲以后，他有被遗弃感，觉得失去了活着的理由。他多次说到死。他想死，然而又想疯狂地活着"。

能否说，至少在"分离教育"方面，巴尔特的母亲并不成功？而这是亲子关系中重要的一环。

"他制造假象，复制过去，他不能接受与母亲分离的事实。"从某种意义上，巴尔特在情感上还是个孩子，对母亲的极度依赖使他像个尚在哺乳期的婴儿，他无法独立处理好一件原本正常不过的事——任何人都要面对的生老病死，或者说，总有一天必须要面对的亲人之死。

在《哀痛日记》中他写道："我可以在没有母亲的情况下活着……但是，我所剩下的生活直到最后肯定是没有质量的。"

在 1978 年 2 月 21 日的日记中他写道："支气管炎。自妈妈死去以来的第一种病。"

3 月 25 日他写道："这天早上，继续想到妈妈。令人作呕的悲伤。无可救药的恶心。"

还有一次他记录——昨晚，噩梦：妈妈丢了。我不知所措，处在泪水的边缘。

如果这是个孩子或少年的日记，或许并不奇怪，因为面对亲人的死亡的确是需要准备的——心理的准备、时间的准备，但当时的巴尔特已是六十多岁。

母亲去世以后，他一直未走出哀痛和对母亲的追忆。他和母亲住了一辈子。

"母子间的感情应该是绵长而饱满的，但对孩子生活的参与程度必须递减。强烈的母爱不是对孩子恒久的占有，而是一场得体的退出。"教育学者尹建莉说。

巴尔特的母亲如何与巴尔特相处的，不得而知，不过她一定是位倾情付出的母亲，或许正因太倾情付出，才使巴尔特在她走后，陷入不知所措的悲伤情绪——像一个从母亲身边走丢的幼儿。

巴尔特，一方面他是法国作家、思想家、社会学家、社会评论家和文学评论家，开创了研究社会、历史、文化、文学深层意义的结构主义和符号学方法，其丰富的符号学研究成果具有划时代的重要性。另一方面，他是一个未长大的孩子，对母亲有着极深的依恋。母亲逝世后三年，巴尔特从一场宴会离开返家时，于巴黎的街道上被卡车撞伤，一个月后伤重不治，享年六十四岁。后来人们在车祸发生的地点刷上标语："请开慢一点，不然您可能会轧到罗兰·巴尔特。"据说他由于精神恍惚被撞。

林贤治先生在文中结尾说，能做到博爱固然可崇敬，倘若不能，爱一个人就够了。正如我们所看到的，在一个人那里，巴尔特显得那么纯粹。

然而，这"纯粹"未免不是种偏执。博爱或"爱一人"放在男女之爱中或可成立，那关乎爱情的选择。但于亲人之爱却是钻入了牛角尖。

"他已经陷入人生的最低潮：隐隐沮丧，感觉受到攻击、威胁、烦扰，情绪失落，时日艰难，不堪重负，'强制性劳动'等。他深知，这是哀痛的经典机制。可怕的是，后来连最可靠的记忆也受到了影响，他不能不把所有这些同母亲去世一事联系起来。"

"分离"的确是需要学习的。

母亲对孩子，不仅仅只有深情即可。这份深情要伴随"放手"，让孩子学会独立地去面对自己的道路。

大概是自己做了母亲后的自我警醒——我何尝不是一个过分操心的母亲？对儿子关注过多，包括他的喜怒、衣食种种，有时说是他依赖我，不如说是我过分依赖他，依赖他对我的需要。但我也清楚，健康的亲子关系应当是伴随成长带来的逐步分离，直到他有自己的人生与家庭——"父母从第一亲密者的角色中退出，让位给孩子的伴侣和他自己的孩子，由当事人变成局外人，最后是父母走完人生旅程，彻底退出孩子的生活……而检验一个母亲是否真正具有爱的能力，就看她是否愿意分离，并且在分离后继续爱着。"

在亲密联结与泛滥母爱之间，如果未把握好那根界线，"亲密"对孩子有可能成为一种破坏力和灾难——孩子要么恐惧或反抗这种依恋，要么永远走不出这种对"亲密"的依恋，像巴尔特一样，把母亲的死也视作自我生命意义的终结。

对一个真正深爱孩子的母亲来说，这肯定是她不愿看到的。真正的爱是——即使有一天，她不在了，孩子依然能达观地看待生死，坚定地走下去，去完成自我生命的意义。

苏珊的十九号房

刚毅的嘴角与线条，眉毛压得很低，方下巴颏。你想象，这张面孔的主人，英国女作家多丽丝·莱辛，会把她的小说《去十九号房》的女主角苏珊塑造成什么样呢？不，莱辛一句都没有描写她的外貌，只是位得体、疲惫的主妇，"像只飞蛾冲撞玻璃板，滑落门底，拍着折断的翅膀，然后再撞毁在隐形的障碍物上。不久她就精疲力竭"。

苏珊死在一间小旅馆的十九号房间。

这间房，是她灵魂暂时的避难所与栖息地。像莱辛的另一篇小说《天黑前的夏天》一样，仍是讲述中年家庭主妇的精神危机。只是这次，《去十九号房》的女主角苏珊不如《天黑前的夏天》的女主角凯特那么幸运，还能从危机中解脱，重新回归。相同的是，她们都生活在人格面具之下，又在"自我丧失"的阴影中苦苦挣扎。

苏珊和丈夫是对中产夫妇，他们的婚姻以理智为基础，有四个可爱的孩子，包括一对双胞胎。他们对婚姻很小心，以免落入那些离婚的窠臼。当然，他们再小心，也避免不了生活的枯燥。但那又有什么关系？"婚姻上出现烦闷忧郁的情形，是他们这类理性特高的人的特殊标志。他们饱读各类书籍——心理学、人类学、社会学，不会无所准备，穷于应付"。有次丈夫马修回来得很晚，向苏珊承认他在送一个女人回家时有了关系。苏珊原谅了他。莱辛在此有段评述，"其实说不上原谅，理解倒比较合适。如果你了解某件事，你就不会原谅，因为你本身就是这件事。你所原谅的，是你所不了解的"。

苏珊和马修继续生活。纵使理智如她，这件事还是给他们的关系带来了裂痕。他的出轨使她觉得这十年忠贞不渝的生活毫无价值，又或是她本身无足轻重。这时理智又进一步告诉她，纠缠此事是愚蠢的，她和马修相处融洽，他偶尔偷个情算什么？

她准备逐步恢复自主的女性生活，不再成为一家的轴心，围着丈夫和孩子团团转。她把顶楼一间房作为自己的独立空间，可女帮佣白太太不时打扰她，她不能忘记自己，不能真正忘我，这叫她十分恼火。

"一间属于自己的房"，伍尔夫所提出的，也许每个女人都渴望有。它象征女人在社会属性以外的独立性。门罗的小说《办公室》中的女人，一位主妇兼女作家，也渴望这么一间，她去租下了一间办公室以便写作……但苏珊的问题没这么简单，如果说《天黑前的夏天》或《办公室》中的女人，日常生活之于她们还是"我被拖累但也被保护，我被紧紧束缚但也被呵护"的双向性，对苏珊，日常生活则更多是拖累与束缚。她的"本我"与"自我"严重分裂着。"本我"只想逃遁，极度厌恶自己和丈夫，憎恶两人的虚情假意。而负责处理现实世界的"自我"虽厌烦这一切，却还勉为其难地对付着生活。

这种压抑令她出现精神故障，她出现了幻觉，觉得好像有一个敌人，在那儿等着要攻击她。有次她看见有个东西，坐在白色石椅上。他看着她，咧嘴而笑，手上拿着一根长长弯弯的棍子。这个东西代表着她恐惧的结晶。她到底在恐惧什么？她对自己说，我的神经没问题，我见到他了，他潜伏在那，想进入我的房子甚至我的身体——从精神病学来说，这已经是典型的妄想症状，具体说是被迫害妄想。

莱辛没有为苏珊的恐惧赋以病理性命名，只告诉读者，在这种恐惧下，她渴望一间谁也不认得她，找不到她的房子。

苏珊在浮德旅馆租下一间房，十九号房，在房里，她什么也不干，只是坐着。她越来越依赖这间房，哪怕房间有时被其他客人占用，哪怕床上还留有上对男女的寻欢痕迹，她也宁愿等。她请了家庭女教师替代她的主妇职责。她希望丈夫以为她有外遇了，她甚至编出这样一个人，希望丈夫认为她是为此而死——这比她真正的死因体面，因为至少属于世俗逻辑，至少，这死因是能被解释的。

她来到十九号房，最后一次。之前丈夫发现她总外出，魂不守舍，不免生疑，派人跟踪她，于是知道了十九号房的存在。小说的结尾，苏珊躺在了床上，一年多来她第一次躺在了散发霉味、汗味与偷情男女留下性交味的床上，多丽丝·莱辛叙述得异乎冷静——

> 她仰卧在绿色的床罩上，双脚觉得冰冷。她起床在柜台底层抽屉找到一条折好的毯子，再度躺下，仔细把脚盖上。她觉得十分满意，静听煤气微小柔和的咝咝声，流入房间，流入她肺部，流入她脑中。她漂入黑暗的河流中。

多丽丝·莱辛让死亡解决了一个女人的深重困扰，知道她不可能永远躲在十九号房，唯有让她在死中一劳永逸地逃遁。

法国作家莫里亚克的小说《黛莱丝·克德罗》同样写了一个幻灭的女人：有一晚，她光着双脚走下床，打开窗子。她想，她要去巴黎，做一个独身女子，自食其力，不依赖任何人……做一个没有家庭的人！就凭自己的心灵去选择自己的亲人，不是按照血统，而是根据思想，也根据肉欲，去寻觅她真正的亲属，尽管他们很罕见，也很分散。

1935 年，莫里亚克发表《黑夜的终止》，给主人公黛莱丝的孤独找到了永久的归宿，"她属于这样一些人，这些人只有走出生命，才能走出黑夜"。

苏珊也是，她到底为什么自杀呢？自我身份的丧失？听上去非常女权主义，可莱辛并不乐意被定为女性主义作家，她曾说："我从来不喜欢女权运动，因为我认为这项运动的基础太意识形态化。"不过，不管莱辛答不答应，她的标签与"女性主义代言人"分不开，2007 年她获诺贝尔文学奖，也与此标签分不开。她的《金色笔记》中的主人公安娜便是她本人的化身。没有太多的多愁善感，只是铁了心地向往自由生活。欧洲的女性主义者公推安娜做她们的代言人，集体抵制那"从禁锢在小阁楼里的童年到消耗在相夫教子、买菜烧饭的青春"的传统命运。

苏珊也抵制，不过，她又不单单是抵制这一种看得见的"传统"。她抵制的东西更复杂。

她的死，也许说"自我的丧失"更准确点。身份对她倒非症结，不然她完全可以选择做回职业女性。丈夫马修的第一次外遇，是她"自我的丧失"原因之一。尽管她的理智告诉自己：没事！可这支暗箭留下的毒液不如她想象的那样很快挥发掉，它渗进她的内心，使她觉得生命像荒漠，一切全无意义，连孩子都不是她的。这是一次重大的意义否定，一旦开始就停不下来。生活从这里出现裂缝，越来越大，理智已对付不了它的扩展。

她故意让自己忙碌，或待在楼顶的空房间，都不行，她的心魔，使她成了自己的囚犯。这个心魔，连苏珊自己也不甚明了，说来有些荒唐，却是相当真实。

人心的芜杂，往往有理智去不到的盲区，那里藤蔓密布，阴影迭生。苏珊没有走出来，也根本不想走出来，"让我一个人待会儿"，这是她最强烈的诉求，超过对家庭主妇的扮演。什么都是虚幻的，体面的中产生活也不能稀释这种幻灭。

苏珊，她的形象并不陌生，她们多见于中产及知识女性，也许就是女作家莱辛本人（她有两段各维持了四年的失败婚姻）曾有的感受。

在她的小说《天黑前的夏天》中有一段：

> 一个漂亮、自信、勇敢的年轻姑娘，在家庭琐事、孩子的历练下，慢慢培养起难得的美德：自律、克己、耐心、坚贞、适应他人。二十年后，当中年女子蓦然回首过往的岁月，突然发现自己已经完全不认识自己了，那些孜孜获取的也许不是美德，而是一种精神错乱的形式。在她眼中多数中年女子的脸庞和步态，都和囚犯或奴隶相似。

《天黑前的夏天》中还有个女人玛丽，她是"自然人"型：她没有愧疚感——这就是关键之处，我们都受无形的锁链——愧疚感——束缚……玛丽一生中从来没有爱上谁，她以为，人们为爱所做的事儿，相爱时的种种表现，都是某种阴谋，结果全是扯淡。她不读书，也不看电视剧，爱情以及失恋，以及跟它沾亲带故的种种，"都是没事找事，瞎折腾自己"。每当她做了出格的事儿，大家都拿它说事儿，她说，那根本不算什么事儿。

同为莱辛笔下的玛丽遇上苏珊，大概会鄙夷地撇一下嘴，"你就是闲出来的毛病"！家务有用人做，孩子们有学校和家庭女教师管，如果这些都是苏珊要承担的活儿，挤得出空幻想吗？有时使人活下去的不是多高尚的信念，而是最基本的责任。

"我偏爱写诗的荒谬，胜过不写诗的荒谬。"辛波斯卡的诗。是否也可说："我偏爱活的荒谬，胜过死的荒谬?"

苏珊不这么想，莱辛让她扮演了一个沉湎于一己感受的女人。四个孩子没能挽留住她对人世的一点兴趣。孩子也是虚无的一部分。她想寻找一个绝对清静与安全的所在。那是"自然人"玛丽不能理解的。是的，她痛苦的那部分，玛丽永不能理解，那是种基本的"活"以外的更复杂的心灵分泌物。

"意义的世界"，或许会被人称为"作"，作天作地，自作孽不可活。但对苏珊，这是她作为一个人来过世上的证据，而不是其他什么。不是丈夫，孩子，汽车，房产，仅仅只是属于她的如影随形的痛苦。没有一个地方能安放下这痛苦，对已染抑郁症的她而言，在尘世找到这个安放之处和拎着自己的头发离开地面一样，不可能实现。苏珊内心的虚无、惊惧等滋生出的魑魅魍魉，布满四周。无人可诉。

总有一类人，终其一生，他们都是精神的孤儿，无论他有多少名分上的亲眷。

或许，可以说，苏珊真正的死因是"死于孤独"。

对苏珊，摆脱由孤独而滋长的疯狂，唯一办法就是去向十九号房，去向一了百了。这做法类似杀死扩散中的癌细胞，最便捷的是杀掉癌细胞附着的生命体。

十九号房的"避难所"与"栖息地"意义最终被取消，只是间停尸房。不过从文学意义来说，它算一个标志，像伍尔夫的"一间属于自己的房"象征着女性独立一样，十九号房象征着人对"意义世界"的不肯苟且——难以用对或错去评判这一种追寻，万物各有其径，虽同为人的生理构造，心灵间的差异却如鸿沟，如渊薮。

"所有小镇的街道不是通往教堂，就是通往公墓"，人生的道路同样。只不过，还有一条街道，教堂与公墓同在一址，譬如苏珊的"十九号房"，死亡既是意义的结束，也是意义的开端。

从孤立去向独立

　　获第十届"亚太电影奖最佳故事奖"的韩国电影《我们的世界》中，十岁的女孩李善长相平平，成绩平平，家境平平，在班上她没有存在感，也是被有意无意孤立的那一个。体育课上，同学们分两组玩球，两组人都不愿意让李善加入，于是他们玩"石头剪刀布"游戏，输的一组不得不接受李善的加入。在李善不知所措地想要加入游戏时，组员却冤枉她踩了边线要把她淘汰掉。李善委屈地解释自己没有踩线，可没有人替她说话。她站在圈外，呆呆地看同学玩。

　　还好，新转学来一个女孩韩智雅，李善与她成了好友。在李善家，两个女孩头靠头睡在一起，约定以后要一起去海边。

　　一个清晨，李善缠着妈妈做紫菜包饭给智雅吃，母女俩的亲密瞬间刺痛了智雅——她父母很早离异，妈妈以工作忙为由很少给她打电话。但智雅没告诉李善实情，而是谎称妈妈在英国工作。从那天起，智雅疏远了李善，与班上成绩好的女孩宝拉玩到一起。为表示对宝拉等的"友情"，她和宝拉们一起孤立李善，嘲笑她，最后，被激怒的李善也在班上揭发智雅的家庭真相（她从智雅的奶奶那里听说的）……

她们在相互伤害中也伤害着自己。

电影中，李善的眼神让人觉得心疼——无辜，渴望友情，被孤立的尴尬，因为穷感到的自卑。并不因为是孩子，这些感受就可忽略，相反，正因是孩子，脆弱心灵感受的伤害才会更甚。

那种在人群的外围，尴尬地站着的感觉，于我也毫不陌生。

小学的五年中，我转了三次学。刚满六岁，因母亲被车撞伤腿住院（父亲当时在部队），我被外婆提前送进一所街道小学，教学质量不好，当然我的成绩也好不到哪去。二年级下学期，我回到母亲身边，转进一所重点小学，至今记得教数学的班主任，站在操场上告知我次日要测验，测试我是否有资格进入这个班。她高大的身影乌云般直压下来，使得数学成为我一生的噩梦。

我留在了这个班，但心里充满了惶恐。陌生的同学，严厉的班主任，从街道小学插班进重点小学的成绩压力……

小学四年级，因为搬家，再次转学。第一次到班上，课间一位样貌粗鲁的男生过来问我几个问题，大概从哪转来之类。他神情有些奇怪，不知是表达友善还是流露敌意。很快，我知道了，"他"姓方，是位女生。从不穿裙子，从不进女厕所。

　　这个班的同学中有一半以上是附近一个厂子弟，划地段进来的，包括方。她有若干女友，男生管她的女友叫"嫂子"。嫂子风格各异，有艳丽型，小鸟依人型，她们凑在一块叽叽喳喳，吃着方买的零食。她们议论男女生，下课分几拨热闹地跳皮筋——这是我不擅长的，有时为凑人数，她们也叫上我，但我很快被淘汰，她们便不再叫我。成绩好的女生也有团体，我当然也进不了。所幸，有个女孩与我亲近起来，她有一头黑亮长发，苗条，性情温良。至今记得她的名字，李元洪。放学后，我常去她家写作业，她找出各种零食和我一起分享。她有个十分爱臭美的妹妹，外号"咪多"，与我也熟。在她家的时光是我那几年最放松的时刻。

　　升入初中，她去了另一所中学，我们见面少了，但仍有通信，她告诉我有个男孩喜欢她。我有时去她家找她。有次我去找她，发现她搬走了，后院那棵无花果树还在。我们彻底失去联系。

　　我升入的初中，同班的仍有不少小学同学，包括那个厂的子弟生。有个高瘦的女生，姓贺，大我两三岁，也较班上同学早熟得多。她成绩极差，常议论些是非。有一回，几个厂子弟对我指手画脚，"她擦了口红"，我听见贺下定言道。我完全摸不着头脑，要知道，我母亲向来以奉行艰苦朴素为美德，几乎不打扮，口红这类就更不用提了。在我的家庭里，它从未出现过。

　　贺的定言是不容争辩的，有一些莫名流言传开去，不只是我用口红，还有其他杜撰的事。这些糟糕的感觉真是要很久才能消化的，或者永远消化不干净，转成躲避集体及自我评价低等症状。

直到今天，我极少化妆，甚至没有一支口红，不知是否与那段记忆有关？

在《我们的世界》尾声，智雅遭遇了曾和李善同样的尴尬，在游戏中，她被说"踩线"，要求出局。李善作证，"她没踩线"——这是一个被孤立的女孩对同伴的理解，也是她对友情的渴望。就算被伤害过，也不能阻止这种渴望。

亲戚的孩子和我说，他们班上有个同学，成绩差，总垫底，同学都不喜欢他。有次期末考试前，老师说，如果这次他能考及格，不拖班级后腿，就让班上女生替男生写一次作文，全体男生都欢呼起来——可想那个孩子的压力。老师或许是以玩笑的方式激励他，可这"激励"不如说是对他的逼迫，一旦他这次仍没考好，要面对的是全体男生的奚落。

我对亲戚的孩子说，当其他同学嘲笑他时，你要伸出友谊之手。

"可他好皮啊，成绩差还那么皮，我们都不爱跟他玩。"

或许"皮"就是他的自我保护呢？他要装着满不在乎，才能减弱他被嘲讪与孤立的尴尬。

回想来时的路，如果你也有一段无助的经历，一定想隔着时空拥抱一下过去的自己吧——那个孩子，正因经历过无助，他（她）对人性才会有更多体察，才会意识到，任何时候，都不要畏惧孤立。

越怯弱，越敏感，越在乎，往往越被"孤立"困扰和压迫。

对未成年人来说，要做到满不在乎"孤立"这件事真是太难了。附在"孤立"身后的还有一个庞大的阴影"孤独"，这是未成年的孩子难以处理的。这种能力与心灵、体格的发育相匹配，必须走过这一阶段，才会逐步强大起来。

这段路，无疑是艰辛的，它可能通向两条岔路：一条是学会选择、自爱，变孤立为"独立"的成长之路；另一条是被孤立所扰的暗路：太在意他人，害怕冲突，不懂拒绝，宁肯委屈乃至伤害自己去维系一些虚幻的"友好"。

所幸，电影中的李善尽管受了被孤立的伤害，仍向同伴智雅伸出了橄榄枝。不管两人是否能够和好，重新成为朋友，这段经历，也带给观影者以思考：如何面对孤立，如何从灰色的孤立中走向更开阔的地带？

琐物记

1

新疆，喀纳斯，摊档上花里胡哨的围巾里，独看中一条。心平气和的蓝，让人要克制使用形容词的蓝，天空洗过几水的蓝。可有一点瑕疵：一处挂纱了，不过与整匹围巾比，算不了什么。

某次取出，想看看这处挂纱会否更明显，找来找去，没找着。买时它明明在的，摊主为此还打了个小折。将围巾整匹抖开，迎着光，密实柔软的蓝，经纬匀称，十一月初的南方的天。

这缕挂纱消失无痕。一条懂得自我修复的围巾。

2

不记得买过多少枚发卡，以别住我凌乱的碎发。但它们陆续都不见了，像集体掌握了遁身咒语，纷纷拔腿出逃。

床底，桌下，只有灰尘、纽扣和碎纸片，却没有亮晶晶的小发卡。

再买新的时，我每每下决心要守住它们，比如固定安放。还是不行，这"固定"一直随我的懒散在变。有时盥洗间，有时床头柜。它们又不见了，消失在某个不可知处。

买下就为了失去，成双就为了落单——看看散落家中的形单影只的袜子、手套、耳钉吧！有只小袋专用来装单只耳钉：黑花朵、蓝石头、银质小鱼……它们都走失了另一半。

很多事物都像这些发卡，纵使下定决心，当心看护，它们仍无可挽回地逐一消失。有时，昨儿还见过，还沾着温度，今天乃至以后再见不着。

如果有枚巨大磁石，置于屋中央，从屋子的犄角旮旯，会叮叮当当跑来那些遗落的小饰物吗？

童话里才这样吧。现实中，遗失的总是从此下落不明。

3

衣橱中的黑色呢外套，双排扣，立领，是件厚实的冬装。我曾穿着它深夜从外地赶回，奔去医院看望昏迷的婆婆。接下来几日，直到婆婆丧事，我一直穿着。

对医院，出于天性，也出于母亲的影响，我一直有深切惶恐。从小随母亲去医院探望病人，她从不坐，也不许我坐，有时实在奈对方热情不过，只沾凳边，尽力保持臀部悬浮。回家后立即洗手更衣。

随着出入医院的频繁（父母及我本人都若干次成为 ×床），这些禁忌逐渐被打破。

黑呢外套一直穿至丧礼结束。我从没这么从头到尾地参与一场丧事，经历每一个细节。黑外套脱下清洗，挂进衣橱，很久没动过，衣服上似乎还沾附着眼泪、火焰、鞭炮和深秋树木的凋敝。

又一个冬天，父亲住院。我去医院，临走打开衣橱，随手想摘下那件黑呢外套，突然，我的手顿住，有种难以言说的……不安。

曾看女作家陈染写她某次被访，采访室的角隅处有只单人沙发，被子衣物高高堆起，衣物上覆盖雪白床单，"呈现一种古怪而令人惊骇的形状"，她似乎能看到下面一具渐凉僵硬的人体分明的轮廓，包括最后一口呼吸带来的下陷嘴窝。她心不在焉地与采访者交谈，一边频频张望沙发。当记者准备在沙发坐下时，她立即挡住他，制止他坐下——这种阻止"来自我自己也说不清的由神秘本能而产生的不测预感"。

假如覆盖衣物的是床红格子棉布或其他暖色织物，大概她不会有这种不测预感吧。

去探望父亲那次，我最终穿了件红色外套。我冬装中仅有的一件红衣，多年未穿，我翻出它时，潜意识是：红色喜庆，它能冲去晦暗，带来希望！

父亲早已病愈出院。我一直记得那天我的手在触到黑呢外套停顿的刹那，它发散的寒意，使我想到"一语成谶"这些词语。

那天，江边那所医院寒风吹彻。从走廊窗口望下，医院后门靠江的马路上，公交站前若干柄被大风强行翻转的伞骨。

4

齐崭，簇新，从床下鞋盒取出这双牛仔面短靴时，它的款式依然算得上与时俱进。穿出去了一会儿，发觉不对，抬脚，鞋底裂了条缝！明明是双新鞋，口碑不错的品牌，竟裂了。

去找鞋匠，她瞟了一眼："有日子没穿了吧？"

"是。几年了。"

女鞋匠不再抬头："修不了，搁坏了。"

"搁坏了？只听过鞋穿坏，怎么能搁坏呢？"

"穿坏的鞋能修，搁坏的鞋没法修。"女鞋匠说。"可惜了双好鞋！"她感叹了一句。

簇新的，看上去完好的牛仔面短靴被扔进了垃圾桶。

听上去，像武侠小说中被深厚内功震毙的人，外面毫发未损，内里破碎。

时间就是那位内功高手。

在貌似静止的时间里，盒内那只安好的鞋子发生着只有它自己知道的死亡。没有雨水，没有酸性物质，它遭遇的是时间氧化。比起"穿"对一双鞋的损耗，"隔绝"是更致命的损耗。

5

路过一所商厦的一楼首饰柜，光芒熠熠的柜台前坐着位购买者，她再三怀疑一条钻链的纯度，反复端量，一再询问，仍眼光狐疑。半个钟点后，我从楼上下来，她还在。钻链大概价格不菲，她边怀疑，边被它们的光芒所牢牢控制。店员已停止起誓。富于经验的她们看出她的怀疑只为更进一步地让自己受控，两种相互对立的趋向相互掣肘，就好像猎物在绳套中的挣扭只会让绳套更紧。

她掏出卡，终于决定买下，同时表示要去鉴定这些首饰。她把链子举起戴在脖子上，她的手上是发光的戒指、手链，衬着涂脂粉的不年轻的脸。她的眉目间有种年深月久的怀疑。

也许，她人生里会发光的东西只有这些亮闪闪的饰物了。

6

在温哥华的一个艺术市集，遇到一个摊位，摊主是金发的年轻女艺术家，设计制作项链手镯，摆在一张张皮料上，古朴时尚。那天是我生日，买下一只细手镯，一小片亚金色的叶脉上镶着水滴状的晶莹小绿石。

夏天，只戴过几次后，它忽然断掉。一只断掉的镯子，别无他用，弃之又有些不舍。有天父亲看到，端详一会儿，把连着小绿石的那半截手镯弯成了一枚戒指，戴在我的无名指上恰好——就像它原本就该是一枚戒指，而不应是一只手镯。

这枚戒指，独一无二，之前还是手镯时，戴在手腕上并不起眼，现在却成为一枚别致的戒指，它好像必须经历"断掉"这一事件才能蜕变，才能迎来它真正贴合的命运。

7

衣柜里的白色越来越多，白衬衫、白色防晒衣、白呢外套、白色羽绒服……仿佛是要用迟到的白色尽可能地填补过去的灰与黑。

很长一段时间，衣柜里全是灰蓝黑，尤其青春期，我认为白色是一种危险而浅薄的"可见"，它使人体形膨胀，暴露无遗，我那时的最高美学奇怪地相悖着：一方面，喧哗与骚动，渴望标新立异。另一方面，力求隐蔽。我钟情于适于遮蔽的颜色，认为那是酷，是未说出但分明存在的些许愤怒。

记不清哪一天突然有了与白色的相遇。它典雅，自洁，使人在灰暗的日常中有一抹亮色。这个转变其实依托于一种心绪，带有自我接纳，镇定，以及对"自我能见度"的提升——白色意味照亮，明澈。

因此添置了这么多白，像对过去年月逃避亮色的补偿。

白色就像涂改液，修正一些灰色的理解与关系，也修正自我，使之在明亮光源中也能泰然自若。

8

儿子乎乎迷上打火机，在各个小店搜罗喜欢的样式，衣兜里总揣着一枚他觉得最酷的。火机只是载体，他着迷的是"火"，是摁下火机"啪"一声蹿出的火苗！他点燃鞭炮，在水池里烧着纸，作势把火机凑近我羽绒服蓬松的毛领——我真担心他会受到某种不可抑制的蛊惑，无意识地摁下，令火苗瞬间弹出。为此他受到警告，不准再买打火机，更不许随身携带。乎很委屈，"你小时候没有喜欢的东西吗"？

当然有，比如糖纸，有阵我狂热地四处搜集，把它们夹平在大本子里，视如珍宝。

乎对火机的迷恋里潜藏的大概是一个男孩对冒险的迷恋。在自小的教育里，"火"喻示危险、灾难与不可触碰。他偏要触碰，他好奇一枚小小的火机如何能变出火，火又如何能升腾起光焰，轻易摧毁许多。与之相反的教育是安全第一，人生在世，防火防盗，要将火深藏或掩埋。

对物的渴望包含着某种自我实现。就如我当年搜集糖纸，暗含了对"甜"的渴望。成年后，我有轻度保温杯控，那是一个体寒者对"暖"的向往。

打火机对于男孩乎，代替奔跑，超越，此起彼伏的上升，代替战栗陌生的诱惑。正如当年的糖纸之于我，代替甜，代替歌唱，代替公主的裙子，代替花园与陪伴。

9

她胸前吊着枚缀饰，精巧，闪亮，细看是枚货真价实的小刀。

"是准备学虞姬必要时自刎吗？"她恰姓于。

"如果这世上有我的西楚霸王。"

玩笑开过，却忘不了那柄刀。

关于刀，充满太多悖论。华丽与日常，沉默与愤怒……它是古龙笔下寂寞吹雪的兵刃，也是家庭主妇每天要用到的日常工具。切片、丝，或滚刀，我家厨房有把与我婚龄等长，用了近二十年的菜刀，仍锋利，锋利到我偶尔闪念——世上这么多存放在外的刀，有多不安全？锋刃的寒光怂恿一个愤怒中的人，会否像花粉怂恿爱情？

在厨房，刀和锅铲案板为伍，它实施的对象是鱼肉瓜果。在武侠小说中，一柄利刃总在低声快速地吐露咒语，召唤血的喂养。

毕竟是刀。再日常的功能也不能掩盖刃上那抹寒光，拟用古龙的笔法就是："一尺二寸，月冷寒霜。这是，刀。无声。够快，够稳，够静。"

多年前看美国人类学家写的《菊花与刀》，以"菊"与"刀"解析日本民族精神的双重性：唯美而黩武，尚礼又好斗，忠贞且善变，保守却求新——或许，这不仅仅是一个民族精神的双重性，也是不少人性的双重性，如同一柄刀，待在厨房时，安宁，驯服，而当爱恨情仇贯注于它，刀立时变身，猎猎寒风杀气高。

古龙说，骑最快的马，喝最烈的酒，使最快的刀。古龙还说，世间情有时温和，有时却比刀锋更利。

10

朋友买了枚手串，沁润光亮，是店主盘玩了几年的。材质普通，价不便宜——价格其实和材质没关系，和时间有关。把玩者的手泽使珠串有光，那温存的旧气只能由时间赋予，急不来。

景德镇，在某摊位儿子乎乎看中个小葫芦，正要买下，瞧见摊主手上的小葫芦，他立即改主意，要求买那只。他可真有眼光呢！摊主手上的葫芦虽与其他葫芦形似，"神"却绝不同。皮壳不是清新浅黄，而转成丰富的赭色，那种深藏若虚的光，可谓之"韬光"吧。

摊主是陶院毕业的年轻小伙子，坚决不卖，说"养"了一年多，不舍。他让乎乎把新的那只买回，慢慢养，"肯定能养成和我这一样的"。

买回的小葫芦，乎乎偶尔摩挲两下，有时往我手里一塞，"你替我摸摸它"，我应付地摸几下，半年多后，小葫芦的色泽和买回时无甚区别。

"要什么时候才能和那个叔叔的小葫芦一样啊！"乎乎说。

说实话，对这天的到来我是没信心的，也理解了朋友为何要买下那只材质不贵、价格却贵的手串。

花时间——往往，比花钱难得多。

只有花时间，只有经历持久的摩挲，包括空气中射线的千百次穿越，才能使一件新货褪去浮躁与干涩，皮壳生出幽光，文玩术语曰之"包浆"。年代越久，包浆越沉着，那是难以作伪的。伪浆飘浮，如以开水洗刷，便会消失。

人与人之间，人与物之间，花了时间，会渗入成为彼此一部分——相互认出，相互镌刻。

辑
三

不 眠

一部叫《追眠记》的纪录片，第一次将镜头对准了睡眠有问题的中国人。中国，超过三亿人正在经历睡眠障碍。即便是能睡着的那部分人，睡眠质量也严重堪忧。

"2018年，最新的统计结果显示，62.9%的'90后'年轻人处于睡眠的'烦躁区'和'苦涩区'，还有12.2%在'不眠区'。"

豆瓣上，失眠互助小组活跃用户过万。他们每天在上面交流如何才能快速入睡——从吃哪种安眠药到去哪儿做理疗。

对于没有睡眠障碍的人，这简直不可思议。睡，是人的本能啊。就像我的好胃口曾理解不了面对一桌美食只肯象征性动几下筷的人。

但我理解失眠的人。因为自己就是名资深失眠者，从很年轻时，睡眠系统便被满脑子胡思乱想破坏。如果好睡眠是完整且厚实的固体（比如一块蜂蜜松饼），我的睡眠则是吃过的剩余。有时它们拼凑出貌似完整的形态，一点颤动又使之顷刻瓦解。

最难受时，"床"这个词本身都构成一种侵害。

"视此身如无物，如糖融于水，先融脚趾，再是小腿，大腿……最后身体化为乌有，自然睡着。"据说这是入睡的理想状态。我用此法尝试过自我催眠（配合睡前喝奶、泡脚）。问题是，每次融到脖子以上，它就再不肯融了，只余一个大脑在夜里抓狂。

这脑袋就像一台失控的机床，兀自鸣响。它的敬业却并不产生什么绩效，盖因多数是在空转。空转的损耗可想而知，用科学语言说，"它会影响神经系统的传导或肌肉腺体的运作，使基础代谢受阻"。中医概括得更精炼：睡不好，气血双亏。

那些好睡眠的人，他们像有一只吸盘似的触角，牢牢吸附在黑夜之上，任凭怎么摇晃都掉不下来。睡眠不好的人，则游离于黑夜之外，数到五百只羊还不奏效，羊们不停地在空地聚拢又散去。

多年前，二十岁左右的若干夜晚，我听着广播里的夜话或音乐节目久久不愿入睡，这属于我一个人的时光——青春有多惧怕孤独，就有多渴望孤独。

枕边的那只收录机——它像外面的世界派来的秘密信使，低低地流出音乐或话语，如汩汩的山中溪流。那时觉得，世上最理想的职业莫过于夜话主持，在夜色如丝绒覆盖时，他们讲述、倾听，用嗓音安抚许许多多睡不着的人。

间或，阳台外不远的铁轨传来火车经过的震颤声，一直传到身下。屋内像发生着轻微震极。对人与事都那般敏感的青春，总在经历着不同的震级。虽然回头看，都是轻浅不过的人与事，可那时，青春的夜晚，那些人与事，那些困惑与迷惘，又是多么强烈而固执地波动着，一次次地干扰睡眠。

每次入睡仿佛都是一个赌注，看哪一次运气比较好——当醒来时，赌哪一次时钟更接近黎明。有一次，也不知该算运气好还是不好：四点四十四分。

广播通常在熄灯后响起，躺在黑暗里，承袭着青春的混沌与尖锐。有时会留盏台灯，在音乐声中注视着天花板，那些印渍，被光影幻化成各种东西，动物、人或植物。

那正是木心先生说的"时时刻刻不知如何是好，所以听凭风里飘来花香泛滥的街，习惯于眺望命题模糊的塔，在一顶小伞下大声讽评雨中的战场"。

一个易失眠的人，注定内心盛有过多的爱与哀愁。

而据说能成就一番伟业的人，往往是不失眠的。譬如奥东皇帝决定自杀的当夜，把家事安排妥当，磨快了剑，然后呼呼大睡起来，贴身男仆甚至听到他的鼾声——这股淡定劲儿，不像赴死，倒像准备迎接一觉醒来后冒着热气的早餐。

看过则资料，说食草哺乳动物的睡眠很浅，如大象、野牛和野兔等，它们对微小的动静都很警惕，并能做出迅速而强烈的反应。我当时想，这多么像人！易失眠的人通常是温和的、敏感的，缺乏攻击性。而性情强悍的人，大抵吃得香，睡得好。他们没有"自我"的负担。

是否可说，食草类动物以及食草类动物性格的人，都属于自我折磨型？他们用温和、善良默默地消耗着自我。

但也许，吃桉树叶的考拉是个例外。几年前的秋天，我目睹澳大利亚的一株大桉树上，一只正睡着的棕色考拉。它睡得那么投入，不管多少镜头和手机正对着它，它都岿然不动地沉睡着——它是世界上最会睡的动物，每天的睡眠时间可达到二十二个小时——它的一生，差不多是在睡梦中度过的。

和它一样能睡的动物还有棕蝠、树懒、猪和印度豹等，它们每天的睡眠时间在十二小时左右或以上。

这样度过一生，是幸运还是不幸呢？

也有不睡的动物：海豚。它的两个大脑半球可以轮流休息，当左侧大脑半球处于抑制状态时，右侧大脑半球则处于兴奋状态。一段时间后，左侧进入兴奋状态，右侧则处于抑制状态。所以从某种意义上来说，海豚一辈子都清醒着，它是真正字面意义上的"难得糊涂"。

"我们都热爱生命，我们都希望活得尽可能长，但尽管如此，我们还是牺牲了三分之一，有时甚至一半的生命在睡觉上。"19世纪90年代，俄国女医生玛丽·德马纳塞纳困惑于睡眠之谜。为了探索睡眠究竟是什么，她在动物身上进行了首次睡眠剥夺实验——让幼犬一直醒着。

实验的结果是它们在被剥夺睡眠几天后就死了。在随后的几十年里，她利用啮齿动物和蟑螂等其他动物进行的睡眠剥夺实验也出现了类似结果。可见死亡与睡眠有着潜在关系。

可海豚不睡为何能活下来呢？严格说来，它也不是不睡，而是睡与醒同时进行。和它类似的还有果蝇。有研究称，有些果蝇几乎不睡觉。在科学家的观察中，有一只雌蝇甚至平均每天只睡四分钟。在进一步的实验中，研究人员剥夺了这些果蝇百分之九十六的睡眠时间。但它们并没有像幼犬那样过早死亡。于是，人们又得出一个结论：睡眠可能没有人们以为的那么必要。

会有根本不睡觉的动物吗？科学家说："目前的研究发现，没有一种动物是完全不睡觉的。即使是在这些超级短睡者中，最低限度的睡眠也是必不可少的。"

但据说原生动物（由一个细胞组成）是一生不睡的，还有些动物如蜉蝣——"寄蜉蝣于天地，渺沧海之一粟。"苏轼用它来形容人生短暂。这种起源于古生代石炭纪的古老有翅昆虫，距今约有三亿年以上。如此短暂的生命为何又如此绵延不绝？再没有比蜉蝣更高效紧凑的一生了。稚虫成长后，爬到水边的石块或者植物茎上，日落后羽化为亚成虫，再经过一天时间羽化为成虫。成虫没有咀嚼能力，不能取食，最多只能活几小时。在这短暂的时间里，蜉蝣必须找到配偶——英国《每日邮报》曾报道，在匈牙利布达佩斯附近的提萨河上，一大群长尾蜉蝣浮出水面，疯狂交配，持续了数小时。属于成虫的时间紧迫，它们争分夺秒地交配，将卵产在水中。然后死去。

在成虫的几小时生命中，忙着繁衍都来不及，哪还有空睡？——这是怎样的一生啊，朝生暮死只为繁衍，而繁衍出的蜉蝣仍旧度着这般匆促的一生。

生命的意义究竟为何？

"失眠是一种自我惩罚"，黑夜里的主动失联。作为飞行物的床，搭载人去向不明之地，像《地心引力》中女宇航员在孤独的太空飘浮，没有回应，只有一些声音被无限放大。钟表走动声，几个房间外水龙头滴水的声音，远处的一声猫叫，雨打在棚顶反射的童年回响，中年的血液在体内日益缓滞的行进声……

朋友说起有次凌晨四点多，失眠的她突然听到楼下传来那什么的声响。那幢楼的隔音效果不好，从楼下窗户传出的声音清晰地传进朋友耳朵。是做爱的声音。这声音原本并不奇怪，让她惊讶的是声音的制造者，楼下一对平日性子温吞的老夫妻。从表面看，性早已从他们身上撤离，但这个凌晨四点，朋友的失眠使她窥见了一些平日看不出的内容——在"表面"下隐匿的为外人所不察的生活。

另有个女人，抱怨丈夫因为睡眠不好，常夜半起来烹饪食物——不是煮个面什么的，而是在厨房里煎鱼。这个大块头男人热爱食物，尤其水产。做好了，他一人斟杯酒，慢慢边吃边喝。女人是绝不会陪他吃的，她对瘦身有着狂热的执念，连食物的香气都会使她觉得胖了几两。

听去简直有些魔幻，一个深夜在厨房煎鱼的男人。

不过也没什么，土耳其女作家艾施勒·佩克说："厨房是母亲的乳房，宇宙的中心。"对于半夜睡不着的人们，起来煎条鱼并不算什么。还有的半夜学英语，有的擦马桶，有的出去吃烤串，有的跑步。还有的，像英国导演肖恩·埃利斯的电影《超市夜未眠》中的主人公，索性去做了份深夜兼职。

"其实失眠是孤独症的一种。"在《超市夜未眠》中，一个从小爱远离人群、梦想成为画家的年轻人 Ben 因失恋导致失眠——他住的那栋艺术学院宿舍楼基本就是一百二十位学生的过剩荷尔蒙混凝而成的建筑物，晚上发出的做爱声令他不堪忍受。

因为失眠，Ben 的生命比他人多出了三分之一，他在超市找了份夜班工作。

伴随古典交响乐的回响，Ben 认识了形形色色的人。面色苍白，一脸倦意的女同事，她以不看钟表来对抗时间的慢——"你看钟表的时间越多，时间过得越慢"。还有杯子上写着"the boss"的神经质的超市老板……人人都在用自己的方式打发夜晚。

Ben 偶然发觉只要自己挤压指关节，世界就会定格，时间遥控器像摁下暂停钮。他在超市任意走动，观察那些他觉得诡异又美的事物……

性、童年、梦、爱与美……在四次时间的定格中，Ben实现着对人生的种种探寻。

他邂逅了新的爱情——超市那位面色苍白而又精致的女同事。或许，他不再失眠了，爱情治愈了他的孤独症，也顺便治好了失眠。

对失眠者，生命貌似获得了一个"加量不加价"的馈赠——人生得以延长。但现实生活中，失眠带给人的痛苦难以言喻。

在失眠的年月里，我还寄希望于一只枕头的拯救。在试过了N个功能型枕头后，我发现这只可以拯救睡眠的枕头是不存在的——在失眠者的颈椎与任何枕头之间，都隔着至少一厘米的悬浮。

造成失眠的原因有很多，如兴奋、疾病，还有衰老等。

父亲醒来的时间越来越早，尽管早年的军旅生涯为他打下了良好的身体底子，七十五岁的他看去还结实，但日益稀薄的睡眠宣布了不可逆的衰老的深入。有时夜里三点左右他就醒了。我母亲睡眠也不好，也早早就醒了。他们起来喝喝水，说会话——有个可说话的伴侣可见多么重要，尤其晚年生活，那种陪伴足以慰藉长夜的黑与慢。如果一对伴侣无话可说地进入了老年，夜半醒来，各居床的一方，沉默地睁眼等天亮，该有多荒凉。

有时母亲比父亲更早醒来，她就看微信。这是她近年来生活的重要内容之一。父亲白天去侍弄那块老房的屋顶菜园时，她就在微信中度过。看各种链接里的文章，转发给同事、亲友、儿女……微信让她保持着与世界的密切联系。

暑假，儿子乎乎去她那小住。临走，母亲和乎乎说起，她想要一副耳机，这样半夜刷微信时可以不扰父亲。这使我意识到自己的粗心，去年秋天母亲生日时，我送了她一个配置较高的新手机——这对她来说，无疑是晚年生活里最重要的物件了。可我忘了给她配副耳机。这给她过早醒来的夜晚带来了诸多不便，她不愿麻烦儿女，所以直到乎乎暑假去小住，她才提起。

次日我就把耳机送了去。我想起二十岁左右时那些广播陪伴的夜晚，父母早已在隔壁熟睡，他们还是中年人，与我现在年纪相仿。那时他们的睡眠总是不够，失眠的是我。"年轻的时候，有大量的错误可以犯，大把的时间可以浪费，不走点曲线还配叫人生吗，荷尔蒙狼奔豕突的时候，只想自暴自弃把自己挥霍掉，而且自以为这样挺酷的。"那时有许多个夜晚，消耗在虚无的胡思乱想中。一句话，一段情感，一次抉择——在逼仄的青春巷道里，进退皆惑。

如今父母的睡眠变得短浅，而我长年的失眠在进入四十岁后反而有了改善。或许是因为坚持健身，或许是对人生有了新的辨认：认出那些曾干扰的飞絮终究一吹即散，认出什么才是生命的主干。那些一叶障目的岁月——那无可名状的混沌、目迷五色，如雾在阳光升起时渐次散去。昼与夜原本分明，诗人说"一个人应该活得是自己并且干净"。没有无谓的干扰，夜晚便不会纷杂，它成为一张河流般的眠床。

有一天，我到父母的年纪，那时衰老或慢性疾病带来的睡眠质量下降，夜晚将重新变得漫长。但也没什么可担心的，就像老年不再需要那么多食物一样，对睡眠的需要也一样在递减。慢下来，少下来，生命减到最清明的程度。

美国作家约翰·契弗的小说《巨型收音机》中，一对中产阶级夫妇沉迷于用巨型收音机窃听邻居家隐私——失眠也是台巨型收音机，搜索并放大夜晚的各种声响，包括身体内部的动静，"从镜中揭下自己的影子"，它们汇集成失眠者的出勤报告。

从祖先的狩猎时代开始，夜晚便象征着不安，似乎到处浮游着魑魅魍魉。据说所罗门因为晚上害怕睡觉需要六十个强壮的男人守候在旁边。诗人维吉尔将睡眠称作"死亡的结拜兄弟"，莎士比亚则将其称为"死亡的画像"——这些表述都说明，睡眠充满了潜在的不安与危险，它可能随时将人们滞留在某处，再不能原路返回。

我曾对黑夜的印象也充满惊惧。童年寄居祖父家，那些听来的鬼怪故事震慑住一个孩子幼小身心，觉得在黑暗中潜伏着可怕的不明物体，随时会伸出手将我捉了去。

是要活到一定年岁，才明白物理性质的黑暗并不可怕，最深的黑暗在人心中。

一个人，倘若心里不发虚，是没必要惧怕黑暗的。

那么对黑暗的困扰就只余下失眠与死亡——这是一对标准的反义词，前者睡不着，后者醒不了。是的，睡眠是一场"小型的，死亡的模拟"。这些年，陆续听到在睡眠中死去的消息。某位老邻居、母亲的老同事，或某位远亲。最年轻的一位是同学的弟弟，二十几岁，未婚，没有正式职业，夏天的深夜心梗发作。

但，某种程度，这些在梦中离去者，未尝不是有福的。日本小说《深河》中，主人公的妻子癌症晚期，化疗后"身体稍微移动，剧烈的疼痛便像闪电般全身流窜，使她不由发出呻吟"。这应当是无数重症患者的写照，此时，若能在睡眠中"闪退"，不啻为一种解脱与接引。

佛陀教导行者面对病痛，要身苦而心不苦——谈何容易？痛是一种最直接的感受，许多人对死亡的恐惧有一半源自对病痛的恐惧。

"只要一个人真正有了睡意，埃斯米啊，那么他总有希望能重新成为一个身心健康如初的人。"塞林格的小说《为埃斯米而作》中的主人公在文尾说。

一个再严重的失眠者也有机会在生命的最后时刻，成为一个身心完整如初的人。那时，所有数丢的羊都将聚拢来，白云般围绕在身边。

荣枯有时

1

它应当是死了。不过，似乎还有一丝不甘。"复活"的神话与故事不少，比如耶稣就是在被钉在十字架上，三天后复活。还有动物，地狱看门犬刻耳柏洛斯，宙斯将它复活，以赶走奥林匹斯侵略者。

那么植物呢？在一些神话故事中，人们让神灵掌管不同的植物，他们拥有"死去——重生"的能力——神灵本身就是该种植物的神格化，代表了人们对"重生"的希望。

一切只是神话。

现实中，一株植物死去，有多少机率"复活"呢？

2

其实是一棵已"死"去过一次的树。树龄有三十多年了，从父母家移来，它和阳台上的一株老山茶一起，见证了我的少年与青春期。每年两株树开花时，山茶繁花似锦，玉兰清香淡雅，那时却并不以为奇，似乎它们会一直这样开下去，如不死之物。

前年春天，开始建设自家屋顶。请园林公司施工，铺青石板，植草皮，种竹子，定制防腐木葡萄架和玻璃阳光房，引进各种植物。父母搬了新家，阳台是封闭式的，养了多年的玉兰树仍留在老房里，父亲常去照管，这次正好移来我的楼顶。

偌大一株树，加上花盆那个沉啊，从老房的五楼请人搬下，又搬至我家的六楼楼顶，费了好一番功夫。

玉兰树从盆内移进楼顶的土壤，在新的环境里茁壮生长起来，少了花盆约缚，比在老房内长得愈加高大。冬天到了，这一年的冬天格外寒冷，来过几次寒潮，夜晚楼顶的气温在零度以下，水管里的水都结成了冰。我们没经验，以为玉兰树在父母家的老房那么多年冬天都安然度过了，那么在我的楼顶亦能平安。

快年底，我请了几位客人来家吃饭，父亲特意来给我的客人包饺子，母亲也来了，平素因为腿脚不便，她很少来我这。她艰难地上了楼，又非要去楼顶看看。这一看，立时急起来："玉兰树怎么给你冻死了？"

冻死了吗？我吓了一跳，冬天的树干原本光秃秃的，也辨不出什么。可母亲依然断言它被我们冻死了，一个劲儿地埋怨，边找出塑料布、绳子之类将玉兰树一层层严实地裹起来。为什么在父母家不用裹呢，因为搁在朝南的阳台和楼顶不同，楼顶无遮无挡，寒风四面夹击，比在朝南的阳台温度低不少。

裹后的树挺丑，像一捆废料杵在那，与整饬美观的楼顶花园有些违和，可也顾不得那么多了。我们担心母亲的判断是真的，那可就太可惜了。不过如果真死了，裹这些又有什么用呢？可见母亲对玉兰树的活还是有信心的，并不像她口中断言的那样。

整个冬天，玉兰树干枯地立着。

春天来时，冬天枯败下去的一排盆栽月季萌出点绿意，玉兰树还是兀自枯立。到四月，阳光更暖时，有次发现玉兰树的树干竟冒出了丁点绿芽！隔几日，枝干上又添了星点的向上攀缘的绿。玉兰树还活着！经历了那能把水管冻住的寒冷，它活下来了。星点的绿，确凿地宣布着它生的讯息。

五月，这些绿色米粒攀至玉兰树中腰，长出三四片绿叶。新芽的位置还在向树梢攀移，直至梢上也爆出星点的绿。

在玉兰树的内部发生着什么呢，迟缓，艰巨，把从根系攫取的每滴养分向树梢输送，在春天复活。那是一种生之意志的竭尽全力。

它又成为一株枝繁叶茂的树了，开花时几步外就能闻见阵阵清香。

3

谁想到，它熬过了严冬之劫，却未逃过酷暑。

八月，我们一家从南昌去欧洲旅行近一个月。临行前把楼顶植物托付给家里的钟点工，让她根据天气情况定期来浇水，当然，按她说的付工钱。

欧洲的行程一路亦炎热，二十天几乎没下一滴雨，有次在葡萄牙"陆尽于此，海始于斯"的罗卡角，微微地落了几滴雨，在马德里读博士的女友闻听，竟然说我们像中了彩票。

途中，我偶尔看了下南昌的天气情况——一是记挂父母，二是记挂楼顶那些植物，包括玉兰，两棵桂树，一株大铁树，还有石榴等——持续高温，不免让人担心。可旅途中的匆忙让人无暇多想，再说托付给阿姨了，应当无事吧。

回国后，先生放下行李第一件事是上楼顶，去看那些分别二十多天的植物们。好一会儿他才下来。"玉兰树死了，香椿树也死了。"他说，难过且生气，"阿姨不是说好来浇水的吗？"

心里咯噔一下，预感这一次，玉兰树大概不会像上次挨过严寒那样好运了。还有香椿树，前年在花鸟市场买的一株小树苗养大的，几年下来，笔直瘦高，大概快长到两米了。

次日阿姨来，我询问她树死的事，她说，我们走后的第二天下了点雨，她没来，之后又下了场小雨，她想着还是不用来，后来才发现——那场雨只是人工降雨，并没降到我家这一带，她这才来浇水，这时距我们出国已近十天。

阿姨说得很随意，毫无歉意，似乎死掉几棵树无足挂齿。对从乡村出来的她，树或许的确平常不过，即便是一棵会开花的树，也没有什么了不得。我对她的随意不知说什么，只能说，这棵玉兰树，是从我父母家移来的，已养了三十多年，死掉真是太可惜了！

对阿姨来说，这实在不值得小题大作，一棵树而已。于我，三十多年的相处，一棵树已有了它的精神性。我仿佛可看到玉兰树在酷暑高温中呻吟、呼喊、求救，叶子从绿转黄，一片片脱落，慢慢干涸枯竭……

植物也同人一样，有其命数。该来的时候来了，该走的时候走了，没有什么道理可言。

4

回国后当晚，先生上楼顶浇水。我问："给玉兰树浇了吗？"他说浇了——我们对它再次"复活"仍存了一念微弱的希望。

此后，如果是我去楼顶浇水，也会给玉兰树浇，我们盼望上个冬天的奇迹再次出现。但是，一天天过去，玉兰树仍旧枯槁。

去外地参加一个活动，碰见一位朋友，闲聊中她说起，曾在阳台辟出一角养了株三角梅，一养多年，三角梅长势蓬勃，每至花季，开得炽烈一片。后来搬家卖房，这株三角梅因已盘根错节，很难移植，只能继续留在老房。房子售给一对夫妻，来看房时，两人见到阳台一角的三角梅都赞叹，养得真好！

很难说，是不是这句话促使朋友把房卖给了他们。

房子钥匙交给这对夫妻后一阵子，因为办个手续，在房产交易大厅他们又见面了。准确地说，是和那位妻子又见面了。朋友问起三角梅的情况，那位妻子犹豫了一下说："砍掉了哦。"或许她是因为诚实，或许觉得房子已属于她，如何处置一株花木是她和丈夫的权利，没必要遮瞒。总之她如实相告了，朋友一听，当即在交易大厅哭了，不是啜泣那种，是痛哭——像突然得知一位亲人的死讯。

若干年后，她与我说起时仍不能放下这桩心结。

"也许是没浇水干死了，只好砍掉。也可能他们嫌它占地方。可他们当时来看房时，明明赞叹花开得好啊！"她当年带不走那株三角梅，剪了一枝带去新房扦插，为了让枝更快存活，把插枝的大花盆放在院里，好让它更方便被阳光照拂，被雨水滋润。每天她和丈夫都要去看一下。有一天枝萌芽了，他们非常开心，准备等它再大点就搬去楼上。可是，有天丈夫下班回家告诉她，花盆不见了！那只沉重的大花盆，为三角梅今后的生长预留了空间的大花盆不见了。她以为这么沉的花盆没人会搬走的，它的重量得两个男人抬吧，可它的确不见了。她着急地和丈夫在小区里找了几天，那盆刚存活的三角梅了无踪影。

注定要失去那株三角梅，也许它怪她搬家时不带走它。她想。

在听到这个故事时，我家楼顶的玉兰树已干枯多时，我基本确信它不再有"复活"之望。也许不经历它的干枯，我会觉得一个中年女人在大庭广众之下为一株植物痛哭是不妥的，也可以说那有点矫情。可在历经玉兰树的干枯后，我理解了她的悲伤。那是与她朝夕相伴多年的植物，像位老友。

"砍掉了"，从一个陌生人嘴里轻巧说出，像砍断一截无用的木头。然而它是一株正在生长的植物。会开花。大片炽热美丽的红花。开了那么多年，成为她家和她人生的一部分。她的记忆肯定有不少与那片三角梅交织着，然而，它被砍掉了。

5

《世说新语》中的桓温北征，经金城，见年轻时所种之柳皆已十围，慨然曰："木犹如此，人何以堪！"攀枝执条，泫然流泪。

桓公也算一代枭雄，竟触柳伤情，宗白华先生为此评曰："桓温武人，情致如何！"

那些柳是桓公年轻时亲手种下，自然有不一样的感受，它们是人生参照物，十围之间，半生已过。

玉兰树也算我的时间参照物了，我却没为之一哭。许因这些年来，经历几场亲友逝去，越来越明了生老病死乃是宿命。命数尽时，求天无用，人与树都如此。但每回在楼顶浇水，我们仍会给玉兰树浇上几勺，不能不承认，心里隐约存了点最后的希望——

来年春天，它会不会突然复活呢？是不是所有的复活都需要等到春天？

我们在枝干上努力寻找它有可能复活的蛛丝马迹，每一个结疤，每一个小芽（只是枯梢上的一点小凸起），观察它们是不是会泛起哪怕丁点的绿。

正是秋天，离来年春天尚有段时日。它还得经历一个寒冬。

若来年春天，它依然没有复活呢？

当年，朋友为那株被砍掉的三角梅悲伤时，与一位女友说起。那位习佛的女友对她说，世间物皆幻化无常，不仅是我们的寿命、身体，连那看似坚固的山川河流也会在沧海桑田中变迁。"无常"本是人生实相，或许那株被砍掉的三角梅是要给你这个启示，如此才不枉它被砍掉……

朋友听后心情平复不少。我由此也想到玉兰树，和其他植物一样，"草木本无意，荣枯自有时"，它有它既成的命运，无论我多么焦急与巴望——都不会改变这棵树的宿命。

6

多年前去日本京都的一处庭院，眼前细沙碎石铺地，不远处几处石木，层序自洽。这是"枯山水"，日本著名的园林景观，其中的"水"通常由沙石表现，而"山"用石头表现。有时也会在沙子的表面耙出纹路来表现水的流动。

枯山水常被认为是日本僧侣用于冥想的处所，所以几乎不种植开花植物。它与中国庭院那种曲水流觞，绿意葱茏完全不同——有人说中国庭院是邀人走进的，移步换景，步步生趣。而枯山水，几乎是静止的，空寂的。

枯，何以会成为一种美学？

某年春，去江西抚州曹山寺。这是座有着一千多年历史的江南古寺。大殿内，竟无通常宝殿内的金光弥漫。三尊由缅甸玉石精雕的玉佛跏趺而坐，泰然温润。一盏明灯垂下，灯光氤氲，案几上供奉几大束优美的枝条，夹以紫花，别有清雅。大殿外，亦贯穿着这清雅。疏落的草坪、沙地、山石，衬着如黛远山，顿时令我想起京都的枯山水庭园，"枯"的美学一下有了答案——它折射出"心量广大，犹如虚空"的禅境。

枯，原也能成景，于极简中映出事物本性。是起始，亦是回归。人与自然同源，有荣即有枯，其中蕴含的孤寂或许是一切生命本体意义上的，"本来无一物"，孤寂中有超然。

与其说枯山水是物质的庭院，不如说是精神的庭院。在清寂的定格中予人启示——正因生之短暂，才有生之喜悦，生之惜重。

年轻时，读《红楼梦》中的"侬今葬花人笑痴，他年葬侬知是谁？"涌过悲伤，林姑娘感花伤己，令人唏嘘，读来真是几番愁绪，满目凄凉。

人到中年，再读《葬花吟》，少了感伤，添了惋惜，为黛玉。独抱高洁，囿于情苦的她在文学史上固然建构了独一无二的纯美形象，然于她自身命运来说，将落花飞絮、寒风秋雨都投射进人生，无时不隐秘地、曲折地折磨自我，未免孤标自戕。

伴随敏感的一生，愁绪满怀无释处，一抔净土掩风流。

《石头记》的后四十回已散逸，曹雪芹去世前，仍在反复修改，那四十回中写了些什么，成为令人遗憾也令人揣想的谜。曹雪芹若作续篇，安排黛玉成亲生子，会怎样？经历烟火磨砺后，几许落叶一捧花瓣，还会惹林姑娘情痴落泪吗？以她的慧根，是否有一天，会明了"情"的实底其实是"缘起时起，缘尽还无"，参破"花谢花飞花满天"予以人世的真启？

达观不是麻木，善感亦非偏狭，中年之后，面对落花，也许将"他年葬侬知是谁？"的凄惶换作"他年葬侬管是谁？"的洒脱更宜吧。

一切皆流，无物永驻。世上原本没什么不死之物，无论人或植物。

这样想时，冬日将过，从楼顶望去，对楼每至夏天整面墙绿意葱茏的爬山虎于枯萎中又生出一片奇异褚红，风吹过，身旁枯槁的玉兰树沉默似铁。

春天来时，这株玉兰在一个周末消失了。先生将它挖去，移栽了一棵从花鸟市场新购的玉兰树。据店主说，有九年树龄。

新移的玉兰虽不及之前那棵粗壮，但一树绿叶也还蓬勃，春意渐深时，玉兰开花了。有个夜晚上去，嗅见熟悉的香味，和以前那株玉兰一模一样的香味。

老有所依

你终将享有宁静，当你忘记了对宁静的渴求时，宁静就会降临了。

——题记

1

某晚，先生发了则链接给我，一篇关于"品质养老生活"的文章，"该养老社区请日本著名庭院设计公司打造，各建筑均围绕景观水系展开；每个房间均有南向采光，除湿空调加热地暖防潮防湿；风雨连廊确保老人可自由穿行在社区中。住在风景秀丽空气清新的 5A 景区，设施堪比五星级酒店；起居饮食有专人服务，有家的舒适便利，而无家务琐事烦扰；生病了小区就有全科医院，娱乐消遣则有各类社团俱乐部"。

文中多对老夫妻表示经过多方考察体验，终于找到了理想的养老之处。

先生问我看后什么想法。能有什么想法？养老不是挺远的事吗？我虽看上去毫不强壮，可近年一直在健身，养啥老？

他说之前去听过相关讲座，蛮动心。据预测到 2050 年，全世界老年人口将达到 20.2 亿。其中，中国老年人口将达到 4.8 亿，几乎占全球老年人口的四分之一。别说到那时，现在这类养老社区已是名额紧张，到时可能一房难求。

先生的父母都已不在。他说，你父母都已七十多岁，万一有一方走了，另一方怎么办？尤其如果留下的是你母亲，她原本身体不好，和我们生活观念又相距甚大，如何度过接下来的晚年是个问题。再有，先生担心万一他走在前，我的养老怎么办？反过来亦然。尤其是留下的那方一旦身患疾病，不能自理时怎么办？那时儿子有可能不在一地，他有自己的家和工作，大概分不出多少精力来看顾老人。那么，一个设施和配套服务都很专业的养老社区或许能助力解忧。

我把链接转发给在上海生活的姐姐，问她的意见，她说，她也不大能接受住到养老社区，但目前一些口碑服务好的养老院的确"一床难求"。她一个好朋友已开始排队养老，据说上海条件较好的养老院得等若干年才能入住。

2

尽管这几年我已感受到老之将至的种种，譬如第一条皱纹，开始退化的视力，不复蓬勃的食欲——村上春树曾说："我一直以为人是慢慢变老的，其实不是，人是一瞬间变老的。"但，我与"老"似乎依然隔着些距离。大概因为父母挡在前头，张开翅翼挡住老与死的投影，我才能装得浑噩。

当先生慎重提起"养老"后，我突然意识到，老年，早不再隔着山迢水远，我的一条腿业已迈入老的河流——午夜，那平缓而不可阻挡的水声越过林间而来，时有可闻。

此前没有老过，这是一种陌生的经验。谁说衰老不需学习应对呢？人许是一瞬间变老的，但一旦老了便要一直老下去，直至终点。

"烈士暮年，壮心不已。"这是很励志的老，必得有健康体魄支撑。

"当你老了，头发白了，睡意昏沉，炉火旁打盹……"这是还算安详的老，生活应能自理，还能坐在炉火旁回忆青春往事。

"僵卧荒村不自哀"，"惟将迟暮供多病"。这是如风烛摇晃的老，忧戚的老，屋漏夜雨的老。

老有各种情形，不同的情形决定不同的养老模式。

我之前从没想过自己或父母，有一天会去住养老院或养老机构——我对养老院的印象还停留在刘德华主演的《桃姐》上，暮气森森的老人院中，那些让人心酸的孤独的老去。

在通常认知中，只有孤寡老人或儿女不孝，老人才需要去养老院吧。那些有儿女却去了养老院的老人们，也许只是太害怕成为孩子的负累，不得不做出的无奈选择。

对现实的判断果真可以如此简单？一位单身离异的女友说起她晚年打算，她准备退休后在厦门某个养老社区购套房，在那走完自己一生。她有个儿子，就在厦门工作，母子关系挺好，但这并不意味着她要在儿子家安度晚年。儿子有他自己的生活，她也有自己的生活，她不希望被干扰、改变，也不希望影响儿子的生活。真有了病痛，交给专业人员与机构，他们会比儿女更称职，当然，这需要经济的支持。在经济可能的前提下，选择条件更好的养老社区与机构。

她说得很笃定，完全想明白的样子。事实上，她已开始考察厦门的养老社区，并有了初步意向。

她只比我大几岁，但考虑"老年生活"的那份冷静像比我年长许多。

我是不是也该慎重地考虑养老了？比如考虑下先生的建议，把老年生活托付给一个连锁养老社区？但和那么多老人在一个社区相处，我会不会老得更彻底？

只要还能动，我是不愿意离开熟悉的家的。在家里，有多么安全放松的一切，包括最可贵的生活的私密性与尊严。

可哪天不能自理了，只能请个陌生的护工来家，或是住进冰冷的医院？这两种情形都非我所愿。它也意味着私密性与尊严的被打破。

谁又能预料到自己的晚年会是什么状况？一次检查，一次跌倒，任何捉摸不定的偶然都可能让晚年生活的性质发生改变。到那时，临时再做决定难免仓皇。

3

当"养老"这个问题一旦进入生活——关注什么，就会看到什么，譬如影视中与其有关的题材。

电影《楢山节考》，讲述日本古代信州一个贫苦的山村中，由于粮食长期短缺，老人一到了七十岁，就要被子女背到山中等死，以供奉山神。片中男子辰平怀着悲壮的心情背着母亲上楢山。一路上儿子只说了一次话，表达对古训的不解，也是对老人祭山习俗的怨诉——曾经，他的父亲"因为不忍心将自己的老娘送上楢山而逃跑，被十五岁的长子辰平当作耻辱，枪杀在一次猎熊时的争吵中"。

终于，辰平找到了一块上面没有尸骸的岩石，将母亲放下。辰平遵守着不可回头的规矩，快步下山。忽然，他感到天要下雪了，而这正是母亲所期待的吉兆。辰平的心灵似乎得到了某种解脱。雪越下越大，山顶雪花纷飞，风雪中，老妇人双手合十，等待死亡。银装素裹的楢山仿佛一座神山，默默无语。

辰平下山时看到一个邻居背着父亲也来了，只到山腰父亲哭叫着不肯上山，推搡间，儿子将父亲推下了山崖……

看上去是贫贱导致老人命如蝼蚁，但里面包含着一个社会现实：老人是最易被抛弃、轻视的群体。

对老人的抛弃，在楢山通过宗教为自身找到了道德出口。"上山"是一个神圣的生命仪式，"上山"不等同抛弃。如果辰平老了，可能也要被子女背上楢山。这个通行于楢山的"平等"掩盖了一点老境凄惨，但当去掉那个仪式感，显现的仍是"强者生存，弱者淘汰"的丛林法则。

4

更多的老去，即使是文明与科技高速发展的时代，仍在遭遇各种艰难。就像电影《爱》中的。曾经拍过《钢琴教师》与《白丝带》等电影的奥地利导演哈内克，凭借《爱》，又一次获得戛纳金棕榈大奖。影片讲述两位年过八旬的音乐老师，他们原本过着平静的晚年生活。直到妻子安妮遭遇疾病，偏瘫卧床不起，两人的生活开始面临极大考验。

老先生乔治担负起照顾妻子安妮的责任，也请了护工，但护工很不负责，老先生气得让她"滚蛋"。老夫妻有个女儿，可她自己的中年生活已自顾不暇。安妮状况越来越差。片尾，乔治在她因痛苦发出的呻吟中，给她讲着自己少年时代的故事。安妮的呻吟渐止住，似乎乔治的讲述缓解了她的痛苦。然而——他拿起一只枕头，盖在她脸上，压下去。老太太的腿抽动着，微弱地挣扎着。老先生平静而坚决，他伏在枕头上，直到她不再抽动……乔治写下遗书，幻觉中，安妮在厨房洗碗，和他一起出门，提醒他穿上外套。

影片为什么叫《爱》呢，有观众说，难道这不是谋杀？

病痛中老太太的苟延残喘，当她呻吟着，喊着"妈妈"时——她还要忍受多久呢？直到生命的终点？这难道不比死更可怕？

乔治用枕头捂死安妮，是冷酷，还是出于"爱"的艰难选择？

活下去，真是太难了！即使再请一位负责的护工，并不能减缓安妮的疼痛，只会越来越糟。生命到此时，成为度日如年的煎熬与忍受。无论对安妮，还是对乔治。

突然传来先生的一位老同学自缢的消息。他刚满五十，前几年患上一种疑难症，治不好，并且病情会逐渐恶化，直到脑萎缩，全身无法动弹。他有个儿子刚毕业几年，在广州工作。也许是为了不拖累妻儿，他在自己还能动弹时，结束了生命。

那是怎样艰难的抉择？

印象中，他是个身量高大，开朗热心的人。患病这几年却愈来愈消沉。不可逆的病情把他打倒了。知道消息的人都感到震惊和惋惜。

2006 年，有本小书《致 D 情史》在法国问世，作者是法国哲学家安德烈·高兹，萨特的学生，写过几部哲学论著，但也许让人们记住他的却是这本两万字的小册子。

D 是他的妻子，两人相濡以沫半生。他们在家附近的空地种了两百多棵树，高兹经常会感谢妻子说："你教会了我欣赏和喜爱田野、树木和动物。你让我发现了生活的丰富性，通过你，我爱上了生活。"

这本书出版之后的第二年，八十四岁的高兹与八十二岁身患绝症的妻子 D 在巴黎郊区的家中自杀。

"我们都不希望我们两人中的一人在另一人死后继续活着。"

"在夜晚的时刻，我有时会看见一个男人的影子，在空旷的道路和荒漠中，他走在一辆灵车后面，我就是这个男人，灵车里装的是你。我不要参加你的火化葬礼，也不要收到装有你骨灰的盒子。我听到凯瑟琳·费里尔的歌唱，'世界是空的，我不想长寿'，然后我醒了。我们都不愿在对方去了之后，一个人孤独苟活，我们经常对彼此说，万一有来生，我们仍然愿意共同度过。"

5

经济、疾病、孤独，大概这是最影响老年生活的三大要素。

第一点经济，以"70后"为例，有人说"70后"的养老压力比"80后""90后"好，一是"70后"多有兄弟姐妹，可以共同分担赡养老人之责，并且"70后"（尤其是生于70年代中期前的）不需要买高价房，他们中相当一部分人群甚至还享受到了福利分房或集资房的政策。

身为"70后"，我同意这个说法，但这个说法中的"70后"应是城市长大的人群，另外还有大批农村出身，在城乡务工的"70后"呢？他们大多从事体力劳动，年龄的增长带来的是体力的衰退，在务工生涯中的损耗也会提前透支他们的健康，到一定年纪后各种疾病缠身。他们还要面对赡养老人的责任和儿女成家的压力，而社会现有的养老或医保制度并不能对他们做到完全保障。我家的钟点工小邹就是如此，生于70年代中期的她高中毕业，先在南方打工，后回老家结婚生子。现有两个女儿，老二智力发育有点迟缓，小邹把她带到省城，寄住在弟弟家，她自己做了若干份钟点工。她觉得再让女儿在这里读书会更有助于身心发展，因为在她的老家，除了老人孩子，已看不到多少人了。丈夫本身又寡言，大女儿高中在县中住校，如果小邹外出做事，二女儿基本处于"失语"的环境。

一米五三，体重九十斤的小邹风风火火地骑着二手电动车穿行于城市，大女儿高三，还有不到一年高考，"话也少，但成绩蛮好"，她是小邹最大的希望。小邹希望女儿考上个一本，当然考上也还要钱读。她和丈夫还有老人要赡养。她对二女儿最大的希望是她今后能自食其力，养活自己。

"走一步看一步，活人还能让尿憋死？"有一次她和我说。但等待小邹的老年仍不会轻松。再干十年，她就是快六十的人了，这十年中她想要有积蓄，还得不生病，不出任何意外。

6

一位朋友发了则微博，有关"养老"。"朋友乙，老父一直健健康康，爱运动爱唱歌，突然做了手术，后半生要靠轮椅了。他正满世界找养老院，重新规划家里的资金流向。不是没有高端养老院，但入住金就要五百万，依次还有三百万的、两百万的。我建议他拿三百万那个吧。"

三百万只是入住金，住进后要依据老人身体情况缴纳不菲的月费。患病后的养老成本如此高昂，有多少家庭能负担起？负担不起的家庭只能转向中低端的养老机构。

经济决定养老质量，说直接点，养老根据经济条件分为几种层次：普通养老，优质养老，富足养老。那么，经济条件优渥的老人，就能安养晚年吗？没这么简单，这关系到养老的第二个要素：疾病。就像电影《爱》中的老夫妇，属于欧洲中产阶级，却同样要遭受一方病痛带来的无解困境。

和病痛一样难以忍受的还有孤独，也即影响老年生活的第三个要素。即使无经济之虞，无病痛之灾，这依然是老年生活里最大的考验。

朋友发的那则关于"养老"微博中，还有一段，"朋友戊，父亲查出癌症之后，儿女们大为惊奇地发现，父亲居然在好几年前就和一个'阿姨'领了结婚证。戊说：只听说过年轻人偷户口本结婚的，没想到老年人也干这一套"。

为何背着儿女呢，当然是怕遭到反对与嘲讽，那位"戊"的口气已多少露出此意。为什么"老年人也干这一套呢"？因为他们需要一个伴侣，一个能说说话的"老来伴"。

就像日本电影《人生果实》中的老夫妻那样——这是对多么让人羡慕的老夫妻啊，丈夫修一曾是建筑师，退休后为了圆妻子英子多年的田园梦，他带着英子远离都市的喧嚣，归隐乡间，用几十年时间悉心打理着自家的木屋和菜园，种植蔬果，研究食谱，烹制食物……

"所有的答案都在大自然中。"景物与出产四季更迭，两位白发老人彼此陪伴，过好每一天，吃好每顿饭。这样的日子，就像田地里那些缓慢而坚定的生长。

九十岁的修一先生在田地里拔完草午睡时去世了，八十七岁的英子跪在他身旁，告诉他不要担心，她会照顾好自己，"等我变成骨灰的时候，我们一起周游南太平洋"。

让人称羡的老年与离去——然而难以复制。三年后，九十岁的英子去世了。去世前，她常对女儿说，"我不能让你爸爸等太久"。

这样的老去与辞别，实为圆满。

7

对多数老年，大概至少要面对"三要素"中的一项，不那么幸运的，可能要面对两至三项。

女友说，疫情后她弟弟把母亲从老家送来了，说和媳妇有矛盾，还是在她这住一阵。一阵是多久呢？去年母亲来住过小半年，这次看母亲带来的行李，"一阵"大概不会少于小半年。女友大学毕业后留在江南，职业女性，儿子高二，忙得陀螺似的。按她北方老家习俗，父母老了一般跟儿子过，她父亲前些年过世，母亲不愿给儿子添麻烦，自己过，这几年身体不好，只能住到儿子那，但住得并不顺心，各种摩擦，时不时就要去女儿家"过渡"一下。

小女友两岁的弟弟属超生，当年为此罚了款，家里很看重这个儿子，也因此让女友这个姐姐受过不少气和委屈，于是，对母亲的赡养有了更复杂的意味。

她起过念，要么把母亲送去老家的养老院？但儿女俱全，把老人送去肯定会遭亲友邻居闲话，她给弟弟发微信，说自己苦处，弟弟回：姐，我知道，但我夹在中间，也真是太难了！弟弟说的是母亲与媳妇矛盾，两人生活习惯不同，这些矛盾难以解决。

思来想去，女友只好把家里钟点工时间延长，再加上母亲生活费和保健、医药费，每月多开支好几千。儿子的补习费用本是笔不小的开支，女友说真有些"压力山大"。

这情形还得延续多久呢？母亲在她这，白天她和丈夫上班，儿子上学，有点耳背的母亲只能看电视，音量开得老大。有次她中午回来，发现老人开着电视睡着了。

在老家，母亲至少能和亲戚邻居走动走动，而在她生活的城市，除了她，母亲举目无亲，她几乎不下楼，怕自己听不清别人说啥，也怕别人听不懂自己说啥。她最常做的，便是立于阳台，向院门张望，等女儿下班。

这种孤独，在许多老人身上都有着鲜明印记。我住的小区，每天有位老人傍晚在院门外枯坐，等待下班的儿子。老人干瘦，坐在石礅上，向着街口方向。那个一身烟味的儿子似乎总是加班，有时天黑了老人还坐在那，风吹着她蓬乱的头发……

这些老人，或站或坐，地点不同，却有着完全相同的孤独——瘦影般的空茫。

《东京物语》中，年老的父母去东京看望儿女，面对儿女们各自的忙碌生活，他们对自己受到的冷落表现出东方父母式的隐忍与包容。回到家乡后，母亲很快病逝了，留下父亲一人面对余生。该指责儿女们自私吗？似乎他们也各有苦衷，人生只得如此啊，如果你能轻易评判片中谁是自私的，谁是善良一点的——你又能真正客观地评判自己吗？这部电影，大概年轻时、结婚后以及有了孩子后看是感触不同的。你在想，有一天，也许你会和片中的父母那样，从孩子生活里退出，退到边缘，再如片尾的风吹过堂屋的声音一般消失……

对女友来说，母亲的到来，还影响了她与丈夫的关系，丈夫觉得她弟弟不靠谱，自私，逃避责任，哦，你家有矛盾就送我这来？就不怕我家有矛盾？同样是夹在伴侣与老人中间的女友感叹，独生子女虽要面临4—2—1家庭结构，即一对"80后"或"90后"夫妻要同时赡养4个老人和1个（或2个）子女，但独生子女比起有兄弟姐妹的，也有个好处，那就是赡养的义务清晰，不存在比较与"踢球"问题。因为只有一种选择，家庭会少矛盾与内耗，老人的晚年生活质量反而会提高。

现实是，家庭问题纷繁复杂，"义务"与质量间也常存在着各种变形。

8

"较优的养老金制度对于赡养老人来说无疑至关重要。然而，养老保险覆盖面广、成本高，在许多国家已经成为公共财政的一大负担。在中国，光凭征缴养老保险税的收入并不能满足养老保险支出，财政每年都必须向养老保险基金进行补贴，并且这种补贴还在逐年增长。无论是发达国家还是发展中国家都不得不面对这一世界性难题。"

为应对这世界性难题，有金融专家建议，基于目前极速货币化（货币购买力不断下降）的情况下，老人的退休金也不能放在一个账户中，最好准备几个账户应对不同的养老需求：生活账户、医疗账户、个性化需求账户、紧急预备金账户等。

这几个账户并不一定能"躺赢"，它得跑过通货膨胀，所以专家提醒老年人不能把钱搁家里，以为那样最保险，得分散投资，当然绝不能往 P2P 之类的平台或民间借贷上投，那基本意味着血本无归。

但现实是，许多老人的退休养老金被各种方式收割，有位女同学的父亲省吃俭用，定期把退休工资往一个外地骗子账户上打，换回一箱箱被女同学视作垃圾的"收藏品"。女同学报警无果，气结无语。

她母亲去世后几年，父亲开始了"收藏"事业，拦不住，劝不听。人家父母多带劲啊，候鸟式养老，信息化养老，自己的爹呢？"越老越糊涂！"女同学只能用这一句表达愤懑，"怎么非信骗子不信儿女？"她弟弟无奈中安慰她，"只要他高兴，随他吧！买啥都是买，只要买个开心就成。人家住酒店不也住掉了三十几万？"弟弟说的是那则新闻里的退休阿姨，因为觉得生活空虚，在五星级酒店住了两个月，花光积蓄，然后作案，一心想让警察把自己弄进牢里。

在"非信骗子不信儿女"中，存在着两代人深深的隔膜。

我父母这些年也经历了重大经济损失：不靠谱的理财，

老乡和战友的有借无还。这过程中同样"拦不住，劝不听"。代际隔膜如此源远流长，加深着老年的孤独。在我面对父母，自以为与时俱进时，在下一代的眼中呢？比如我在"00后"的儿子眼中，他常用眼神明白无误地宣布：妈，你OUT了！就像我懊恼于父母的梗顽不化，我在儿子眼中亦是如此形象。

这种代际沟壑注定成为老年失落的一部分。

9

去年，父亲开始了种植牙的疗程。之前他以向来的固执，拖着各种牙病不去看，父亲觉得这口牙还能撑着用用，到非看不可的时候再去吧。等去医院时，医生说牙的情况已很糟，得拔掉十颗左右，建议做种植牙，报价十余万。父亲竟然爽快地答应了。他说，早些年就在报纸上看过相关报道，他愿意做。

父亲一方面节约，另一方面却愿自费十余万做种植牙，我想，他有此"豪举"是希望有副好牙能陪他度过老年。父亲做得一手好菜，爱喝几杯，咀嚼功能对他的老年来说极为重要。

老年需要的东西又岂止一副好牙，还得有明目，好腿脚，正常的血压，等等，而现实是床头柜上的药瓶越来越多……

曾看过一组关于人体老化的数据：四十岁开始，肌肉的质量和力量逐步下降。五十岁开始，骨头以每年百分之一的速度丢失骨密度，逐渐变得脆而乏力。同时血管、关节、心脏瓣膜、肺等器官，由于吸收了大量钙沉积物，变得坚硬且缺乏弹性。百分之五十以上的人在六十五岁后患有高血压。

六十岁时，视网膜能够接收的光线只有一个二十岁年轻人的三分之一。大脑萎缩让老年人平衡力变差，肌肉萎缩让腿部变得乏力，每年有大量老人因为跌倒导致骨折或是病情加重死亡。

以上种种衰退是不停息、不可逆的。而这仅仅是正常的衰老，不考虑患病带来的加速度。

医疗技术的进步让现代人的寿命超过八十岁已非难事，这意味着如何面对"老"已成为普遍问题。"养生文化"从没像今天这样广泛地被讨论、关注与传播。每个亲友群里，都至少有一位业余养生专家，以及各类养生链接——吃素长寿。不，长寿者爱吃肥肉。运动长寿。不，不运动才长寿，你看乌龟。

母亲自从学会使用微信后，生活重要的一项内容就是发这类链接。我很少看，但我愿意她发。微信缓解了不少老年的孤独，让老人重新以手机的方式融入社会。微信还在某种程度促进了老年人的反应，尽管母亲的记性越来越差，差到我查了好几次阿尔茨海默病的早期症状，不过目前从她和我父亲拌嘴的反应速度来看，似乎情况还没那么糟。

但老仍是一个无可更改的事实。我看着父母老去，无能为力。我也正在老去，同样无能为力——上下楼膝盖隐痛，看小字时视力开始模糊，种种迹象，都在指向一个事实：人生的秋天到了。某天中午，十四岁的儿子乎乎让我替他量身高。他站在我面前，足足高出我一头。我用笔在墙上画下一道线，一百七十四厘米。这个高度也是时间的长度，他的成长与我的老去是同步的。这是"老"的意义，为另一茬生命让道，让这世间总有着新鲜与蓬勃的力量。

不只人类，苍山绿水也会老，它们老的时间单位更为漫长，以百年千年计。世上原无不老之物，甚至无不死之物。只是在自然界，常有着另一种生命形式的转化。有次在庐山看几株古木，直抵云天的树冠像通向另一个时空。有株古木被雷劈焦半边，又从焦处生出新枝——像目睹一种确凿的轮回。人呢？会不会以另一种形式轮回，一粒灰尘，一滴雨，一朵云……

姐姐发来微信，说她已决定认购某养老社区，"我们一起买吧，我觉得养老一定要考虑起来了！将来我们和父母都能用"。

我眼前晃过姐姐曾上过杂志封面的微笑肖像，她穿着牛仔衣，麻花辫子大眼睛。

"昨天傍晚在玉带河边跑步，看到老头老太的样子，我差点都要哭出来了，为自己将来也要成为这个样子。我不怕死，但好怕老。"在高校执教的 Z 兄发来——平日他可是在讲台上侃侃而谈人生。我想他是怕"老"带来的肉体折磨乃至屈辱。

如果肉身的问题能够得到保障，人们才能老得安心，才能腾出精力感受"老"在剥夺的同时也一并带来的馈赠。

"也许，在某种物质的时间之外，对于人更有意义的是心智的时间。"台湾作家唐诺五十七岁以后常说，"以前坐在窗边喝咖啡，写稿放空时看外头，可能入眼的是一双美腿；而现在看到的可能是一只猫、一只狗、一个在乞讨的老人，或者就是单纯的天光、云影。世界好丰富，以前为什么只看得到一双腿呢？"

从一双腿转向更丰富的世界，这正是心智时间的转换。

"蜗牛角上争何事，石火光中寄此身……相逢且莫推辞醉，听唱阳关第四声。"诗人白居易去世前五年写的诗，时年六十九岁。把人生想透了，遂得了大自由。无论什么境遇，安于此中。至于孤独又算什么？少了孤独，倒是会有些孤独。

老有所依，最可"依"的是什么呢？是生死由天的达观，是知死之将近，仍有相逢一醉，听唱阳关的情致。生命本是"似曾相识燕归来"的轮回。老，是光谱中的一段，使生命有了更丰富的体量和质量。比起物质的准备，健康的准备，对老的认知同样是为老年做的最重要准备——从最初的对人必会老与死的恐惧，到将"我"融入更大的规律中，随物赋形，以不变应万变。等待老的来到，像等待响起一首意蕴悠长的骊歌。

纸与铁之间

约了中午一点到美发工作室，在某商场的 18 楼。电梯内只我一人，数字键变换，一会儿显示 "18"。

咦，门怎么没开？又等了几秒，它严丝合缝，没有开的意思。故障？我有点慌，虽然是白天，但待在一个封闭空间的感觉让人有点窒息。

摁了电梯的报警键，电梯内响起连串的噪音，无人响应。我注视着那个悬浮的红色 18，大脑开始有点缺氧。我随手胡乱摁了个数字，几秒后，电梯启动，停在我摁的某一层。同时，相当吊诡的，我身后突然冒出一个男人！

我被他吓了好一跳，电梯门不是紧闭的吗，怎么他会从身后冒出？如果这是夜晚，我会更惊恐。可这是正午，我保持镇定，回转身时发现——他身后，电梯门正缓缓关闭。原来，这电梯是双门的，我刚才悬浮在 18 楼时，其实另扇门已在我身后打开（可能电梯质量好，开门声近乎静音），但我执着地仰望那 "18"，等待进电梯的那扇门打开。

电梯没有故障，是我的经验发生故障，将 "电梯门" 简化成了只有一扇的推断。

有年深秋在东北，住在延边安图县的一家宾馆，洗澡水放了好一阵仍沁骨冰凉，去找服务员，原来冷热水的标识——红色标识的是冷水，蓝色才是热水。而习惯了在某种经验范围里的我，宁愿苦等红色龙头流出不可能的热水，也不愿动手向另一个方向扭一下。

——仅仅需要一个转身，仅仅需要一下扭动，可思维定式又是多么强大，它好似定身咒语，把人困在原地。

诗人欧阳江河的文章《纸手铐——一部没有拍摄的影片和它的 43 个变奏》中的"思想犯人"，在七十年代一座极为偏僻的、近乎抽象的监狱里被囚禁数年。那是一个物质极匮乏的年代：近千名囚犯，只有十来副铁手铐。

于是，纸手铐被发明出来。

囚犯如果违反了狱规，其惩罚不是直接用铁铐实施，而是以狱管人员即兴制作的纸手铐，象征性地铐住囚犯的双手，惩罚时间从三天到半个月不等。惩罚期间，若纸手铐被损坏，则立即代之以铁铐的真实惩罚（铁手铐每副重达三十公斤）。如果惩罚期满时，纸手铐仍然完好无损，则不再实施铁手铐的惩罚。

纸成为铁的替代。

轻中注入重，虚被转为实——这真是一项充满隐喻、富有想象的发明。

那个囚犯出狱多年之后，这种"纸手铐恐惧综合征"仍然在他身上起作用。他的双手解放了，但内心的手铐固定在某处，永远呈现出被铐住的样子。他只有在"被铐"的状态下才有安全感，才能感觉到"手"的存在，才能安然入睡。他依靠对纸手铐的想象活在世上，纸手铐对他来讲既是恐惧又是一种类似乡愁的"迷恋"。

有没有比恐惧更隐蔽，但又更直接，更具有原理性质的东西在起作用呢？纸手铐铐住的其实不是真手，而是纸手铐发明出来的非手。纸手铐铐住的现实，看似荒谬，却普遍存在于现实中。纸手铐既是刑具，也带来莫大的"安全感"，这种吊诡关系使人在一种固见中生活下去。密不透风。即便你站在广袤的荒漠上，精神或说意识仍然在身体的纸手铐中。

这就好像有些人行过万里路，思维却一直在原地，"行走"的动作只是一种拟态。

纸手铐很脆薄，又很强大，它用意识牢牢铐着人。"纸手铐铐住的现实，要多轻有多轻，但对于重的它又太重。"有时仅仅退一步，转个身，从自我意识里出离一下——就像挣脱一副纸手铐，真相就显现了。

然而挣脱那种思维的惯性谈何容易？在纸中，包含着铁。

"想象中的监狱比真实的监狱更可怕，因为没有任何一个人真的关在里面，但又可以说人人都关在里面。这个监狱是用可能性来界定的。"

这可能性就是生活环境、观念给人烙上的印记。

曾在聚会中碰见位多年不见的同窗,在去酒店的车程中,他滔滔不绝地发表言论,用看透这世界一切猫腻的口吻,批判人际、单位、孩子的学校以及老师等。有人试图反驳,他马上打断,以宣布真理的绝对重申他的观点。他瘦小身躯迸发的偏激令人吃惊,或许是某些遭际造就了今天的他。他的定论伴着激愤,我想到"纸手铐"的意象——那副手铐就是生活认知带给他的偏狭,他被禁锢其中而不自知,因此他也根本不打算挣脱一下。

车上有位女同学,温和地反驳了他对老师的评价:"你说的只是个别现象,好老师有不少,我孩子的老师就挺好的。"她话音未落,便遭到了男同学的打断。"哪有多少例外,这个社会就这么现实!"他掷地有声,愤愤不平。

"纸手铐之所以具有威慑力量,是由于纸里头有'铁'这样的物质。"这个铁,就是生活的惯性,视角的惯性,被某种认知规驯过的意识惯性。它有时会将人带进自我的死胡同。

那次聚会,那位同窗有事先走了,他的离开似乎让所有人暗自松了口气。在他的口头禅"现在的社会……"中,散布着病毒般的怨愤之气。当然这与他现实处境有关,他做过若干行当,但都没赚到他期望的钱,他认为自己智商不比任何人差,甚至高出普通人,他有技术,懂些音乐,末了,却是个辛苦的"失败者"——这"失败"他认为全部得由社会来负责。

他从"失败"中提炼出对这种激愤的依赖,在激愤中,他既为自己的失败开脱,也为自己因失败获得的"深刻"而亢奋。

尼采说,人生充满苦难,更苦的是这些苦难没有意义——所受的苦如果只是化作了一堆"看透",那么或许苦真的就白受了。

命运的最大敌人,有时不是来自外部,而是来自内心的偏见对自我的禁锢。

"和别的客人在一起时,我总觉得谈话就像一个超越障碍训练场,矛盾、竞争和误解等构成了重重沟壑和围栏。我理想中的谈话应该让参与双方都能畅所欲言,将自己的想法表达完满,而不是无休止地设定和重设条件,为结论辩护。它甚至可以不需要得出什么结论。"麦克尤恩小说中的主人公说。这的确也是种理想之境的谈话,只为交流而说,敞开心扉,不设置任何围栏,不把推销那个"我"当作谈话最高目的。这种完满的表达并不易。许多人身体里大概都住了一个固执的"我",年深日久,有些"我"甚至已锈死,再不能扭动半分。

有时我们管这种执拗叫作"个性",或不妥协的骄傲——其实,那未必是见识,很可能只是傲慢与偏见。

在许多的"个性"中，有着盲目的认知封闭：电梯只有一扇门；开关的蓝色一边是冷水，红色一边是热水；凉粉一定不能加醋，牛肉必须加土豆；孩子一定要打，不打不成器；甜的水果中一定注射了甜蜜素；爱好文艺多半是因为附庸风雅；只有抽离了情感的零度写作才是大师范儿；一个明星贴出家事申明一定只为炒作……诸如此类的定式"经验"太多了，饭桌边、微信中，到处充满不容置疑，到处是鹰眼识破。

高明见地似乎只有在层层"撕开"中才得以成立。

信任、包容、倾听，这些最基本的人际美德去哪了？那么多的心上装了三重防盗锁——它不对善开放，只对恶，只要是恶的消息，人们宁可信其有。而善的讯息，则认为内中有诈。

不是揭露"恶"才有价值，有时维护善需要更宽大的襟怀。

在网上看一帖，一个女子为如今要不要赡养母亲而纠结：母亲当年因一个男人弃家而去，她和妹妹一直跟着父亲，如今她长大成人，结婚生子，母亲和那个男人已分开，身体患病，希望女儿能负担点自己的生活费。

跟帖的网友骂声一片，说这母亲如何不知廉耻，好意思来找女儿，当初干吗去了？现在怎么不去找那个男人呢？

女子说到当年在厦门打工，母亲特意来看过她，却因为长期不在一起生活而相对无言，母亲默默住一晚便走了，临走替她洗了衣服，收拾好了房间。

面对这些骂声，人们是否也稍微想过一下那位母亲的感受？据帖主说，父母没什么爱情，时常争吵，也是造成母亲当年离家的一个原因。还有，她母亲跟随那个男人去外地打工，租房狭窄，当时根本没条件带着正在上学的孩子，而她父亲在当地有稳定的工作与住房，所以她和妹妹一直跟着父亲。

人们要求一个"母亲"只能是母亲，而取消了她作为一个女人的权利：爱与幸福。一旦她有感情的需求，想从"家"里出走，她就要像《红字》中的海丝特·白兰一样，被惩罚，戴上"通奸"的红色 A 字示众。

在"道德"旗号下，审判的声音不容置疑。任何一个跳出为母亲说几句话的网友都遭来谩骂，这种骂声太熟悉不过。

感谢可敬的托尔斯泰，给了出走的安娜一个为爱情绝望赴死的经典形象，而不是一个自作自受的荡妇。但，距小说首版发行的 1877 年过去这么久，对女性的审判标准仍是如此粗暴，单一。

在骂之前，显然骂者们都先爬上了道德的高台，他们简化现实，从单数涌向复数，他们不欲了解这个"母亲"曾经历什么，她的苦痛，无奈，她作为一个女人，一个人，遭遇了哪些事。他们只是喷出口水，将臭鸡蛋奋力砸过去。

　　许多暴行的产生就是如此，不欲了解，更不打算理解，他们抽离了自身，让自己悬置起来，成为假想中的上帝。只剩下武断的价值判断，缺乏常情，他们忘了，自己或亲友也可能遇到和当事人同样的处境，同样可能遭遇粗暴的审判，如果能意识到这一点，或许他们肯花点时间，从一个义正词严的审判者返回去，成为一个人。

　　曾经，为找一首歌，搜到一首陌生的粤语歌，里面有几句歌词：

　　　　不管为何　沿途如何　它都长流

　　　　铁和石也可割破　这是过山的河水

　　　　它奔前流流流　不管蹉跎

　　　　为流入滔滔大海　方会安心而存在

　　　　不管为何　沿途如何　它都长流

　　　　我怀内那些爱　也像这一江河水

　　　　永为你也向着你一生奔流

　　我喜欢这歌词里的执着，以及"不管为何，沿途如何"的相信——不信很容易，而信不易。

　　"我不相信"，只需要一种单一的判断，就像认为电梯门必只在正前方开启。"我相信"，则在判断里加进了情怀、信仰，对这世界和他人的体恤。是转过身，让视野朝向更开阔之处。是相信穷荒绝漠鸟不飞的地方，仍会有一眼清泉在地下汩汩而流，等渴者前来汲饮。

希伯来书所述：信是所望之事的实底，是未见之事的确据。信，不仅是信自己的可见，也信那些"不可见"。在"不可见"中，也许有陌生的景象，甚至不被我们理解的事物——但或许有一天，你突然就理解了，懂得了。

曾不被你理解甚至排斥的事物，它们其实一直在那，等待着你的认领。

从偏见中走出——它们仿若一副纸手铐对人的束缚，人才能更公允地看待世界，更宽柔地对待自我。

就像近几年，我与明亮色系的相遇。从灰蓝黑的定式中走出，色彩涌现。不同的色彩有不同的形态与光，丰富的色度合构成美。像是一间封闭的屋子，开了扇窗，光照了进来。它照亮了一些从前被遮蔽的事物。

真 相

1

路过一幢建筑设计公司的楼宇，墙脚围了圈木栅栏，里面植了翠绿挺拔的竹子，同伴说，这竹子长得真好！

当然，因为是假的。

啊！不会吧？她凑前细看，隔着栅栏她仍不能确定竹子是假的——它们做得相当逼真，叶子的质感、形状乃至姿态在风里都足以乱真。

她用手捏试，这次确认：竹子确是假的。

你怎么看出它们是假的？

因为没有一片黄叶。

这一大丛竹子，青翠欲滴，生机勃勃——然而就是它过分整齐的生机泄露了秘密：既是生命，怎可能没有丁点的参差与萎败？

你见过没有一片黄叶的竹林吗？哪怕它们整体抖擞昂扬，但一定会有少许凋败的枝叶。对生长，总会有些阳光和养分无法送达之处。

生机与凋败一起，才构成生的真相。

从建筑公司的楼宇再往东一些是人流熙攘的上海火车站。往南一些，是幢二十几层的商务写字楼，在第 15 楼，我做一本女性刊物几年，采访了不少人物。包括明星、商界成功人士、生活家和时装设计师等，总之都是各行业翘楚。在化妆师、摄影师等的通力合作下，他们被后期 PS 过的形象在杂志的铜版纸彩页上绽放光芒。

我写过若干这种访谈，提纲上的问题都是春风和羽毛，没有尖锐与撕扯。读者更愿见到幸福，明星们也更愿在公众面前以这样的形象出现。像笼上灯罩，既亮又柔。

当垂下眼睛熄了灯，有什么藏在黑暗的角落?

2

供职于上海一家时尚杂志时，我曾采访一位女导演兼知名节目主持人。上海莘庄的一幢别墅，院里合欢树在雨后绽放一树如雾似梦的粉红。在富有格调的客厅中，她让阿姨端上精致午餐，包括一盅用青花瓷盛着的火腿干贝冬瓜汤。她说她喜欢布置家，出差都带着有家人照片的相框，睡前摆在宾馆床头，她喜欢买昂贵内衣甚于外套，因为内衣是女人对自己的爱情——我奋笔记下，这正是杂志所需的内容……

我们一直聊到下午，逐渐熟悉，生出些女性之间的体己。她沉吟了下，说到她的婚姻，和先生名存实亡的婚姻，他们只是顾忌各自事业，维系着婚姻名分。曾经，有其他媒体采访时，她谈到他总是避重就轻，只谈他们相识初婚的那段，之后的争执与碎裂缄口不言。这次，她有所保留地吐露了些真相，末了，不忘交代一句：这些千万别写进去！我笑笑，她不叮嘱，我也不会写，杂志虚席以待的版位是为幸福准备，怎会牵扯难堪？

另一位艺术圈内的知名女性，若干年前我在咖啡馆采访她时，她兴致勃勃地说到她的艺术创作，被众人赞美的灵感，饶有收获的东南亚采风，N次成功的展览，与商业的合作……她没提及孩子，我以为她是丁克家庭。

再访她时，冬日下午，在她家，市区一处老公寓的二楼。阳光从窗棂照进，打在铺着亚麻桌布的文艺桌面上。咖啡香气中，聊着聊着，她神色忽地黯然，说到患忧郁症的孩子。她说，一直没说出是因为觉得不便。这个午后，她和我，我的倾听加上她的真性情，她说出这伤痛。她与丈夫的不睦，之前在孩子身上倾注的希望与心血，以及现在巨大的忧心与失落，孩子不久前因失恋自杀过一次，现在，只要孩子靠近窗口，她就吓得想箭步冲过去！她说自己的老母亲在家陪护孩子，几乎寸步不离。

还采访过台湾一位明星，准确说是明星太太，她先生是知名创作人，为许多大牌歌手写过歌，包括张惠妹等。她此次来沪是为自己美容健体方面的新书做宣传。从孕期的近二百斤的超级肥妈到现在的辣妈身材，她塑身成效惊人。我那时来沪入职不久，拟了些套路化的问题给她，不少有关她和先生的相处。读者当然想看写过那么多脍炙人口的爱情名曲的音乐人自己有怎样的情爱。她挺配合，说了些"幸福片断"，包括她煮牛肉面时，先生会在一旁替她烫菜心——正是杂志与读者都期待的温情场景。

不过再说下去，她似有些语结，我未察，仍莽撞地继续发问，希望她多贡献些幸福内容。与她同来的经纪人有些尴尬地岔开话题，我才意识到不妥。

回来搜资料，发现她与曾离异一次的先生的婚姻颇有些纠结。多年后，这位明星创作人的前妻因某节目复红，他再度成为话题。然而，网上有关他的婚姻情况居然只字没她的信息！只有他的歌星前妻与现任年轻太太的资料，包括创作人自己的微博在说到婚史时也压根没她的只字片言。她像水珠一样消失在他的情爱史中，连"曾经"都取消了。她曾为孕育他的孩子暴肥到吓人，又刻苦砥砺地减到魔鬼身材，这一切为谁辛苦为谁忙？那个为她的牛肉面烫菜心的男人呢，究竟有无存在过？

她说自己也写过歌词，"虽有爱过的人，错过的魂，让它在我这里，落地生根"。

有关她的讯息，只有一则几年前她去整形诊所抽脂感染差点送命的报道，其中提到句，她感谢前夫，她办出院时才知他替她付了医院的高额医药费。

做好事不留名的音乐人，不是因为想学雷锋，而是不想提及这段吧？

地铁上，两个年轻女孩翻阅时尚刊物，一脸羡慕地低声议论。封面上是一位女星，很美很优雅——那其后更深处的内容，女孩哪里能看到呢？

墙外的青翠竹子，青翠得太划一反而失了真。太光滑的人生也是不足信的。世间事，比起"发生"与"未发生"，更多是"看见"与"未看见"。

光过强的地方，景状是会虚化的。

3

一些动物非常会利用伪装术避开捕食者的爪牙，比如叶虫，无论怎么看，它们都像是一片叶子。更令人不可思议的是，有些叶虫居然在身体边缘伪造被咬过的痕迹，看去完全像片真正的叶子。还有叶䗛和撒旦叶尾壁虎，它们的外形和体色也酷似一片枯叶。

掌握伪装本领的还有海洋中的比目鱼，它的样子与海床融为一体，不仔细看根本发现不了。再有斑点沙鳐鱼，它的外形与布满小圆石的海床融为一体。

不仅是动物，有的植物为避免被人类和自然所消灭，能长出不同形状的叶子，使自己的面目不断变化，令敌人捉摸不定，从而躲过侵害。有的植物和各种植物群生在一起，减弱自身的表征，干扰昆虫的定向能力，使昆虫无法找到它。还有些植物利用拟态来保护自己，如生于非洲南部原野的番杏科的圆石草和角石草，混生于沙砾之间，植株矮小，外形酷似卵石，动物不易发觉。

这些动植物界的"伪装大师"着实令人叹服。为了不被自然淘汰，它们用尽手段，尽其所能地应对生存竞争，以使自己存活。

而人的伪装呢？是为了应对生存的压力还是出于品性中的积习？

4

某次江南的山中之夜，一位并不算熟的女人来找我聊天，话间有些吞吐——她真正欲叙说的对象是一位我认识的男士。她与那位男士往来数年，有不寻常的关系。在她眼中，他无疑有着种种值得她往来数年的原因或说魅力，她由此顶着人言的压力——他们各自有家庭。

而我能说什么呢？她看到的"他"与我所知的他，有着不小的差异。我与这位男士有过一些交道，也从对他相识的人那听闻过一些。这"一些"包括他锱铢必较的品行，以及从多年前起就没止过的数起绯闻。

无疑，我所知道的这个人，并不值得这个女人为此与他有不名誉的往来。

可的确是难以说出。不忍破坏她炽热的情爱。她曾在朋友圈转发过一首余秀华的诗：

> ……
>
> 我无法把我的命给你
>
> 因为我一死去，你也会消逝
>
> 我要了你身后的位置
>
> 当我看你时，你看不见我
>
> 我要了你夜晚的影子
>
> 当我叫你时，你就听不见
>
> 我要下了你的暮年
>
> 从现在开始酿酒

我们都知道，她转发这首诗的含义。另次，她的 QQ 签名改成一句动情的诗，"我一直是个怀揣泥土的人，遇见你，它就有了瓷的模样"。

她其貌不扬，看去简单而热烈，说话时恳切地盯着对方，像要走进你的内心，同时也邀你走进她的内心。那个男人在她心中，毫无疑问充满魅力，具备让她动心的若干优点，包括智商、趣味、品行……不然不会让她"从现在开始酿酒"。然而，这是他的全部真相吗？不，在另一些人那，看到的是另一些：自私、暧昧、计较。当然，他同时还是位好父亲，对上中学的孩子关爱有加。

哪一个是真实的他呢？像同个站台，站牌不同的两面。

她让人想起那句歌词，"大大方方，爱上爱的表象／迁迁回回，迷上梦的孟浪"。

几年后，听说这位女人与那男人渐淡渐远，与她熟识的朋友说是因为一件小事，让她突然意识到在他平日用各种语言构筑的"爱的伟光正"形象之下的破绽或说纰漏。

那件小事是什么，不得而知。但小中见大，使她"顿悟"是真的。

——不，这只是我的想象，他们其实还在往来着。因为各自已婚身份带来的炽热或许不减。因为距离，那件小事也许永没有机会出现。她始终立在站牌的正面，她从没有看过站牌的背面是什么内容。

也许她本不需要看，她与他的往来并不朝着婚姻而去，没有必要了解一个整全的他。她只要按照令她心动愉悦的角度去"看见"他就行了。

一直记得那个江南夜晚，在临湖的酒店，她吞吐着欲与我诉说的样子。我当时刚洗完头，着急想吹干头发。我知道自己湿着头发时和头发吹干后蓬松顺滑时的样子，差别挺大。前者显得很没精神，只有当头发干了后，我看起来才像自己，或说像我愿意接受的自己。加上有些东西并不好向她和盘托出或讨论，我们的交谈是失败的，她吞吐游移，我语焉不详。最后，我们扯了些江南风物之类的家常结束了这次谈话。

有关人的两面性或说多面性，遍布于生活。

"印象中温文尔雅的她，有次无意听到她打电话，口气像脱缰的野马般凶猛且不受控……"

"偶然发现一个看去大大咧咧的男人，记着一笔细账，包括同事借的几元午餐钱。"

"一位喜欢义正词严地评判社会和他人的男人，在权力面前却卑躬屈膝，如惊弓之鸟。"

"看似超然，与世无争的一位女同事，相处后才发现她对人的挑剔与强烈的妒忌心……"

这是网上关于"人的多面性"的一个帖子中网友的留言。

"如果某种条件过于逼仄，仅仅允许他释放人性中较为低矮的一面，而不是属于灵魂的较高一面"——那么，只有当逼仄变为宽松，他才能释放更体面一些的人性。

另种与"逼仄"无关的两面性，大概是与动物性有关。

一位女友说起，有人邀她去参加一次行业讲座，主讲人是位得体稳重的男士。女友对这位男士印象很好。在另个场合，一次夜晚的聚会上，她偶遇这位男士。不过她未提及曾见过他，男士也没留意她。酒过三巡，来了位漂亮丰腴的女人，是席间某人的朋友。一番介绍后，男士的目光便一直未离那女人。后来，男士借敬酒之故竟然紧紧抱住了那女人，众笑哗然……女友提前走了。她说，真是失望极了，没想到他是如此孟浪之人。

"没想到"，这三个字总是反复地出现于生活。

Z也与我说过类似内容。在她年轻时，她带一位女友去拜访一位已婚师长。师长对哲学颇有研究，她想让女友也感受下师长的思想与才华。然而，这次见面，师长没有表现出"思想与才华"，倒是对 Z 的女友表现出过分的殷勤。Z 借故先走了，她从师长的眼神中明白无误地看到他对她先走的欢欣。那欢欣甚至毫无遮拦。在傍晚的街头，Z 哭了一场，她岂止失望，简直是幻灭。一位思想导师的形象在那天坍塌了。他不仅代表他个人，还代表更多，譬如代表深沉、智慧本身，而这些在一个女人的姿色面前瓦解得如此轻易。

"这不是人之常情吗？或者说男人之常情，雄性之常情"，另位年长几岁的女友 Y 笑着对此评价，"也许只是因为你喜欢那位师长，所以在另个女人面前，你不能忍受他公然表现出的兴趣。"

Z 否定了这种说法，"如果是这样，我也许只是失望，而不会幻灭。那时年轻，精神上有洁癖，把高尚、品格这些东西看得很重，师长那天的表现与他之前的深刻正好相悖——我能理解男女间初次见面的好感，但他赤裸的殷勤使我想起动物的发情，太不体面"。

Z 再没和那位师长联系，如今她已离国多年。

5

很少看朋友圈。老实说，朋友圈凌乱纷繁，其中的"生活"部分并不值得多么信任。尤其在知道 N 的事情后。这是一个巧手的女子，常在朋友圈晒她制做的美食，底下众多点赞都表示对她幸福生活的羡慕。她还擅园艺，那些朋友圈晒出的花朵仿佛是她生活的写照。突然有一天，听说她离婚了，丈夫冷暴力多年，因为女儿的抚养权问题，一直未能离婚。这次离婚，是她终于同意九岁的女儿归丈夫。这个离婚的代价对她的伤害有多大——看看朋友圈里她曾晒过的女儿照片即知，她和女儿那么亲密，一起阅读，一起做饭，一起给花修枝。

这个隐在美食和花朵下的真相几乎让我回不过神。一个那么灵慧的女人，丈夫怎么会冷暴力多年？他们之间到底发生了什么，而关于孩子的争夺，想必本身对孩子已构成伤害。

还有多少真相隐在那些晒出来的镜头深处？它们并不会被曝光、呈现，而是携带着难以言说的切肤的隐痛，沉默地伴随人在世上行进。

不要判断，不要定义。

"别说我说谎，人生已经如此的艰难，有些事情就不要拆穿。"林宥嘉的歌里唱到。

6

每天要经过的一条路，路两边植满树木，再热的天也绿荫如盖，四季的斑驳光影使这条路变得丰富。我走在这条路上，影子时而在明亮中显现，时而在阴暗中隐没。这些光影的交替，正如人的体内既有白昼，也藏着黑夜。哪一种成分更多，看其置身的环境以及后天的修行。

白昼挤掉黑夜，或黑夜占领白昼，又或白昼与黑夜永恒共处，这是属人的真相。

阳光把事物遮蔽，灯盏又使其现身。

"人性既不是纯善的，也非纯恶；既不是完全自私，也不可能完全利他；人既追求利益，也追求道义。"

类似的话，心理学家荣格也说过，"理解自身的阴暗，是对付他人阴暗一面的最好方法"。

当破译了人性的复杂性，对世界，对人也就加深了理解。

仅仅是加深理解，真相并不那么容易抵达——人们接近着真相又回避着真相，呼唤着真相又篡改着真相。

个体的真相、家庭的真相、历史的真相、族群的真相……各种真相伴随着伪装与谎言，像隐在迷雾后的山峰。

去登上那一座座山峰。这个过程是追寻答案的过程，也是让自我的人性向善靠拢，向光趋近的过程。

"人是一个简短的谜"，评论家耿占春先生说。他还说，"在风景和爱里，一个人才与自身相统一，自身与世界相统一"。我理解这句话的意思是——只有爱，才能让一个人真正得见风景，更好地融入世界。

但无疑，这世上不止有风景，还有翳霾。不止有爱，还有恨。每个人身上或许都有着一些不便见光的"真相"。人生的意义就是跟这些局限较量，或臣服，或突围。

> 当人真正意识到（而不是头脑层面的知道）——自己身上正在发生的真相时，那一刻，是震惊，是悲哀，是困惑，是不敢相信，是无法面对，是泪流满面又觉得眼泪能表达的也实在有限，是玻璃大厦倾倒的破碎一地……过去的一切以为和信念也像多米诺骨牌一样顺着崩塌，又需要再次重建成另一个样子……

> 就是在这样一次又一次的崩塌和重建中，人才慢慢找到那一小点所谓真实的自我和真相。这一切就是这么困难、这么痛苦，是类似哪吒被粉身碎骨、扒皮抽骨又重新孵化地生长。

正是在真相与"伪真相"的自我博弈间，促进着人的成长，不断升化、递进，尽量去实现善与光明。这个过程等同灵魂重塑的过程。无论最后重塑的结果是什么，过程本身深具意义，那不断超越自我的路途，是"相对价值向着绝对之善的投奔，孤苦的个人对广博之爱的渴盼和祈祷"。

若有光 / 陈蔚文

呼吸之间

路经一中学，雨天，一骑摩托的父亲正愤怒地呵斥儿子，"这种鬼天！老子那么远来接你，你就考这成绩，早晓得我才不跑这一趟！……"一连串的斥骂，男孩嗫嚅不敢言，立在一旁，雨落得一头一脸。

父亲的怒火在这样的"鬼天"被放大，他顶着雨骑了电摩，至少应得到儿子考试九十五分以上的回报。

孩子噙泪上车，坐在父亲后头，羞愧垂首，甚至不敢钻进父亲雨衣下。

去听一堂亲子课，一位父亲听后觉得不满意："老师，你总在谈家长的理念应如何，怎么和孩子相处——那是我们自己的事，我就是没那耐心才想花钱找机构！我要是报名，这堂课你能让我孩子有什么提高？一学期结束能达到什么目标？"他急切的样子像要和对方签订一份具体到小数点的产销合同。

这位父亲，大概习惯了投资必得有回报的方式。

　　电视节目里，女人一腔怨气地控诉丈夫：这些年我为他洗衣做饭为他生儿育女，他竟和别人好了！他良心喂狗了？！我要他赔偿我青春损失费，不然没完！

　　一切皆是为对方而做，结局一旦不遂人愿，便觉血本无归，青春徒耗。

　　她的愤怒不止出于今日他的辜负与背叛，更有对自己曾付出的申讨。从心理学上，一个人在爱情上的纠结，常因为这段关系付出的代价——"精力、时间、金钱甚至是一去不复返的青春。这些过去已投入且无法收回的一切，叫作'沉没成本'"。

　　一旦关系结束，意味投资落空。

　　如果不把付出的当作成本，也就无所谓沉没。那女人，肯定与丈夫相爱过，"洗衣做饭生儿育女"是当初爱的自愿的一部分，并不等同钟点工或代孕女人的服务。两人的曾经相爱，就是那段岁月的回馈。承认这点，青春才有了止损点，而今的自己才不会全盘皆输。

　　对孩子也一样，不是他们成龙成凤才算回报。孩子给成人的回报，自他们生下后就开始了，他们憨胖的笑容，天真的咿呀，对你全身心的信赖与依恋，这些都是珍贵回报，独一无二！

　　"做了父亲和做了母亲，这是人的第二次降生"，要感谢孩子为你加冕了"父母"这一普通却伟大的身份！

　　比起成绩，更多回报在琐碎日常里，你和孩子的每句对话，每次散步，睡前的闲聊，你从这颗小心灵中——如果你足够尊重他——得到的一切惊奇、感动、思索，都是涓流成海的幸福本身。

还听过两个女人在菜场门口的对话，瘦女人气忿地对胖女人数落女儿如何不听话，给她介绍了个家里有权的对象不要，非找个条件不咋地的男友！这女儿算白养了！

"白养"这两字如此刺耳。瘦女人，她养女儿的目的是为有朝一日能借女儿的姻缘获利？就像养一只会抓鱼的鸬鹚，会捕猎物的狗？

"你们的孩子并不是你们的孩子。他们是生命对自身的渴求的儿女。他们借你们而来，却不因你们而来。"纪伯伦的名句深刻地道出父母与子女的关系质涵。那也是爱的质涵——爱，在付出的同时即已完成。它呼唤回应，却不索求回报。即使对方的轨迹偏离了你的预期，爱的实质不会偏离，并最终是"利他"的。

偏狭的爱有如交换，以物易物。醇化的爱则如呼吸，呼与吸如此自然地对应，如同爱就是那个极自然的过程，你甚至忽略它的存在——旧的棉睡衣，每日喝茶的大陶杯，父母持之以恒的唠叨（丝毫不随他们的健康状况波动），窗前绿了多年的老树……它们像空气，皮肤，成为你的一部分。它无法量化，朝夕与共，成为你在世间的滋养。

中学门口的那位父亲，若换个想法——想想儿子有多期待在雨中见到自己的身影，而自己有多高兴能以健康之躯载儿子于雨中共同回家。即使儿子这次没考好。这一瞬的人世，白茫茫的雨幕中，合用一件雨衣的父子，比起八分钟短片 *Fatherand Daughter* 里那对暌隔一水，最终只能在死亡里相会的父女，不是已足够幸运？

这样的时光其实不会太多，至少不比你以为的更多。

去位于蒙大拿州洛矶山脉的冰河国家公园，曾峥嵘险峻的雪峰冰河因全球天气的变暖而逐渐减少。导游说，没准你们下次来，这座公园就不存在了——冰河正随生态系统的剧变以惊人速度在融化！

似无法想象面前这些宏伟冰峰有天会荡然无痕，但那正是沧海桑田的一部分，包括生命的迅疾成长。转眼，孩子羽翼硬朗，那时他不会在校门外一心等父亲载他回家……父亲在老去，老到只有回忆可供慰藉时，他会懊悔自己当年雨中的粗暴吗？若那些年雨中的接送，没有呵斥与羞辱，只有他给儿子的鼓励甚至几句笑话，那份父子间的温情相依会不会让他觉得——这，才是他在养育一个孩子中所得到的最好回报？

辑
四

朝 内

　　曾以为只母亲爱说，多话，现在发现父亲也进入了多话行列。他和母亲分居两地，住在我这时，房里常被他的话充满。像此刻，他与钟点工说到种种：冬瓜的做法，路遇老同事对方送了两张"哈尔滨"面饼给他，修车的老何托他从上海捎有过滤嘴的"大前门"……

　　他与在沪的母亲每日通若干次电话，事无巨细，从菜价到午餐吃什么，晚餐将吃什么，超市有什么打折。父亲每日两顿白酒，有时喝酒间隙接到母亲来电，话就更多，也不知是话佐了酒，还是酒助长了话，总之不厌其烦地说着家里那点事儿。

　　台语中形容话多谓之"碎碎念"，话虽碎，对于父母却是拼成整幅生活的必需。

　　相听两不厌，唯有老来伴——说，对他们是何其重要的一种联结。

　　有时，家里只有我和父亲吃饭，我吃得快，留他一人在桌边独自喝酒。听见他的话兀自在离我几米处寂寞回荡，觉得抱愧，便在房里应答他几声。我以前觉得和父亲没什么可聊，或者准确地说，不知如何交流。但现在，我们有了交流的可能，我又难以耐心坐下，陪他说一番话。其实不说也不要紧，重要的是听，这对父亲来说，是与喝了五十四度白酒一样过瘾。

他现在的说话对象常是六岁的乎，晚上他希望乎与他睡，晓之以理，动之以情，说起自己待乎是如何好，如何深情厚意，但乎并不为其所动，坚持黏我，仿佛一俟天黑就只认母亲的固执小动物。

有时说久了，乎在床上抱膝纠结一番——并非纠结要否与外公睡，而是纠结如何回应外公，才能既让外公打消这念头又不伤他老人家的心。

乎最后说："爷！我真的只想和你玩，不想和你睡啊！"

父亲气结而伤心："好！你把爷爷当玩伴是吧？！我算知道你了，我明天就回家不来了！"

这些痴情又好笑的对话，某晚又如是上演一番，父亲负气道："我明日就回，反正我在这也没什么用。"

乎正洗脚，真诚地安慰道："有用啊，爷，你不是可以烧早饭吗？"

好在这种话伤不了爷孙俩感情，不影响父亲继续每日早起烧早饭。也不影响他与刚放学回家的乎畅聊故乡、童年，如何打柚子——两三米长的竹竿前绑半把坏了的剪刀，一戳，一拧……

　　没几天，有位父亲的同乡，八十七岁的孙崇政老先生来访，这令父亲的"说"一下有了最佳释放。上半年我在北京进修时，孙老先生在某报偶看到一篇关于我的采访，"籍贯浙江兰溪"一句令他欣喜不已，当即向报社打听，并写信到我单位与父母家。

　　父亲收到信后亦感亲切、激动，他原本对故乡人事就有着异乎寻常的热情。一个雨天，他带着乎大老远地去孙老先生家拜访，相聊甚欢。孙老先生与女儿送父亲和乎回家。到家，孙老先生让女儿先走，他爬上六楼复与父亲一席畅聊。

　　此次来访，孙老先生独自乘公交，穿越半城，带了自种的南瓜、辣椒，自炸花生米，兰溪蜜枣等种种吃食。

　　自然又是一番畅聊。我喊他"孙爷爷"，他听力有碍，却不影响他的交流热望，许多时候，都是他在说。老伴患老年痴呆十年，陷于昏愦，他们原本感情极好，这十年，没了说话的伴，他的主要精力用在家事上。女儿家是复式房，楼顶露台有几层偌大空地，他遍种菜蔬花木，另养鸽子与鸡鸭。再有闲，他扎粽子，做豆腐……写杂文读史料亦是他心灵的寄托。书房里有几架用鸽笼和旧货架改造的书橱——在买书上，老先生却毫不吝啬，多年前《中国通史》甫一在上海出版，他即花一千八百元邮购回。

　　女儿女婿与外孙要上班，下班有自己的朋友圈，与老父交流时间总归少，多数时候这所屋子近似空巢。

　　"有人说话，再远我也不嫌远。"孙爷爷说。因此才有了今天这番从城西到城东，公交加步行的来访。在对一位八十七岁老人而言的迢迢路途中，有种意志加持着——"说"的热望与需要。

孙爷爷说起从兰溪到南昌的种种经历，我建议老人家既有笔墨功夫，不妨为生平作传，他摇头，"没这精力了，写不动了"。他希望由他口述，找人代笔，将生平诸种梳理记录。那会是一部庞杂的个人史，也是社会史。

这样的口述还有机会实现吗？

从外婆起我其实即有此念：记录她所述，借此留住她讲过的纷繁家族故事，那充斥着兵燹、流血、灾变、逃难、离乡、白手起家的记忆。

这一念头兴许是在外婆讲某一偏方（外公在世时通晓中医），又或是她说起故里当年一些革命事件时突然兴起的，觉得应把外婆这部"活化历史"以文字定格——在她日渐衰老的躯干里，记忆却反而呈现出不熄的回顾之热情。

一直未实践，因为懒（每个时期我都能找到充足借口，最充分的借口大概是觉得"尚有时日"）。外婆听力日衰，也成为我与之交流困难的理由。

2011年春末，八十六岁的外婆查出肝癌，半年左右辞世。

　　外婆，您的一生，我很后悔没好好地问，好
　好地记，我多想知道那些艰辛，那些难。真的，我

从来没有把您当成烦人的老太婆，我真的喜欢听
您说话。我想如果您地下有灵，您可以梦里再和
我讲话。

是姐姐在博文里记的。我的愧正包含与外婆交流的不耐
烦。烦她絮叨，烦她有些人事重复过一次又一次。

"起头发始"（在她家乡话中相当于"最初之时"），她
总是这样开始一段讲述，而她的讲述，很少被我耐心听完。

在父亲身上，我还能挽回这种失记之憾吗？他说的林林
总总，故园、离乡、从戎……我向来心不在焉，听过了事，
从未动笔记录什么。

几年前，读张大春的《聆听父亲》一书，他以有闻必录
的态度书写一段"抢救出来的家族记忆，几代中国人的乡愁
命运"——在那期间，有以"牛肉馅得配大葱"为家规的曾
祖母，一辈子风雅却落魄的大大爷，壮游半个中国、言行吊
诡的"怪脚"五大爷，背井离乡、念兹在兹的父亲，千里寻
夫的倔强母亲……这些人物世事被张大春以文学笔墨拓印，
家族"口述"从此有迹可循，一段历史鲜活于中。

我仍需努力记下些父亲所述，日后好让乎知道在他的来
龙去脉中发生过什么，知道他母亲不仅是个职业虚构者，还
是个忠实记录者。在乎日后的回忆中，不应只有外公与他的
嬉戏，对他的关爱，还应知道最疼他的外公如何自钱塘江
中游的金衢盆地成长，经由军旅生涯辗转来到赣地，从此

定居……

　　唯有乎的视象与"听闻"合一时，"外公"的形象才是立体全面的。

　　"记录"，不仅仅是口述者的倾诉需要，也是寻索者与传承者的责无旁贷。

　　中秋前夕，母亲从上海回来。前阵子她的腿被电动车撞骨折，上了石膏。在她回来次日，一早，大概六点多，我被一阵话语弄醒，脆薄的睡眠就此告罄。话音的来处是隔壁卧室。乎爸起来上洗手间，再没走脱，母亲开始她绵密不绝的说，她说起电动车事故始末，说起上海生活及我姐的女儿麦宝种种，她觉得我姐对麦宝过分严格，我们对乎又太过宽松。在乎的衬照下，母亲渐陷入对麦宝心疼的放大中，她滑向一条话语易进入的歧途：一种偏离客观而不自知，在自我话语营造的情境里离现实愈远的"说"的漫漶。

　　上句没说完，下句已迫不及待涌出，大概半个多钟点，只母亲一人的声音，充满对说的不竭热情——和她的体质全然不符的热情，难以被阻止打断的热情。

　　当家里剩下我和她时，她的说话对象别无选择地朝向了我。话语织就了一张密不透风的网……我起身泡茶，更衣，找手机，到处都是她声波范围。终于，我放弃耐心，比往常提前了一个钟头出门。

　　在楼层寂静的办公室坐下，喝下第一口茶，我松了口气。我感到清静对我莫大的吸引，像一盆植物在一间屋里的美好。

母亲一人在家时如何打发时间？电话是必不可少的。以与平日俭省风格相反的豪掷，母亲把电话打向四面八方，包括外省亲朋。当可打的电话暂告一段落，母亲看书或电视剧。对于不打麻将也没有闺密的母亲，电视剧是她最重要的业余生活。如果一推门，没听见母亲的声音，屋里多半回荡着剧中人的声音。电视之于母亲，相当于电脑之于我——我们都无法设想，没有它们，生活的精神部分将何以维系？

电视剧中的人物，母亲近乎把他们当自家亲戚关注，主人公的哀乐喜忧，离合曲折，都在与她对着话（这些声音对我却多是"他者之声"）。我不能阻止母亲对电视剧的热衷，我难道不是也在完成着自己的"说"吗？在键盘游弋中，在阅读与书写中，无声地，不间断地，说。那其中有自我的驳芜回声，有来自更高与更宏深处的对白……

这些声音在脑海里此起彼伏，成为日常一部分。我也是多话的吧，只是不经由喉头与唇齿。

用"写"的方式与自我对话的，还有谁比葡萄牙作家佩索阿更坚执？这可能是《惶然录》始终陈列在我书桌上方的理由。

我信赖这位极度内省者的"说"。一个终身未婚的意念的梦游者，他不仅经由自己的名字与外部对话，还常使用三个不同笔名——这些笔名写出的作品竟各成体系，思想和风格迥然。他甚至为这三个笔名的作者编造了身世，像他们确有其人。

"这种情况是绝无仅有的，批评家对此并无准备"，一个由"我"衍生出的若干个我，哪个才是佩索阿的"本我"，或都是他的本我，又是他的异者。

这几人面目具体到有出生年月。身份既有毕生归隐乡间的牧羊人、毕业于教会学校的医生又有无所事事的造船工程师——"他从我的性格中截取了其中一个部分。他是剔除掉理智和情感的我。"这三个人甚至彼此间有书信来往，互相品评。

"我耗尽了不曾有的一切／我比实际的我苍老许多／幻想，一直支撑我……"佩索阿的诗句正是他"自语"的写照。在葡萄牙文中，"佩索阿"是"个人"和"面具"的意思。他从父亲那儿继承的名字，让人不得不感喟宿命的奇妙。

一个分饰角色，与自己"说"了一辈子的人，从不同方向打量世界。在他用卷帙浩繁的作品表达的"说"里，他的孤独究竟是被释放还是变得愈深？

"说"的本质，是什么呢？人在世间如此卑渺，又如此想要证实"我在"，"说"于是成为最直接的方式。

多年前的同事A便是对"说"怀有极度热情的人，我想起他的形象，便是在任意一间办公室站定，点烟，开始冗长演说的架势。他的许多话重复过多遍，但他不觉（他的忘性与对说的热衷等同），每当他亢奋地开始滔滔讲演，我总想拔足逃跑，哪怕待在卫生间。

在公共场合的"说"对我始终有碍，青春期尤甚（沉默得近乎自弃）。仿佛是命运捉弄，我竟当过好一阵记者。不记得多少次采访，我在受访者前思维短路，语无伦次，末了草草收场。好在记者生涯没多久，我做了杂志编辑，多与版面打交道。狼狈却没结束，供职的刊物常去各大院校做讲座，与青年们交流，每轮到我发言，紧张无措，还得竭力掩饰，在学生面前不能失了编辑范儿。那种"说"不啻一种煎熬。只有私下的"说"才松弛：有一句没一句，天一句地一句，兴之所至……那才是回到"说"本身。

多年过去，对公众场合的"说"我长进有限。除了"说"本身的技术问题（譬如语言组织、表达技巧）以外，我对不少场合"说"的成效有所怀疑。有时参加一些会，在言说之前，我已深感它的不可言说，从而语结。

在"说"中又存在多少差池与误解？语言中铺陈着鲜花云梯（"说"常会变作富集戏剧性的表演），同时充满未知风险。

"任何事物都因言说而存在，不过言说也可以是沉默。"从辩证学角度，一个多语者与一个沉默者可相互转化。如单身朋友 Y，他像那种叫蜗牛的生物。有次聚会，他同往常一样少言，中途我出去接个电话，隔壁空包厢传出声音。他背对门，靠窗而立，语调温存地说着什么——手机那头是个对他来说极重要的人吧。

一个少言者，在朝向某一人时，却有了无尽的言说欲望。袒露一切的信赖。一种实现。通过寻找对方确认自己。这诉说是意义，是寄托。对这类寡语者，这世界寂寥与否，不在有多少过客，而在于，有没有一个可与之私语的——灵魂的——归人。

在那些诉说里，人仿佛被第二次创造了。

而我也在某些时段成了一个多话者：恋爱时打到凌晨的电话，与投契者絮叨的聊天，有了儿子乎以后，他尚不能言时，我已开始与他对话，我不认为他听不懂，又或者我只是要为他输出一种母亲特有的温存音调，鼓励他早些发声。待他能言时，我和他说得更多，希望早些将我所经历知悉的世界，桩桩件件说与他听。

乎四岁时，报了门夜晚的兴趣班，作为主要接送人，我原嫌路远，但后来，不觉得了，因发现路上可与乎说起种种：路边演奏的吉他歌手，商场门前奏笛悠扬的白发老者，即兴想起的琐碎……乎有时站在电动车前，绒绒的小脑袋蹭着我下巴，有时坐在车后——更多时间是坐在车后了，他很快长到站在前头会挡住我视线。夜晚九点下课，我们穿过人民广场，进入静谧的省府大院，路灯暖黄，树影婆娑，我和乎有一句没一句地说，乎有时不吭声，安静得像在车后快睡着了。有时回我几声，或和我说些拉杂。

　　我最喜欢单数 3 和 5，不喜欢双数 2，因为前
阵子我在二楼跌了一跤，没和你说……

　　妈妈，我和你说一个秘密，我觉得我身边总有
一个小精灵在看着我……

　　这些话语像一闪一闪的萤火。这般的时光，像上天专门
创造出来的某种良辰。

　　"伟大的启示从未显现过。伟大的启示也许根本就不会
显现。替代它的是小小的日常生活的奇迹和光辉，就像在黑
暗中出乎意料地突然擦亮一根火柴，使你对于生命的真谛获
得一刹那的印象……"伍尔夫说。

　　此时，正是被擦亮的时刻。

　　乎稚气的每一句童声，都让我想微笑。他那些奇奇怪怪
的小念头，不容被随便打发。我俩说着，细碎而永无言尽，
即便日后乎去向他成年的话语，有了他最愿与之倾诉的对
象，穿过省府大院的夜晚说过的这些碎语，依然会闪烁它温
存不熄的辉泽。

钟点工

　　家里来的第一位钟点工朱水英，是个性子大咧咧的女人，她头回进门时——客厅走廊尽头有面落地镜，她进门惊呼，"天啦！这么多房"！她把镜子里反射的那些房全当成我家的面积了。

　　我赶紧向她解释镜子里的那些房作不得数，不用打扫的，她才哈哈大笑。

　　她白天做钟点工，夜里住在附近公园替人看汽枪摊。几个子女都在外地打工，丈夫在老家，常惹是非，朱水英因此不愿回老家，她说喜欢城里，习惯了。她短发，戴金耳环，着红呢上衣，新娘子般喜气洋洋。她做什么都兴致勃勃，也都马马虎虎，抹布不分，拖把总拧不干，湿漉漉地划一通。

　　四十三岁的她居然已当了奶奶、外婆，她在南方打工的一儿一女都是先孕再婚，她说起来，气恼中又带几分自豪。

　　儿子结婚时正值春节，她穿着红外套回老家张罗酒席去了。"初八我就打转来。"她喜滋滋地说。

　　这次回来后没多久，她全职看守汽枪摊，不做钟点工了。

辞工后，有回路过我家，她上来玩。边啃半只面包，边在椅子上撒手撒脚地坐定，吩咐我，"你去倒杯水来"！然后就着水把面包吃完，粗声大嗓地与我说笑。

她大咧咧的性格中有股众生平等的劲儿，和她说话从不用打腹稿，因她不疑不忌，有股将镜中房间当作现实房间的懵懂劲儿。你说她几句，让她务必分下抹布，抹洗手间的务必不可抹卧室床头柜，拖把也需拧干些，不然木地板易受潮开裂，她笑嘻嘻地全应下了，下次照旧。她也是精明的，一有同行提了工钱，她即刻告知我们并要求与时俱进，家政技术却始终停留在几年前她刚来城里做事的潦草。

再碰到她时，她在附近照顾一位八十多岁的鳏居老人，薪水不错管吃住，她辞了其他活计，闲适多了，上午推老人去公园转转，中午——她笑嘻嘻地说做点自己想吃以及老人也能吃的。听得出，主要是做点她自个儿想吃的。

没多久，她儿子生了第二胎，仍是女娃，孩子丢给她带，他们准备要第三胎。朱水英和那老人的子女商量，带那女娃在老人家住。那家的子女也马虎，加上可能找人难，竟同意了。我碰到朱水英几次，她一手抱那女娃——像是她重又当了回妈，另一只手拎菜，急匆匆赶着回。

最末一次碰到她是春节前，这次她用车推了俩孩子，儿子的老大老二。在菜场门口，她嘱我替她看下孩子，便飞快地跑进菜场去买鱼头。老家的儿媳妇在医院即将生产第三胎，说找人算过，朱水英相当肯定地说，是男崽！

朱水英辞工后，徐阿姨来了，厂里下岗女工，衣着普通，整洁，好像她正该姓徐，有种慢的气息。

见第一面在院里，她扶一辆旧自行车，像怕我误会什么似的一再说，同事介绍她来的，闲着也是闲着，做做看。

她做事很好，被她收拾过的家一尘不染——从她身上，充分体现出家务是门技术活，就像熨烫或接纱头一样，她显示出女工生涯中的专业劲儿。但她做事时我总有些紧张，她的内向，让人不由得也和她同样有点局促起来。

冬天，我总提前烧好热水便于她抹洗，我想用行动表示，她的确是闲着也是闲着，做做看的。

初春到来，有次电脑里正放邓丽君的歌，她正在书房擦地，跟着哼起来。平时她连话都没一句——除了知道她从厂里下岗这点外，其他一无所知，她不像其他钟点工那么热衷诉说自家琐碎。

她边蹲着擦地边神情陶醉地哼唱。她的声音低而柔和，风从纱窗吹进，树木在早春的风里成片苏醒，让人觉得这个上午，在鸡毛蒜皮的日子里隐藏着一种难以言说的欢愉。

之后我又播过几次邓丽君的歌，她再没跟着哼唱。

不久后，她辞了工，像是位手脚麻利的远房女客走了。

在上海待了几年后重回这个城市，在楼下中介所找阿姨。有个坐着和店主闲聊的瘦削女人——很眼熟，她的面部有种特征使我确信与她相处过。

"你认得我吗？"我问。我想她应是徐阿姨走后请的某一位阿姨，可能在我家极短暂地做过。她看我几眼，犹豫地，但也似乎想起："我在你家做过吧……你后来……去外地了？"没错，虽然我丝毫想不起与她相处的任何一个片断，而她也想不起了。

我们相顾茫然，再找不到可搭讪的话，也无法从往事中打捞一点残片作为聊资。

中介热心怂恿我与她再续前缘，可这感觉有些奇怪。我们彼此都不能确认对方的存在似的——如果存在，是在哪一段，以怎样的形式存在过呢？她看去和我一样对此模糊。

后来在家附近又碰到她几次，我们没打招呼，只狐疑地抬头看眼对方，匆匆而过。

我们的相识，到底像桩悬案了。那段可能有过交集的日子，被时间彻底隐匿，现场空无一物。

在那家中介所，我找过了另一位李阿姨，她身形宽胖，一把及腰的茂密长发。正值炎夏，我看她一眼就觉温度又攀升了几度。她说有人出二百多块买她的头发，"我才不卖哩！去年有人出三百，我都没舍得卖"。哪怕是表达一种较强烈的情绪，她说话也极慢，吐鱼骨头般，一点点吐出。做事也慢，洗衣更是，让人担心洗好后太阳会落到山的那一边。

这么个慢性子的人爱穿各色花衣裳，她的红色高跟凉鞋每日搁在门外。

有一回她两天没来，再来抱歉地说，她十七岁儿子被几个混混在网吧绑架到外地，后来找机会跑出来给家打电话，她和老公这几日都忙于此事……听着像电视"社会传真"栏案件。具体解救过程不得而知，但总算儿子安然回家。那天她向我咨询装宽带的事，可能怕儿子再去网吧。

再过阵子，她突然又有几天没来，说家里有事，在外地，下周一来。周一却没来，直到晚上，电话打去一直忙音。我发短信给她，问怎么没来，未复。接下来几天，电话仍是忙音，唯一接通过一次，旋即又断了，让人疑心她本人遭遇了绑架。

她未来的那个周一，我的电动车在楼下车棚里被盗，因为她的突然失踪，我凡事都惯往坏处想的母亲疑心车被盗与她消失有某种潜在关联，她说会不会是李阿姨偷配了你的电动车钥匙？你成天东西乱扔。

我拒绝相信这种联想，我更相信：一个有人出二百多（当时的钟点工价是每小时十五元）都不肯剪去长发的女人，是不会有此举动的。

她的 189 开头的电话至今在我的号码本，再也没拨过。这号码，像埋伏着一种难以预料的叵测，通向一个家庭命运的不知所踪。

　　她姓刘，叫俏丽，三十好几看上去像二十七八。头回她来，我觉得她做钟点工真是有些可惜了，那么她该做什么呢？她身段苗条，扎一条马尾辫，看不出已有两个那么大的孩子，大儿子上高中，小的上小学五年级。她说，以前开过店，卖过服装，现在因为小儿子在附近读书，她要管他中饭，所以接了几家钟点工做，时间自由些。

　　来过几次后，她说起公公以前是村官，经济条件不错，她才嫁到他家。后来公婆生病用去不少钱，她和丈夫来城里做事好些年了，买了套二手房。她常会对婆家有所抱怨，也会谈起兄弟间分摊医药费之类的矛盾。她还说，丈夫很听她的——这似乎对她来说是仅有的一点安慰。

　　她手持拖把的俏丽样子，像的确不该承受这样一种常有抱怨的命运，应当有与她的俏丽更匹配的生活。

　　她很少笑，像谪落凡间的仙子在人间罚做苦役。一旦笑起来，真说得上漂亮。

　　有年冬天，特别冷，头晚下了一夜雪，她早上来后发现水管冻住，停水了。那天儿子幼儿园放假，我在卧室和儿子还没起床，她在卧室门口突然说，我不做了。仿佛是积压已久的委屈再也不想忍，又仿佛是不甘于此的命运伴随这场大雪的到来，使她断然做了这个决定。她的脸上，有种灰蒙蒙的神情，在神情背后，有着生活带来的怨愁。

　　我想挽留她，但她冰冷的神色表明了坚定。结掉工钱，她走了。即使穿着那么厚的冬装，她的背影仍很苗条。

　　熊大姐是性情最开朗的一位，爱说爱笑。丈夫是个勤恳木讷的搬运工，两个女儿，大的在杭州口腔医院当护士，小的在她身边，是私立幼儿园老师。有次五一节，她和小女儿计划去杭州看老大，激动了好一阵，一会儿心疼花费，一会儿宽慰自己：人家专门旅游还要去呢！我们还能住老大宿舍，自己弄饭，也花不了多少钱。

　　去了回来告诉我，西湖太漂亮了，难怪说是人间天堂。我问还去了哪，她说，没去哪，大女儿同事临时有急事，请她顶班，只有一天假，大女儿领她们匆忙去了西湖，吃了一小碗桂花藕粉。另两天，熊大姐替大女儿收拾宿舍，做饭。

　　"看一眼不就行了，西湖真是漂亮！"熊大姐说。

　　她的高兴，让人觉得西湖只适合看一眼，就一眼最好。如果能来一碗桂花藕粉，就更好了。

　　两个女儿的婚事是熊大姐最挂心的，小女儿曾谈过一个，熊大姐觉得男孩条件好得让人不放心，力劝女儿算了，说配不上，今后也不稳定。我说熊大姐，人家都恨不得女儿攀高枝，你倒好，生怕女儿嫁得好。

　　"高枝那么好攀吗？我情愿穷点，过得安生些。"熊大姐的人生信条就是踏实，她和丈夫也如是，穷，牢靠，平淡里拧成一根绳。

熊大姐手脚麻利，她常边做事，边与我说笑。她告诉我最近有哪首网络流行歌曲好听，想了半天记起歌名，要我搜来听，我一听，完全不对路。她兴致勃勃地问我，好听吧！像送了我一件礼物。

她喜欢跳舞，但她有原则，跳归跳，绝不生其他事端。有男人喜欢她，比丈夫条件好得多的，她毫不为其所动。她说，一家人安稳，穷点都做得。

后来，她好几天没来，电话也打不通，这是从未有的事。直到一两周后，辗转通过当初的介绍人打听，才知她丈夫患急病入院，她忙于陪护，把钟点工的活都停了，手机欠了费。医药费已花去不少，医生说这病治好后，也需好生养，不能再像以前那样干搬运的重活了。

再没见到熊大姐。一直记得她生日和国庆同一天。

熊大姐之后的一位钟点工王阿姨，来城里多年，丈夫给文具店送货，有空跑摩的。据王阿姨说，是个极抠门的男人，贪便宜买的电扇吹起来地动山摇，却是孝子，常买些吃食穿用送乡下爷娘。这个男人呢，还十分惜命，查出血压和血糖有点高后，立即调整饮食，几乎戒了糖，食物全都清淡少盐，腌制品不再碰。还奉行各种不知从哪听来的养生理念，比方晚上绝不吃姜和苹果。

王阿姨最热衷谈论的是小儿子。儿子念大学，以前做事的一户人家给他选的专业，机械制造，现在大四准备考研究生，已有汽车制造企业聘他去上班，儿子去了阵，说单位管理松散，没劲，还是要考研……

有关小儿子的种种，像是王阿姨的人生里最高也最不可思议的神迹。她说起三个女儿没一个会读书，坐进课堂就瞌睡，都是早早停学，打工嫁人，只这个唯一的儿子天生性子静，坐得住，欢喜读书。

你不晓得，我和我屋里男人大字不识几个，听写都报不了，全凭他自己从小念到大。就喜欢读书，没事坐那看书，吃穿也不讲究。也没什么好东西吃，硬是长到了一米八。你不晓得，他念大学后，衣服鞋袜都是我买，他不挑，买什么穿什么。唉，好少回家，说学习忙，我喊他别老坐在屋里，出去会会同学，他说，你以为出去会同学不要钱的啊。催他交个女朋友，他说没事业，交什么女朋友……

王阿姨最爱说的就是儿子，从她的每周更新里我一直知道这年轻人的近况：他终于还是放弃考研，进了本地最大的汽车制造企业，因为觉得读研要花钱，读出来依旧不一定好找工作；有一个女同学追他，中秋节给他快递了一大盒月饼，但他对女同学不大中意；他说要存钱，今后按揭买套房。

"听他这意思是不想和我们一起住了，"王阿姨不无失落，又安慰自己，"分开住也做得，我也省心，省得服侍完老的还要服侍小的，随他过去。"说归说，王阿姨二十几度的天也要烧壶热水做事，戴橡胶手套，"以后要给儿子带娃的，没好身体不行"。

有次我替王阿姨网购了件东西，她弄不清家里地址，打电话给儿子，让儿子与我说。电话里传来说普通话的男声，一点没有王阿姨那股浓重的老家口音。透过手机免提，听着儿子声音的王阿姨每根皱纹里都注满笑意，让我想起一位女作家打过的比喻：猫对自己意外生下一只老虎的巨大自豪。

这一刹，她不是做过的家务活儿的总和，不是橡胶手套洗洁精马桶刷，不是和丈夫为丁点钱争吵不休的女人。此刻的她，只是一位大学毕业生的母亲，体面，满足。

"异人"老陈

老陈这人，全无心机，深信不疑，哪怕你跟他说，"某朋友订《环球报》中大奖，下周要随美国太空署上火星了！"他恐怕也信，还会问，"真的？那可来劲！走前你们不聚聚？"

在全国人民都明白商家打折是咋回事时，他对打折还抱有十分的信任，每去超市，必满载而归。对他来说，划算商品太多了！大到家电，小到食杂，他还催着我妈再去买二回，怕去晚了卖光了——哪卖得光啊，商家天天打折，不打折不成活，就为了喜迎老陈这种顾客。

旅游点的东西老陈也竟有勇气买。日本，新加坡，泰国……在去这些地方出差或旅游前，我们再三交代他要谨慎从事，切莫被不良商贩欺诈，别轻信导游的热情，他满口应承，但一踏上旅游地的热土，他立时晕了，别人三言两语就把他的腰包给清洗了。

为防止这类事发生，我妈尽量控制他所携带的旅资，但，就说在泰国那次吧，他答应不买什么，回家时却从旅行袋中掏出了大包小包，他越掏我们越沮丧，尤其我妈，都快哭了。除了特产，老陈还买了具排毒延年之类功效的保健品，甚至还有调理内分泌的。导游推荐他买的，说内调外养葆青春，是馈赠女性不可错过之良丹！我们家三名女性，老陈就没法错过了。药丸浅粉红，像小时吃的珠珠糖，但比珠珠糖可疑且不菲多了。我妈问老陈，你哪来的钱买？老陈含糊而又理直气壮地答：问同事借的钱。

又一年夏，老陈的单位组织老同志西北游，旅程十二天，去前我们苦口婆心，援引各类被骗事例，希望老陈汲取教训，切勿上当。老陈答应了，表示这次绝不轻信，捂紧腰包。返家时，还好，老陈的旅行袋不似往日鼓囊，看来这回没上当，我们暗松口气。但只见老陈从贴身衣兜中掏出两个物件，是给家中宝宝买的，一对红绳系的貔貅，他用慎重的口气说，这是玛瑙！一听玛瑙，我们的心，嗖嗖地凉下去了。旅游点的玛瑙，意味着什么？只能意味一种后果：老陈，他又受骗了！

在旅程前期到达的某文化历史名城，商贩信誓旦旦地对他说这是如假包换的玛瑙，对方开了个价，老陈的同事一张嘴替他还掉一半，老陈于是买下了这对手感近似有机玻璃的"玛瑙"。还能说啥呢，只能忠心谢谢商贩卖的是"玛瑙"，而不是祖母绿或南非钻。

老陈丝毫不认为他上当了，至少，他说后来发现沿途虽卖的全是这类"玛瑙"，但他所买貔貅造型是独一无二的——所谓造型，在我们看来，那对貔貅体貌含混，说是狸猫也成。

面对我们的碎碎念，老陈被念烦了，"都像你们这样，人家当地旅游产业还怎么发展？！"

现在连亲朋之间涉及钱都多个心，但老陈的"信"仍旧昭然。

若干年前，家里买彩电，他一同事的朋友热心代购了台某大公司的返修进口彩电，比当时市场价便宜略许，说彩电只一点小毛病，修好了，价钱划算的。老陈把彩电喜滋滋搬回家，用后才发现毛病不少，且因是进口，病都属疑难杂症，只好巍峨而无用地耸立于电视柜上。

再一次，和老陈住同栋楼的邻居兼同事老邓退休后说要投身祖国的植树造林事业，四处募资，老陈自是被劝募的头号对象。老邓历数了造林于国于民的深远意义及效益回报，老陈一听就应了。若干年下来，老邓应承的还款日期早过，人长住广州。偶尔回来，老邓不等大伙催钱，立即邀请老陈在内的老同事一行来家吃饭打牌。饭局在亲切友好的气氛中进行，虽也提到还款问题，但老邓表示林业有风险，尚在渡难关……老陈也总表示充分理解，末了双方就还款问题在酒盅间又一次达成共识：让老邓的林子再长会儿，过阵再说。

这一长转眼数个春秋。老邓仍随家人常居广州，还款毫无影踪，并且让人窝心的是，这套久不居人的空房老邓仍为此配备了钟点工，每周来几次，一听对门钟点工掏钥匙声响，楼里借了钱的老同志们的血压估计都噌噌升高，而就住在对门的老陈，却似充耳不闻，淡定地端起他的酒杯。

这类事儿老陈不知干过多少。吃了若干堑，愣没长一智。相比，我妈谨慎多了，自若干年前她在云南买了回假玉后，再没为旅游地的人均 GDP 做过百元以上贡献。她明察秋毫洞若观火，一碰上商贩，预警信号自动升级。不止商贩，我和姐若想在她跟前耍点花招，也多被她嗅出端倪，继而戳穿。要想蒙她，还真要打几遍草稿。而要绕过老陈，腹稿都不用打。

因为信，老陈的积蓄散去十之七八。对方当初借时信誓旦旦，到了还款却都人迹渺渺。我妈让老陈催讨，对方苦水一吐，陈述困难二三，老陈就无语了。

让我妈无语的老陈事迹还有 N 多，包括他在单位的耿介，就如张炜在《熟悉的异人》中写到的一人："机关对他的评价是人好，也有水平，就是……下面的评语是含糊的，因为他们对这样的一个人既无法命名也无法理解。"

老陈也正是这般"异人"！他是如此不"社会化"，完全不肯被规驯，另一方面，却又天真得近乎烂漫。

家附近新开张一超市，生意清淡，老陈遂把一应采买都移至那家超市。家里原本有其他超市卡，他不用，说要支持那家超市，不能眼看它倒闭。每回看老陈大包小袋地进门，我都想建议那家老板专设一个"感动超市顾客奖"。

若在古代，老陈最适合啸傲江湖，做一名义士，赢得一片"匡扶正义济民生,助困安良真豪杰"的五星好评。

在我妈看来"缺心眼"的老陈在亲朋中却有上佳人缘,谁都乐意与他打交道,老陈总用嘹亮嗓门把人迎进家,挚诚地留人便饭。说是便饭,实际他要操练出诸般武艺,"没什么菜!随便吃!"他满怀期待地等着人夸,人真的夸了,他泛上一种深层的害羞,与对夸奖的笃信。

我妈呢,再真挚的表扬到她那都要打个七折,她意识清醒,不易被冲昏头脑,她总是及时从生活中总结各类教训与TIPS,决不在同条河流摔倒第二次。她的人生格言是"入世有风险,凡事须谨慎"。对她而言,若想平安度过一生,必要擦亮眼睛,三思后行。

同样的这个世界,对老陈却是八百里秦川,一万亩江南!坦途多过陷阱,处处皆可落脚。

总的说来,老陈这辈子比我妈上当吃亏的次数多得多,但他比她快活得多,悠哉得多。所谓"失之东隅,收之桑榆",老陈吃过的亏可能生活已在别处报偿给他了吧?而老陈所穿行过的那个赤子之界,却是许多人毕生无法体验的……

晚年的雪和梅花

"文，我将刘伯伯的诗和杨英阿姨的摄影制作的小视频发给你，我觉得诗与画太美了，真是让我太享受了，你给点专业的点评。"今年冬天第一场雪落过后，妈妈发来的。

"很好，老有所乐。"我正准备开会，匆匆回道。

刘伯伯和杨英阿姨是妈妈的老同事，一个爱好写点东西，一个喜欢摄影。刘伯伯写的诗是《七律·梅花》："含苞待放季冬开，恰似晴空散雾霾。飒飒西风秋桂去，飘飘朔雪玉妃来。棵棵蕊冷蝶无影，朵朵清香满院栽。傲视群芳寒艳美，尤尊典雅豁胸怀。"

杨英阿姨拍的是雪中红梅，一诗一影，配上音乐，可不是老有所乐嘛。让我惊讶的是妈妈的感叹，自从学会用微信以来，她的人生刷新了，我们的关系也刷新了——以前这么文艺的对话是不会出现在我们之间的。在我们的口语交流中，充满一触即发的矛盾，但自从使用书面语交流后，我发现我们间的语气与交流内容不同了。

虽然妈妈还是常发些养生、孝道之类的内容给我，但也会夹杂与艺术或曰文艺有关的东西，之前我一直觉得她最大的业余爱好是边嗑瓜子边看家庭肥皂剧，我从没想过"诗与画"会让她觉得"太享受了"。微信让我对妈妈有了新的认识。

2018 年暑假，我和先生带儿子在国外旅行近一个月——以前妈妈不会用微信时，我们出国都靠长途电话联系。现在妈妈用微信，联系方便多了，隔着时差，我经常醒来时看到妈妈的留言，让我们安心玩，照顾好儿子之类，虽然这些话多数没有标点，夹杂错字，但我知道，妈妈写下这段留言相当不易了——因糖尿病引起视网膜病变，妈妈的视力这几年下降得很厉害，看东西常是模糊的，可以想见她戴着老花镜，费力地一笔一画地写下每个字的样子。

她不仅发给我，也留言给上海的姐姐。前阵子，姐姐遭遇了些烦心事，压力很大，妈妈常留言劝慰，有次写道："我老打电话给你，又怕你心烦，也不知道如何安慰你……"一样是没有标点，夹杂错字，也一样充满一个母亲对儿女的记挂与操心。这样的语气，于我们甚至有几分陌生，在童年与青春期记忆中，她是没有这样的耐心的，加上我们的不驯，我们之间起过无数次争执，那些用语言彼此伤害的记忆真是糟糕。

从何时起，我们和妈妈间的争执愈来愈少了？或许是地理上的距离使双方的异见有了转圜的余地，或许是我们人到中年，多少懂得了收敛锋芒，同时妈妈老了，人老为慈，加之联络方式的改变，由口语更多转成了书面语，使得往昔那些尖锐的争执渐平复下去。

当然，还因为有了孩子，姐姐的女儿麦宝与我的儿子乎乎，这对孩子使我们与父母间的谈话绕过了一些可能的暗礁，转向风平浪静，乃至云开日出。

每每，我在与父母的聊天中，总是把乎乎推到前面，我知道他们愿意听到每一点有关乎乎的消息，这个话题于我是趋利避害的选择——它是最不易引起分歧的话题。

有时，我把乎乎考试较好的成绩告诉他们（差的就不说了），妈妈郑重地在微信上回复：小宝，祝贺你取得的成绩，外公和外婆为你点赞，并预祝你期末取得更好的成绩！

她一直喊我儿子"小宝"，哪怕他现在已是一名身高一米七几的少年，在她眼里是永远的"小宝"，那个她和我爸一块带大的娃娃。有次我把儿子摄于百日的几张照片发她，妈妈一遍遍地看，当小宝从紧张的学习之余抽空去看她时，她说："小宝，外婆每天晚上都要看几次你的照片，实在太可爱了！"十二岁的少年乎乎对"可爱"这样的词显然已完全不感兴趣，本着尊老，只能含糊而为难地接受外婆的赞美。

2018 年 11 月中旬，妈妈的七十二岁生日，我送了一款高配置的手机给她作礼物，之前那款手机用了两年，已有些卡，这对成天要使用微信的她来说显然不便，因此一款新手机是最恰当的礼物了。妈妈果然很高兴，虽然没说什么，要知道，我之前给她买任何礼物，几乎都会遭到她的反对与否定。

微信成了照亮妈妈老年生活的一束光焰，替她打开了一扇通往新天地的门，她加了老同事的群，亲友的群，他们嘘寒问暖，他们赏画吟诗，他们关注时事，在节假日相互发送各种祝福，形式包括对联、民谚、格言、心语及视频等，全方位地营造着春天般的群关系。

这对退休后只靠刷肥皂剧为精神生活主导的妈妈，仿佛找到了全新的归属感。而父亲坚持不用微信，他的智能手机只用来打电话。

有次因为误操作，妈妈退了某群，她大惊失色，电话问我如何操作。她的那种惊慌如同暗夜行人丢失了前方的灯光，让我想到《奇葩说》中辩手熊浩那段颇煽情的话，"微光会吸引微光，微光会照亮微光，我们相互找到，然后我们一起发光，这种光才能把那个压榨的阴霾照亮"。

这个阴霾，于妈妈是老年的孤单。是的，虽有父亲的陪伴与照顾，可他俩脾性爱好乃至口味全然迥异，他们生活了一辈子也吵了一辈子，以前有我和姐姐分散他们的精力，当我们离开这个家后，他们因脾气与兴趣等差异形成的空隙便放大了。现在，他们找到了各自的可自洽的空间，正如微光照亮。

要谢谢姐姐，用比我更充足的耐心在上海教会了妈妈使用微信，那时妈妈还在使用老人机，姐姐送给她一个 iPad，开启了她的上风之旅。此前，除了看电视剧，打电话是妈妈最主要的精神活动，她把电话打向四面八方的亲友和同事，平日俭省的她打起电话来的那种不问时长，但求尽兴的态度——或许正与她的寂寞成正比。

微信扩展了妈妈的人生，使她从电话里的家长里短走向更开阔之地，有了更丰富的体验，比如在一场雪之后，她有了欣赏诗配摄影之美的享受——"享受"，这个词，我曾认为在妈妈的生命中是长期缺席的，她克己、勤俭，像经历过那个匮乏年代的许多女人一样，我极少看她"享受"什么，无论是精神或物质的。

现在，这个词却出现在老了的妈妈口中，真令人惊讶，原来她的人生一样有抒情的需要。我想起多年前，她在一天繁重的工作与家务（那时父亲在部队）后，当我和姐姐睡下，她在床头台灯下会翻几页小说，有时是《红楼梦》——这画面遥远得有些模糊了，但记忆中的确有过。我还想起，莫言获诺奖后，她要求我给她买本他的小说《蛙》，那时她的视力已下降不少，她戴着花镜一页页认真读完……

老年的妈妈终于可以自由地读她想读，听她所听，她常会发些经典老歌、戏剧小品的链接在亲友群里，这些"文艺"或多或少分担了她一点病痛——妈妈身体极不好，各种病痛从未间断，但近年来，她的精神状态有所好转，这与微信想来密不可分。

　　我对她发来的小视频又能给什么专业点评呢？这些退休多年的老人们，为一场雪以及雪中梅花写下诗，留下影，让其他老人透过手机屏幕感到太美了，太享受了，这过程本身就已圆满，何须点评。

　　一个人的晚年里能为雪和梅花而赞叹，真好。

安 顿

因为疫情，之前的钟点工回老家不再来了。六月，家里又换了位钟点工小邹。高中文化，短发，瘦小个子，第一次来时全副武装。戴着口罩，挎一个包，背一个包，包内是水杯、自备的手套之类。做事时，她全程戴口罩，直到她走，我也不知她长什么样，只记得她非要把一个有点坏了的抽油烟扇拆下来清洗的执着。

第二次来，她放松了些，口罩仍戴着，挡着嘴，不像上回把半张脸都遮住了。她逐渐和我聊起来，她老家在江西吉安，家里有点地和一个果园，老公打理，大女儿读高二。她带着二女儿在省城，住在弟弟家。二女儿智力发育有点迟缓，弟媳让她来的，说在省城对孩子各方面发展更好些。老家村子没多少人，小邹丈夫话又少。

小邹给二女儿在省城联系了一所街道小学，成绩虽不好，不过性格听说蛮好的，会主动和人打招呼，小邹觉得自己来对了。省城人多，教育条件肯定比老家好，加上弟弟弟媳家的环境，她很感谢弟媳。

若有光／陈蔚文

　　小邹很少回老家，钟点工活排得挺满，没空。女儿暑假，小邹本想让她到省城来住几天，女儿还是没来，性格内向。于是小邹腾了几天假，带着二女儿回去了一趟。临行我给她找了一堆书刊，让她带给大女儿。

　　回来，她再三谢我，说女儿很喜欢那些书刊。小邹说女儿在学校的重点班，没报课外班但成绩不错，挺懂事，也很理解她带着老二在省城。"就是太不爱说话，像她爸"，小邹为此颇有些担心。她甚至在考虑大女儿这性格该学什么专业好？当医生吧？当医生不错，说说病情，开开药，不需要与人太多交流。来我家做事后，她知道了一个性格内向，不喜交际的人（譬如我）还可以选择编辑专业，于是为女儿的专业规划中又多了"编辑"这项。

　　小邹和我此前请的钟点工比起，算文化程度较高的一位。这使她在抹布的分类意识上明显好于前面的几位同行，她还总是试图替我修理家里坏掉的物件，锲而不舍。有个落地风扇一侧支架有处坏了，准备用完今季扔掉，她让我拿工具来修，我劝她算了，不好修的，但她说试试吧，像第一回拆那个有点坏的排烟扇一般。

　　试的结果是——修了一刻钟，终于未修好。

　　这一刻钟，我在边上给她递工具，边聊天。在修理陷入瓶颈时，我再次劝她算了，说等我丈夫回来再说。

　　"自己能做的事干吗要等男人来做？"小邹掷地有声。我心下生出几分惭愧，反思生活中的确存在一定程度的依赖倾向。小邹又说，女人要自立，不要啥事指望男人。"靠山山会倒"，靠谁都不如靠自己。

我点头称是。说这番话的小邹，是个有故事的人啊。虽然这故事我知道得并不详实，只知她与丈夫关系一般。丈夫也是高中文化，当时追她时很热情，大有非她不娶的劲头。婚后渐变漠然，有孩子后更是没几句话，"一点都不关心我"，小邹说，她来省城后，他从不主动打电话给她，她的生日他都没一个电话。

在这个丈夫前，小邹有过一次轰烈爱情。对方"长得好，嘴皮子利落"，小邹对那个男人给出了仅有的这两个描述。然后——然后出了些事，十分棘手的事，他住进医院，小邹为他花了不少钱，把当时积蓄都用光了。为什么住进医院呢，生病还是因为别的？这一段是发生在小邹在沿海打工时，还是在老家时？她没有说。她一点都不肯再透露了，看得出，她不愿提及这段往事，哪怕这件事已过去那么些年，她的大女儿都高二了，她仍要绕开它。

黑瘦的小邹细看五官端正，年轻时，是值得发生一些故事的。现在的她脚步匆匆，穿着女主顾给她的运动套装，银色平底凉鞋。她的眼神里当听到一些所谓"理念"的东西时，会特别好奇，停下手中的活与我讨论。

她说的最多的是两个女儿，尤其对刚上小学二年级的二女儿，她有些焦虑，担心她今后生活不能自主，她的愿望是希望二女儿能对付完九年义务制教育，之后自食其力。可这个"自食其力"的目标并不容易，对一个智力发展迟缓，家境不宽裕的女孩，在小邹想来，愿望在她身上的实现真是太不乐观了。

弟媳说你这么焦虑不行，要调整心态，S大近期有节教育方面的公益课，她让小邹去听，小邹果然就向主顾请了假去听课。她觉得这个比赚一次工钱更重要，更有意义。此前，她也被弟媳带着去听过几次心理课。她第一次和我说起某位教育专家的名字时，我真是吃了一惊。小邹的确是个很肯学习的人。若干年前，她在沿海打工时，靠自学掌握了电脑的五笔输入法。

她最近一次来我家时，电脑在放着一首钢琴曲子。小邹轻轻地说了句，"真好听"。一会儿，正在书房拖地的小邹说海棉拖把上的有个螺丝有些松了。她已经熟悉放工具的地方。她从柜内拿出工具，蹲在地上，用螺丝刀把拖把杆上的螺丝一下一下，往里铆紧。她的手臂黑瘦，有力。我对着面前的电脑屏幕在看微信群里一位群友的诗。这位群友带着两个女儿在美国生活，写了不少好诗。从诗里能看出，她的生活也是颇为不易，历经考验，这首叫《帐篷》的诗里有这么几句：

> 若果身在草原
> 要在熟悉的地方落脚
> 扎上帐篷，暂时安顿下来

过一个夜晚就有一个夜晚的平安
……总之要卖力，要把帐篷的钉子
打进生活的土地

  我觉得这首诗和面前蹲着的小邹，以及我自己，都有着
某种密不可分的联系。

"应当有一定的仪式"

每次离过年还有半个月甚至更长时间，父亲就开始采买各种食材，塞入巍峨的冰箱，使之愈加满满登登。其实每一年，这些储备的食材都用不完，有时到元宵节还有一部分塞在冷冻室里。

又不是先前岁月的物质窘困，超市三百六十五天营业，何必这么备战备荒呢？我们劝父亲少买些，父亲不肯，依旧买，这些蒸煮，那些卤炸，各样食材大有可为。

今年春节，父母去上海我姐姐家过年，这下总不用买什么了吧？不，父亲又买了一堆猪肚猪心之类，准备年前卤好带去。

"去上海买不是一样吗？"

父亲的回答是不一样，因为在熟悉的摊档买的放心，自己的老厨房用得顺手。

有时想，父亲的这种"年前采购症"大概令他延长与放大了节日的愉悦，平时，他这样性喜热闹的人总归还是寂寞的。儿女各自成家忙碌，母亲唠叨，与他想法常常相左。他拒绝用微信，最大的娱乐是看电视、喝点酒，侍弄下楼顶的菜地。老家浙江距他现在生活的城市近五百公里，老乡和战友四散各地，相聚不易。而年节来了，可冲淡平日清冷，使周围聚起他欢喜的人气，因此他要提前采买，既避免年前的涨价，又使这愉悦来临得更早，酝酿得更浓。

《小王子》中的狐狸对小王子说：

"你最好还是在原来的那个时间来。比如说，你下午四点钟来，那么从三点钟起，我就开始感到幸福。时间越临近，我就越感到幸福……但是，如果你随便什么时候来，我就不知道在什么时候该准备好我的心情……应当有一定的仪式。"

父亲和那只狐狸的心情一样，对于临近的日子，他感到幸福。而表达这种心情的方式就是提前采办食材，这是一项不可或缺的仪式，与物质的便利充裕无关。

有个女友，只要出门，不管长途短途，都要在包里放一茶具包，内有一壶一杯。

"带个保温杯不就行了？"

对好茶的她，不一样。只有壶和杯才能传达那种熟稔的茶意。慢下来的，安静的茶意。让我想起采访过的一位女导演，每次出差她总会自带拖鞋与棉质枕巾，不然即使是五星级酒店也睡不踏实。

对我这样出门越简单越好，连杯子都不愿带的人，这些习惯好像未免太讲究。

直到有一天，我突然发现自己若出门，也会往包里放个保温杯，为此还配了个凡·高"星空"图案的杯套——这是年纪大了的标志吧？杯里虽然不一定有枸杞，但多半会泡些玫瑰或普洱。带着那只紫色保温杯，在途中随时可喝口热水，似乎就多了点安心。

如果在家，每天起床后必定泡杯热茶。夏天是只手绘蓝花大瓷杯，冬天仍是那只浅紫保温杯。胃不好，茶叶只能少少地放，有时加一撮桂花或新会陈皮，若窗外开着茉莉，顺手摘几朵丢进，冲进沸水。等忙完家事，茶的温度正好，啜一口，这一天才算真正开始。

"沐浴焚香，抚琴赏菊。"古人的这些仪式离现代生活已遥远，只能从《夜航船》《闲情偶寄》这些书中温故。朝代里，宋人的美学最让人心仪，你看那些瓷器，简素大方，宋徽宗一句"雨过天青云破处，这般颜色做将来"于是有了天青釉，难怪陈寅恪先生说："华夏民族之文化历数千载之演进，而造极于赵宋之世。"

宋朝已远，有些仪式仍是必需的，那未必是"作"，也未必是矫情，从心理学的角度，小仪式代表的是一种心理锚定，即把一种行为与自己熟悉的某种感觉结合起来，使生活平添一种充实感。

这些仪式，不能改变什么，也不会使人延年益寿，但让人觉得——"生活值得我们这样庄重地对待自己"，也包括庄重地对待家人，像我父亲一样，在兴致勃勃的采购烹制中为家人准备一个丰盛的年。

"一盘酱爆牛肉，一瓶花雕，黄酒要温一温。"这是一个江南朋友每年冬至来时，在家必备的几样。牛肉用花雕先腌再炒，这是他的饮食仪式。

认识一位上海女艺术家，上过《外滩画报》，和一些大品牌合作，常参加一些洋气的沙龙，但同时，她去小店淘衣饰，骑自行车去城隍庙买 DIY 艺术品的材料，去家附近的小菜场买菜——出门前，喷一点洛丽塔香水，这是她多年来的习惯。一位年过半百的女人，走在嘈杂菜场，拎着鸡毛菜和带鱼，但身上有一股芬芳。那正是她独特的印记。

"大学四年里，爸爸在送我和接我的前一天都要特别洗一次车。"

"口红是我的仪式感——知道我的人都懂，爱口红胜过一切。包里永远有支口红，喜欢自己看起来健康又精神的样子。"

"每次进门，他都会在我额上亲一下。我们结婚二十年了。"

这是看网友说到的仪式感。仪式是一种愉悦的自我暗示，是精神与现实的双重完成。

儿子乎乎每晚临睡前，再晚也要看几页书，或在手机里看几分钟他觉得有趣的节目，这是他入睡前的仪式，小学六年，雷打不动。

但愿这个睡前仪式会陪伴他升入初中，考上大学，乃至更久的以后。就像相信父亲在每年春节前夕都会启动"年前采购症"，将冰箱塞得满满登登一样。

《小王子》中的小王子问狐狸："什么是仪式？"

"这也是经常被遗忘的事情。"狐狸说，"它就是使某一天与其他日子不同，使某一时刻与其他时刻不同。"

水流众生

周末因为懒得进菜场，在菜场对面马路边一家肉店买肉，店主边麻利地剁着排骨，边和我聊天。聊的还是和卖肉有关的事，不知怎么说起，菜场里肉摊生意最好的当属"矮子"，这么多年，再没比他生意更好的摊位。肉价再怎么涨，他的摊前主顾总是满满当当，逢周末节假日，挤也挤不进——今天我没进菜场到他摊上买肉，就因不想排队。

住在这一带的居民，有谁不知道"矮子"呢？我也是他忠实的老主顾。买了十几年，他卖的肉总比别家贵几块，但仍挡不住主顾们的热情。有阵父母住我这，碰上摊前人多，我又指定让母亲到"矮子"的摊位买，母亲免不了抱怨，"难道他家的肉比别家香？我看差不多"。

是不是比别家香，这个全凭主顾们的一己口感，没有量化指标可衡量。也许是心理作用？的确觉得他摊上的肉是好吃那么一点，据"矮子"自个儿说，他进的肉是定点养殖户的，潲水喂的猪，肉就是要香一些！说这话的"矮子"得意扬扬，意气风发。他是个气色红润的小个子，围着黑皮裙，

若有光 / 陈蔚文

手起刀落，嘴上常叼一根顾客打的烟——顾客简直是有些巴结他夫妻俩，为了能快点买上肉以及买到想要的部位，和"矮子"各种搭讪套近乎。

从"矮子"长年红润的气色可以看出，他对这些明显带有讨好意味的套近乎感到非常受用，他对整个生活也非常满意——"矮子"有一儿一女，偶来摊上，引得主顾们一片赞声。这双儿女像"矮子"的老婆，尤其是男孩，高个秀气，幸运地避开了父亲的遗传。

"矮子"的老婆，一个精明能干的女人，高"矮子"一头，给顾客称肉不时缺点分量，但没人指出，在生意如此火爆的摊位上能买着肉就不易，就代表默认一些规则。包括"矮子"夫妻对那些看上去强悍、泼辣些的顾客，会优先卖给他们，而无视排在他们之前的顾客。有一回我前面好几人插队，气得想转身就走，但还是没骨气地忍了，谁让我觉得"矮子"家的排骨的确比其他摊位的更香一点呢？

"矮子"的老婆隔阵子会紧随流行绣个眉，染个发，光鲜得似乎不该站在肉摊后面。不过，站在生意如此兴旺的肉摊后还是说得过去的。毕竟这么多肉摊，只有"矮子"的摊位长年一枝独秀，欣欣向荣。"矮子"甚至从不生病。这么多年，任何时候去，他一准在摊位忙活不停。

每每他的摊位前人头攒动，而其他摊位冷冷清清时，同行们的表情十分复杂，带着一点业已习惯的无奈与忍受。这他妈的是桩毫无办法的事！是的，生意这件事简直和搞艺术一样，光凭吃苦耐劳是不行的，还得有——运气。这个看不见摸不着的玩意儿正是决定一桩生意好坏的关键。多年来，主顾们谈论起"矮子"的运气都觉得不可思议，如果是靠手艺、审美之类，生意有高下可以理解，但同样是卖猪肉，凭什么"矮子"的生意就火成这样呢？他能进到的猪肉，别家就进不到？也许只能说，是"矮子"的祖上积了德。

无论如何，"矮子"的生意始终红火，毫无一点要衰败的迹象——四十多岁的他和妻子身体硬朗，客源忠实稳定，似乎是能继续红火十年，二十年，甚至更长。

讲回这个周末，在我喟叹"矮子"和他红火的生意时，店主嘟哝了句："矮子"走了。走了？去哪，我一时没反应过来。等明白店主说的意思是"矮子"死了时，我大吃一惊。我想他说的是另外的人。我又问了次，店主很肯定地说，就是"矮子"啊，今天头三，下葬。

三天前，也就是周二下午，"矮子"死于家中，脑梗。没有任何征兆，突然从椅子上栽了下来。而就在头一天，周一的早上，我还在他的摊上买了肉。他和往常一样气色红润，熟练地剁切剔斩——他卖肉生涯里重复了无数遍的动作。

买完肉，我还是走向了对过的室内菜场，想再确认一下这个消息的可靠性。正是上午九点半左右，平素这时，"矮子"的摊位亮着大灯，热闹喧哗。系着皮围裙的"矮子"耳后夹着烟，或嘴里叼根烟，和老主顾们插科打诨，这些一点不妨碍他手起刀落，把猪的各个部位麻利地归置过秤。

此时，菜场一楼靠近电动扶梯的那个摊位黑着灯，空空荡荡。旁边的肉摊主们招呼着生意，脸上看不出什么，那多年来业已习惯的忍受在此刻仍保持了该有的教养。没有哪张脸喜形于色。虽然这些摊位的生意明显比平日更好——"矮子"的主顾们分流向了这些摊位。

我看了眼幽暗的摊子，确认了消息的可靠性。

在菜场对面肉店买的排骨，烹饪后，我努力想和"矮子"摊位的肉做个比较，结论有点让人沮丧：似乎，不如"矮子"摊位的好。那么，"矮子"不在后，他妻子还会继续做下去吗？肉的味道还会一如之前吗？

大概一周后，去菜场，发现"矮子"的摊位亮起了灯。灯下，"矮子"以前站的位置换了个年轻人，"矮子"的儿子，十六七岁吧，身形清秀，围上了他父亲那条黑皮围裙。"矮子"的妻子在一旁，我迟疑着要不要上前买点肉，也许不用寒暄什么，"矮子"的妻子一定接受过若干尚不知情的主顾们的问话了，"矮子去哪了？怎么没来"？十几年了，主顾们都看惯了他夫妻在摊位前并肩的样子。

我不知道她如何答的，如何讲述那个猝不及防的周二下午。她的样子看去笃定，没有刚成为一个"未亡人"的憔悴或悲戚。顾客少了许多，寥落的几人。我上前称了肉，付钱走了。我觉出她的态度有了微妙变化，她比过去热情了，以前的热情带有一点"你爱买不买"的倨傲。现在，这热情以势单力薄者的身份，回到热情该有的位置。买完，乘扶梯去二楼。从扶梯上望去，"矮子"的妻子没有穿白或黑，她穿着一件黄色上衣。

回来用肉炒了菜，炖了汤，味道和以前是一样的吧？我竟突然有点不能确定。

几天后去，"矮子"的一儿一女都在摊位上，对肉摊生意看来已可应付裕如。当然这和顾客本不多有关。以前那种顾客里三层外三层地围着嚷着的场面不见了。

"矮子"的妻子，她穿了件红色的短袖上衣，不是暗红褚红酒红之类，而是正红，不掺杂一点其他色系的红。我又一次吃了一惊，"矮子"还没过"五七"吧——人亡后第三十五天叫"五七"，本地人很重视，要举行祭奠。这件红衫，无论如何不适合一名新寡者在"五七"内穿着？

她和"矮子"的婚姻幸福吗？至少在肉摊上他们夫唱妇随，配合默契，从没看他们拌过嘴，实情是怎样呢？无人知道。她和一双儿女立在摊位前，招呼主顾，切肉过秤，那个耳后夹着烟或嘴里叼着烟的"矮子"彻底消失了。他十几年来的嘻嘻哈哈，插科打诨，终结在一次死亡快闪中。

"矮子"走后的肉摊，生意显见萧条不少，再未出现排队现象。"矮子"的儿子话不多，脸上没有一点想与顾客开玩笑的兴致。摊上的肉依然比别家贵一些，其他摊位的排骨三十八一斤，"矮子"摊位四十五。这差价以前在拥挤的顾客里兴许会被忽略，但现在这一斤七元的价差在冷清中凸显出来。菜场七八个肉摊的生态回到平衡，每个摊前的主顾相当，都不致引起别家同行的妒忌。这是件让人有点迷惑的事，难道以前主顾们是冲"矮子"买的肉？当然不是，大家是冲着肉去的，那么为什么"矮子"不在后，主顾们立即分流了呢？难道"运气"这个东西也随"矮子"的死而消散了？

午后楼下不远处，打牌的喧闹声还是一样。曾经"矮子"也是牌桌一员，隔三岔五，他和附近店主摊贩在午后打上几把，吵吵嚷嚷。现在，牌桌上发出的声音并不因"矮子"的缺席而减小。无论如何，牌是要接着打的，小输小赢对桌上的人是日子里最要紧的调剂。

我抓紧在相熟的店里买熟悉之物，比如山东人开的煎饼店。夫妻俩开了二十几年，儿女大了，传给儿女。夫妻俩仍在店里坐镇，带带儿孙，收收钱。儿子的技艺和父母一样炉火纯青，一张张偌大的撒着芝麻香葱的煎饼摊在案几上，饼皮香酥，咸淡从未失手过。有次我带深圳回来的女友尝过，她连赞好吃。下次回来，她特地从家里打车来买了好些回去。

另家夫妻蛋糕店，据说上了本地微信公众号的网红店名单，丈夫高瘦，妻子矮胖，店子开了几十年，招牌点心云片糕和鸡蛋糕有不少忠实顾客。有一次我去买蛋卷，男店主说，蛋卷还剩一袋，卖完今天，明起关门三天。

为啥关门？

"歇歇玩玩。"女店主说，很称意的样子，她说每年夏天他们都要关门几天。

这么热的天上哪歇歇玩玩呢？不管去哪，他夫妻俩兴致勃勃的样子，使人觉得，哪怕宅在家里，他们也能怡然自乐。

这一带，生意最好的似乎都是夫妻店，其他合作类型少有开得长久的。所谓"夫妻同心，其利断金"，那么，"矮子"的肉摊在他死后萧条许多，是否也是因为这个原因呢？这是"运气"中重要一环。

家附近的这些店子，因为"矮子"之死，忽然似乎都面临着消失之虞——不知道哪天，哪家店就会因哪种变故而关张。其实已经关掉几家了，包括楼下的尚光饺子店。他家的饺子美味可口、种类多样，甚至还有莲藕、荸荠之类。

说关就关了。"做不动了。"男店主说。想起开店时，他的孩子还在读小学吧，现在是两个女儿的父亲了。

据说有顾客在尚光关店前订了两百个饺子。

我应当尝尝莲藕饺子的，还有香菜饺子。

这些店主，因为多年来的买卖，于我有了某种关联。鲁迅先生说"无尽的远方，无数的人们，都与我有关"，那么，他们就更"有关"一点吧，毕竟与我在同条街上出入多年。这个城市以及我的生活，和这些店、人关系密切，这些不知名姓者，甚至比另一些看上去有更重要身份者，对我的生活影响更大。

八月过去，九月也快过去，秋意渐浓，有一次先生回来提了一袋子煎饼。

"买这么多干吗？"我问。

"我看店的生意不如以前，多买点，免得关了，吃不到这么好的煎饼了。"

当然，这点"帮衬"完全不足以改变一个店的走向，这不过是我们为想勉力留住些熟悉的味道而略表的心意。

常常，消失会比人想象的更快。从八月的午后，从冬天的清早，一阵烟般消散了。这是规律，是命运。"矮子"之死正是这规律中极微小的一部分。

秋天的雨水淅沥落下，电脑音响回荡着李健的《水流众生》，"有没有那样的山能阻挡命运的乌云 / 保佑从来不平坦的路程 / 有没有这样的水能洗去所有的沉迷 / 让众生轻盈"。

——众生从不曾轻盈吧？不过在沉重里，又确有一些轻盈与转圜的时刻。一边是刹那无常，来来往往，一边是寻常三顿，吃饭喝汤，体会胃肠在当下一秒的满足。也没有其他了。

小民的冬天

入冬，过大雪节气后，购了七八条五花肉回，沉沉一大袋子。入冬制腊肉是本城风俗，家家户户天冷后几乎都晾挂出腌腊品，鸡鸭鱼肉悬挂一排，腊肉尤多，可炒藜蒿——鄱阳湖的一种水草，现已大面积人工种植，用来与腊肉韭菜同炒是本地一道冬令家常菜。

以往我们极少自己动手腌，家中老人会替腌好。婆婆在世时，每逢天冷，她会腌好肉和香肠，几个儿女一家一份。香肠的配方中要加点白酒和胡椒，口味特别。婆婆病逝后，再是公公接过这活，量不及之前多，每家儿女分一点，因听说吃腌制品不利健康。但腌还是腌一些的，这是个入冬必须的仪式，是过冬的一部分。

2017 的 11 月，小雪那天，公公在辗转上海，多次勉力治疗后，也走了。

我打算把一半的肉制成酱肉，也就是用酱油浸渍后晾制而成，蒸食甚至比腊肉更美味。童年时，关于冬日不多的美好记忆中，有一项就是父亲自浙江老家回来，带回几挂细长条酱肉，是身量高瘦的祖父亲手制作。偶尔蒸食一盘，其香绕梁，对那时的味蕾来说就算人间至味了。有回父亲一位豪爽性格朋友来家，父亲将最后的大半条酱肉蒸熟上桌，那位伯伯豪爽地夹了一筷子塞进嘴里，直夸好味，然后下箸如飞。我的心疼难以言表。

祖父对我来说是陌生的，虽然少时在祖父家度过若干个暑假。印象中，他有一管高挺的鼻子，好烟酒茶，白日时间多在茶馆打发。傍黑时回，倒杯黄酒慢慢啜饮。他的手骨节修长，会扎各种纸艺，做过一匹纸马给我。那匹白纸马立在绛红八仙桌上，栩栩如生，但这并没有拉近我和他的距离。他患肺癌后，我同母亲回浙江兰溪看望过他一次，没有待多久，高瘦的他穿过小院送我们，嘱我们把腌好的酱肉带回。

那是最后一次见到祖父。

我的祖母是位个子矮小的童养媳，盘着紧紧的发髻，眼窝微凹，她是浙江汤溪人，先于我祖父几年病逝，也是肺癌——这仿佛是他们这辈子唯一共同的东西。

我对祖母比对祖父亲近些，暑假回去，祖母上街买东西常带上我们一起，印象最深的是午后去一个店子买臭豆腐。青灰色的豆腐一小块一小块，整齐码着，回来用油略煎，加青椒虾皮炒，有股特殊的味道。吃惯后，竟有点迷恋。逢冬至或春节，父亲回兰溪探亲时会带些回来，同样做法，和祖母做的一个味道。

祖父母去世后，就再没吃过这种青灰色臭豆腐了。还有酱肉，也很久没吃到过了。

凭着一个美食爱好者的感觉做酱肉，锅内倒入盐、老抽、生抽、一点蚝油、冰糖与少许茴香八角，煮开后倒入陶瓷容器放凉，加入一杯白酒，将肉浸进容器，盖上盖子，晚上翻动一次。浸渍两夜，挂起晾晒。

曾任我责编多年的金宇澄先生写过做酱肉的文，"到晒台上悬挂做成的酱肉，墙角落有冰，上海今冬第一次结冰。粘着花椒深褐色的猪腿肉，已经散发出久违的酱香。过年有什么能为它去做，年有什么能够留存下的，也许是酱肉"。

上海的酱肉做法是不见太阳，按金宇澄先生的文中说到的，用五花肉两公斤，后腿蹄髈一对，斩骨，洗净，在背阴处沥干；铁锅炒花椒盐遍抹肉上，挂于北面背阴处一个日夜；在陶瓷盛器内倒入两公斤上好酱油，将肉浸没，四五小时翻动一次，如此一个日夜，沥干，挂背阴处一周左右，即可割取蒸食，肉香扑鼻。

又看网上有人说，做酱肉最好要用到玫瑰酒，腌制后将酱肉悬挂于西北风口风干。老实说，我是南北不分的人，不能保证自己能准确找到西北方向，再说玫瑰酒似乎有些甜腻了，还是按自己的感觉来吧。

结合了些本地制法，将肉晒了一两个太阳后收进，晚上浸入陶瓷容器内，早上晾于阳台通风处。如此反复四五次，肉已转成紧实的酱色，嗅之有酱香。

做好的酱肉第一次蒸食，儿子乎乎说"好吃！"的确是好吃，有童年祖父酱制的味道。也许是歪打正着，也许是童年味蕾在暗中提示我做法。平日我极少想起祖父，但酱肉却让我想到他，既熟悉又陌生，我知道我的血脉里流着与他有关的血。

分了些酱肉给父母，我在想，父亲吃时会不会想起他的父亲呢？每年冬至或清明，他都要回兰溪给祖父母上坟的。

母亲知我胃不好，嘱我少吃腌制类食物，我说"知道了"，但酱肉端上桌，香气扑鼻的那刻，我是怎么也忍不住举箸的，它胜过"养生"的重要。

心里颇慰，为自己有了一样冬天可派上用场的技艺，又好像，这样多少能挽回点亲人们逝去的损失。用一种共同的味道，留住点什么，转化些什么。

"死亡"，原来是可以被一些记忆与延续稀释的。由此，我觉得"死亡"并非一个冷硬固体，它是液体，如河水流动，在令一些面容、时光消失的同时，又带着一些不会消失的东西，譬如味道流向了下一个更广阔的地方。

瑜珈课

　　中午十二点。不管外头气温如何，一进入位于城市中心的这幢商厦，像进到另一个空间，恒温的。时装专柜、首饰柜台，光洁的陈列弥漫享乐主义的物质性。在橱窗布着巨幅海报的"boss"店对面的电梯站住，摁亮"6"层，出电梯，出示会员卡，更衣，进到光线通透的瑜珈房。

　　人很少，少时三四人，多时不过十几人，两层楼的健身会所十分安静。透过斜对面的玻璃门，可见一些未修剪的植物，沿台阶而上，右侧有个露天泳池。除了最热的那两个月，泳池很少有人来，它的作用好像主要为了反射天空。

　　正午的光线，随天气或明或暗。周一至周五有不同教练，风格各异，有技术好得吓人的资深男教练，也有青涩的美女小教练，不过都不重要，重要的是，时间在此时、此刻，出现了隔断。

　　脱离了"社会生活"，只有身体的属性，胖或瘦，高或矮，僵硬或柔软。

　　你感到放松。你和你的身体待在一块儿，除此无他。

也许用"放松"形容不适合，瑜珈是体力活儿，无论是平衡、拉伸或力量型动作，都要调动韧带、肌肉、心念，它要打破"身"平日的懒散，使之进入另一个状态，有时甚至需要咬牙切齿地完成。

许多事物恰是反向的。比如"动"中藏着的松弛，"不动"中潜伏的紧张——办公桌前的不动，电话一端的不动，失眠中的不动……有时僵滞的不动比"动"更啮噬人。

"动"使你意识到心跳，呼吸。世界缩小至一方深紫的瑜珈垫。缩小到只有你和你的身体。

盘坐，手搭双膝，自然垂落，进入短暂冥想（虽然杂念间布），深长呼吸。

当我们呼吸正常时，并不认识到这是多么重要，而急促的呼吸降临身上，才想到呼吸是我们的命根，是所有正常生活的决定因素，将一种曾经认为是恒定的力量因而被永远忽略的东西忽然推到眼前，这就是所谓的存在。

最基本的呼吸，像水、空气，"存在"就藏身其中。

"瑜珈"强调呼吸的重要性，有"腹式呼吸""胸式呼吸"等，通常较普及的是"腹式呼吸"，也即"深呼吸"，吸气，腹部胀起；吐气，腹部瘪下，收缩。有好一阵，我总做反，被呼吸弄得头晕脑涨——这几十年来每分每秒都在进行的事，突然生疏。

想象自己是一副全力呼吸的肺。"通过呼吸，使意识集中于灵性之基础，即意识的出发点。"在重新调整呼吸中，身心慢下来，与冥想一样，它对我的意义是使一切慢下，并不能摒弃杂念。

心念芜杂，像锁坏掉的门，总有风打着旋刮过，风卷起的多是琐屑，无意义，但它们顽固地进出，旋转，这是人的局限，也是属人的真实。愈想无所用心，愈发"用心"。愈想纯净——如教练引导词说的，"在一呼一吸之间，感觉心跳的平缓，身体的安宁，让一切烦恼远离我们。感觉有一滴露珠滴落在眉心，流过面颊，注入心田……"这滴露珠在抵达心田之前，往往已跑偏或蒸发。

也曾为这些杂念愧恼，后来也就平静地接受。法国作家乔治·巴塔耶说，"我那么爱纯净，也因此爱上了不纯净，没有不纯净，纯净就会是花招而已"。杂念是修习的一部分，是证明"存在"的一种方式。这些杂念，漫漶的虚无，多年来构筑了一个人，不可能在一呼一吸间"让一切烦恼远离"，像火箭助推器的分离掉落。

在左右一滴露珠的去向前，先停在"身"的这步，它赋予生活与身体以一小时的节律性。

扭转拉伸，感到关节、韧带与骨缝中藏着的锈。斑驳的，日益扩张的锈，岁月的沉积物，此刻，要对抗这些锈，一点一点，揩拭它们，也许不可逆，像节令的转换，像蛇蜕去皮，蚕咬破茧子成为蝶，一切努力也许从根本上来说都是徒劳的。修旧如旧。

为何还要进行？它的朝向是肉体，更是精神，对抗松懈的意志，"一座在抵达的过程中被想象修造起来的建筑，会成为行走的最大满足，一种从累垮了的身躯里升起的成就感"。

"能瘦身吗？"常听到迫切的问，一项运动若没有显性功效，则被视为无效。但瑜珈，以我的经历与所见，并不提供瘦身功效。在这间教室，我目睹过若干位柔软的胖子，有一位大妈，打卡般准时，一天上两节瑜珈课，中午，傍晚。几年过去，她唯一瘦的一次是从美国回来，她儿子在纽约上班，她为此在老年大学努力学习英文，去美国玩了半个月，她瘦了一圈，因为美国的食物。

理论上，瑜珈课前后一小时最好不进食，我从未严格执行。课后因为体力消耗，进食更多——况且回家路上还路过一家现烘焙的糕点店。

"不能瘦身，练了有什么用？"有人问。

"身体更柔韧吧。"

"要那么柔韧干吗？又不练体操。"

不知如何作答，照惯常标准，一个柔软的胖子不如生硬的瘦子。苗条是可见的，柔韧是不可见的。为了不可见，去折腾自己是愚蠢的。

也只能答：不为什么，愿意而已。我愿意感知筋骨的抻展，身体的打开，愿意这正午的一小时与外界的屏蔽。身体处在动中，动又藏身于静中。

时光被延迟。

想起多年前，问过一位女友类似性质的问题，"不结婚？那干吗在一起？"

他从开头没有女友时，乃至离婚后，都没选择她作为结婚对象。那干吗还往来？她说："我也没有要与他结婚的打算，我们太相像。"她的意思是，婚姻非数学，同类项不一定要合并。她甚至觉得，为什么一定要结婚呢？所谓婚书，只是象征符号，真实生活远比那张纸要阔大得多。

他们一起去东南亚旅行，聊各种乱七八糟，在上海她不到五十平米的房间读布罗茨基的《小于一》段落。后来我到上海，她从书架找出书，指给我看画线的部分，"她依然忠实于自己的措辞，忠实于私人音色，忠实于通过个人心灵的棱镜来折射生活而不是反映生活"。当时她念哭了，他接过书，接着朗读。

2016年的元宵节后，她去欧洲留学。走前，她参加北京的图书展销会时又见了他一面，在他家中，她在他书橱前站立良久，"我吃惊地发现他的书和我的如此相像，那一刹，我突然明白这些年我们的交往依据"。那与道德、名分无关的交往，像保罗·萨特和波伏娃，他们没有一纸契约，却是彼此作品的第一阅读人。波伏娃曾写道："我们不发誓永远忠诚，但我们的确同意延迟任何分手的可能性，直到我们相识三四十年的永远的年代。"

当用唯一的目的去解剖体验，有些感受便被剥夺了。回头想，多年前问她"不结婚？那干吗在一起？"和被人问"不瘦身？那干吗练？"是差不多的。

总会存在某种选择——任凭自己。

一些难以完成的体式，显示身体的差异性。比如"双莲花"盘姿，女教练轻松地盘坐于垫上，她的骨节像装有活动榫头，而我，冒着掰弯骨头的危险也完成不了。

分布于身体的盲区，从未调动过，涉足过，激发过。在触及前，身体的可能性喑哑着，你不知道它的潜能，不知道它的弧度可以像一根攀爬力很强的藤。

练习中，人一点点拓展自己，塑造自己，虽然结果看去与此前一样。从瑜珈教室走出的人，与外面满大街走着的人，没有不同。这种调动，不能净化灵魂，也不能更新智力，甚至常在力所不逮中提醒着人的衰退。

如同有些人热爱麻将，有些人热衷马拉松一样。日复一日的生活中，需要寻找一种具有可持续性的凭寄。瑜珈就是一种，虽然我一直停留在体式的层面。按瑜珈的本旨，它不仅是一种流行的健身运动这么简单。由梵语而来的"瑜珈"，其含义为"一致""结合"或"和谐"。古代的瑜珈信徒发展了瑜珈体系，他们深信通过运动身体与调控呼吸，可以控制心智和情感，改善心性。

心性，这抽象之物，在机械的体式练习中不能保证获得提升，除非将动作放置在一个与心念等同的高度。自观，过滤，带着主动性的觉知，练习才能促进心性的开启。否则，它只是体式。无论蛇式，扭转式，肩倒立式……也只是拗造型。瑜珈不是杂技，不以练成木桶钻人为追求宗旨。

一直记得有个教练海燕，瘦小的赣西北女孩，她来带过几个月的课。与其他教练不同，每次上课前她会和大家闲聊一会儿，问大家这周过得怎么样，情绪如何等，有一次她和几个女会员讨论会否因为一些烦恼而迁怒孩子的问题。她说起自己的童年，父母关系相当糟糕，他们动辄把怒气撒到她身上——她是家中第三个女儿，乡村父母渴盼来个儿子的耐心已达底线……

她和几个会员妈妈说，无论怎样，都别迁怒孩子，有些伤害造成容易，消除很难。

比起"让一切烦恼远离我们。感觉有一滴露珠滴落在眉心，流过面颊，注入心田……"的引导，海燕的闲聊更令人获得平静，自省。

有会员说起成长中的一些问题，说起对自己的诸种不接受。

"你对自己说，我接受我对自己的不接受"，海燕微笑望着她。课中，她说"量力而行，别勉强身体去做达不到的动作，别与其他会员比较"时，也这么微笑着。

"你能想象的所有糟糕的事我都经历过"，有一次她说。此话背后定有大隐痛，虽则她神色平淡像诉他人之事。她说很长一段时间，不知如何与他人相处，几次恋爱都闹僵分手。练习瑜珈后，她逐渐改变，借着这改变她去寻求更多改变，她有了新男友，处得挺好。

结果是意愿之上的被孵化，借助于某种介质——可能是瑜珈，也可能是其他什么，前提是足够的意愿，或曰"发心"，改变才可能发生，甚至，重新诞生一次。

而意愿，有时与排斥等量。从"自我"里重塑一个自我，没比这更难的了，尤其是灵魂层面的重塑。修习远非打坐冥想或练习体式这般简单，从"觉知"到践行，如同从黑暗中炼出光焰。

休息术。一节课的尾声。

碟中传来蕙兰温缓如催眠的声音。那个因普通话不标准而有种奇特效果的女声，最早把"瑜珈"这个词带入中国的声音，似乎正用这不标准把人带向一个新的时空。

"轻闭双眼，自然呼吸，把身体调整到最舒适的位置，放松全身各个部位，放松你的脚尖、大脚趾、其余脚趾、脚脖子、腿肚子、膝盖、大腿、腰部，接下来，依次放松手掌、每根指头、手腕、肘部、肩部……腹部、胸部、颈部、脸部、头部……"

这声音以解剖学的细致方式引导身体全面放松，不错过任何一个细小部位。膝盖窝，脚后跟，腮帮，牙齿，它们被一一念及。当被念出，才意识到它们积蓄的紧张、僵滞。在这声音的接引中，念到的部位逐一落回它们原本位置——它们平时竟是不可思议地悬置着。

躺平在垫子上的身体，仿佛被这些细小部件重新拼凑了一次。

如是秋冬，把瑜珈垫移近靠窗位置，经玻璃窗折射的热度薄薄地覆盖身体，热力迂缓地甚至感觉不到热力。阳光，这古老而纯正的物质，万灵之源，慢慢渗透进体内。附近大卖场传来促销喇叭声，既近，也远。躺平的身体置于某种浮力，疲累后的轻松几近死。彻底地摆脱引力，与物质世界不再有任何质点联结。

睡意像昙花迎来开放的刹那。

把身体交给空，交给温柔的女声，交给地板，交给这一刻的游离……

"回到地面"，朦胧中，滑过这句，疲惫后的交付。脊背贴紧地垫，远处促销喇叭在放"我要飞得更高，翅膀卷起风暴，心生呼啸"，不，"飞起来"的冲动和欲望已远，或许很年轻时，年轻的春天里，一切未展开时。此刻只想向下，无限地向下，触到一切的底部。

也不尽然，假若舞蹈是一种"飞起来"的方式。肢体被音乐牵引，撞击体内火石。当初就是为上舞蹈课办的健身卡，舞蹈老师来来去去，留下的老师青涩，不具备引领人在舞蹈中飞扬起来的能力。怀念那些时刻，好的老师带领人在音乐中朝向无限。连续有几年的岁末，我都在健身房的舞蹈课中度过。对他人，或许只是次寻常健身，在我却是最好的迎新方式。

"我跳舞，因为我悲伤。"现代舞女神皮娜·鲍什说的。不仅是因为悲伤，是物质的身体要去发现、邀请精神的身体与之全息地对话，带来一次真正"灵肉"意义的飞翔。

瑜珈是下沉，向内伸展，从调匀第一口呼吸起，砥砺意志，匠人打磨器具般打磨身体，以保持部件的灵活。诚实地说，我更爱舞蹈——庸常生活里被允许的抒情风暴，假设的飞翔，"一个不能被比拟和替换的绝对之名"。

瑜珈也会一直练下去。就如素食，我不爱好，之前甚至属于无肉不欢的类型。年纪增长，在理性上倾向了少荤多素。瑜珈相当于"素"，枯燥，辛苦，却也是一种基本、切身的练习。

更衣室。进门左边是整面墙的大镜子，右边是黄白相间的储物柜和长椅，这里有时会成为女人们的会客厅，她们发表言论（只穿内衣或裸着）。年轻女人谈论男友，爱情，有时是更大胆的性（有个短发女孩肆无忌惮地和同伴说起男友表现）。年纪大的谈论老公孩子，谈论不吃晚饭还是胖了三斤。有个近五十岁的女人，穿着鲜艳，她对老公的称谓永远是"我家老公"，强调主权的不可侵犯以及主权拥有者的自豪。她和其他几个老会员在健身教室总是要占第一排的位置。有次为位置的事，她和一个女孩发生口角，回更衣室，女孩穿着内衣站在镜前给朋友打电话，边冷冷瞟几眼正换衣准备洗澡的"我家老公"。褪去衣服的"我家老公"显露腰腹的赘肉，松垮的乳房与臀部。

女孩凹凸有致，她的瞳中有毫不掩饰的示威和嘲笑——占第一排有什么用呢？

衰老和年轻的肉体，在更衣镜前来来去去。更多时候，她们于我（就像我之于她们）是面容模糊的客体，一些女性元素：洗发水、乳液、香体露、按摩膏、卷发棒、蕾丝边束身内衣、高跟鞋。

有位腴白的姑娘，笑嘻嘻地和我打招呼，她是最近来练瑜珈的。她说准备俩月内练出"马甲线"。她溢着阳光的乐观和看去毫不乐观乃至有些盲目的任务，使我觉得这姑娘真可爱。

另个面熟的姑娘，有次换好瑜珈服，正要去上课，手机响，她讲了几分钟，在长椅上坐下，声音小下去，如呢喃，似叹息。这堂课她一直没来。下课回更衣室，她还在讲。她不漂亮，戴副眼镜，大概是在恋爱，脸上有发烧一般的迷离。

还有次课后，一位年纪不轻但仍优雅的女人在长椅上坐下，掏出一只苹果，慢慢地吃，她不急着去哪，大概已退休。她笃定的样子像从印度修习回来，仿佛人生一切事情都水流过境，她只需专心地吃完这个苹果。

那一刻，我也想哪天带个来，在瑜珈课后，坐在长椅上，缓慢、专心地吃一个苹果。

40年

父母结婚40周年纪念日，红宝石婚，有朋友说，你爸要送颗红宝石表示表示吧！朋友不知道，对他们，装饰品永远不及日用品贴心。

40周年纪念日的这天，他们分居两城，为了我和姐姐，他们候鸟般游走，各守一方。我让驻扎我方的父亲对在上海的母亲电话发表下纪念日感言，他羞赧拒绝。他们，老夫老妻了，本不习惯浪漫。母亲表示对父亲的亲昵时，会把平日的"老陈"改为他名字的后俩字，最亲热时，叫最后一个字"霖"，不过这种时候不多。父亲呢，从没简称过母亲，他一直全须全尾叫她名字，后面随时可加上"同志"二字。他们从没互赠过礼物，没当我们面互诉过衷肠，我以前觉得他俩最大默契就是在修理我和姐姐这事上。

他们，全然是两样人。父亲开朗，万事不疑，热忱——昨儿元宵节，公司电话退休人员去领汤圆，对方与他并不熟，但不影响他用一惯的大嗓门说，我在女儿家呢，正好离公司近，一会儿去领，昨天我就吃过汤圆了……

我在一旁听着，只怕他会介绍吃的什么馅。若是我，说声"好，谢谢"就完了。父亲从不惜言，他对陌生人仿佛担负着知无不言言无不尽的义务，熟人更不消说，掏心窝子是家常便饭。

"他有颗水滴般透明的心"，小时作文里的话原来是有真人原型的。

我母亲，她也不是不开朗，她在单位里人缘挺好，活络，有说有笑，但那只是她公开的一面。骨子里她性情消极，对万事有疑，任何事第一念就是奔最坏的地方去——像这是她为了杜绝更坏而用的必杀技。我真挺烦她，因为在她身上我看到肖似的自己。

父亲爱生活，心灵手巧，修修补补，做菜是家族里公认的"一哥"，他也当仁不让地接受此称号。他的做菜宝典是油需足，料要齐，和我三十岁后因贪生而奉行的养生法完全相悖。家里味精用完后我有阵没买，他一进厨房就懊恼地问："还没买？"我咕哝："不用也行，都是化学调味品。"

"瞎说！味精是粮食发酵的。"他斩钉截铁地说。

母亲常为他做菜的手法起争执，他喜煎炒，她爱白煮。她总希望生物界能公布一份有关素食动物比肉食动物寿命更长的检测报告，在报告没出来前，她坚持兔子的食谱是最适合人类的。父亲觉得，一个人如果吃得像兔子，那还不如不活。

父亲会做各种小吃，带馅料的就有若干种，饺子更是招牌，我屡劝他买现成饺子皮，他不肯，非要从买面粉开始完成饺子的制作过程，不厌其烦。他对生活有这种劲儿，还有次他将卷心菜叶切成长方形，包进馅料，一枚枚扎好上笼蒸，色如青玉——我觉得要考验一个人是否热爱生活，看他愿不愿意做带馅的食物就能测个差不离，我母亲就不愿，她觉得一切馅都不必包进皮中，单独吃多省事，反正吃到嘴里还得分开。

父亲豪爽，他虽是浙江人，但完全是东北那嘎达的做派。就说包饺子，他一包几百个，送亲友，送同事，送邻居，最后塞满冰箱。他烧菜的大盆大钵之风被母亲多次数落，还是照旧，他是个性情豁绰、愿酬天下客的人，他喜欢分量足的人生。他好看武侠小说，没有金庸，古龙的也行。没有古龙，全庸的也凑合。

我母亲，她也不是不爱生活，她是以"你好，忧愁"的方式爱的。她无时无刻不在忧愁中，也许与她羸弱多病有关，从我有记忆起她身体就不好，药是日常食粮。她对饮食、服装这些全无兴趣，那种母女逛街把衣试的场景在我的经验中是向来缺席的，对邀她上街这事我简直口都不用开，难度相当于要我主动追求一位心仪男士。

那么她有没有爱好呢，似乎没有，啊，她喜欢听老歌，喜欢跳舞！有时忍着腿疼，她去公园学舞，回来津津乐道老师跳得多好！听见老歌，她便跟着一块哼唱，尽管有时不在调上。

父亲的爱好相对丰富多了，军事、打牌、象棋、钓鱼……他俩的共同语言是什么？我发现以前我对"共同语言"的理解狭隘了，共同语言不是特指兴趣上的共同语言，是广义的共同面对生活的语言，有后者就够过了，它涵括了责任。

两人都急性子，我母亲是有事没事起急，父亲是集中急一次大的。母亲对我父亲万物不疑，上当多次恨其不争，恨也无用，她最后寻求的自我安慰是：哪怕钱被骗光了，我父亲人在，就好。没准，那些钱就是为我父亲消灾的。钱去人安嘛。

当年，父亲从戎，调驻江西樟树空军部队时，经人介绍认识在南昌工作的我母亲，两人对上了。母亲年轻时形容秀丽，她没看中此前任何一位追求者，相中了我父亲。那时，外公外婆在远郊上班。定下婚期后，大雪天，父亲步行十几里路，去向外公外婆禀报申请，那是段多么寒冷遥远又滚烫的路途！我相信，父亲是怀着一步步丈量幸福的心情走到那的。

1972 年 2 月 9 日，他们开始婚姻生活。当年 11 月，有了第一个女儿，两年后的炎夏，有了第二个。父亲在部队，母亲边上班边拉扯我们。她和我们说起过的一件事是，有回单位发了电影票，她领我和姐姐去看，坐在旁边的一位男同事趁黑去握她的手，倾诉对她的爱慕，母亲起身领着我们就走了！那年月，看场电影不易，浪费一场电影对母亲来说一定心疼，可她毫不犹豫地走了。

我对父亲在部队最深的记忆是，他永远吃最便宜的伙食，小学假期我去他部队小住，食堂有人与他打招呼，"陈参谋长，今天总要加个菜吧！"省下的工资，父亲贴补两边家里。

他和母亲似从没一起逛过一次街，即使后来经济条件不是问题后。他们好像只有最基本的生活，在这最基本的生活里，吵吵闹闹地，儿女成人了，他们老了。

要多年后我才明白，他们之前太克制自己最基本生活之外的一切兴味和欲望，克制久了，就成了他们自己以为一开始便是那样的形状。

"相敬如宾"这词是不适用他们的，前些年架吵得不少，至少不像他们如今以为的那样少。尤其逢年节，特别年三十，好像黄历上写着"除夕宜吵架"似的。因为年节涉及花销，父母是两边家里重要的经济支柱。口角升级，父亲犟劲上来后，母亲反过来，对他好言相劝，笑脸堪比"海底捞"。我看着气，早干吗去了？非把父亲惹火。因着他们固定的吵架模式，战火再升级也升不到哪去，隔几日我母亲声音在家中渐渐又高起时，意味战火的彻底平息。

近年因家里第三代的问世，他们没来得及在退休后的日子里好生喘匀辛苦一辈子的气，又忙活上了。我和姐的孩子相差一岁，三岁前俩孩子都在沪，由他们一手带着。三岁后，他们分驻两城帮忙，聚少离多。母亲有次伤感地说，年轻时，你爸在部队，我们分居两地，现在年纪大了，又分居上了。

春节，他们聚了十天。那十天，他们在自己家，俩孩子还常在那，他们都想和平日没在身边的另个孩子多亲近，家里仍然闹哄哄。

那些天，父亲每晚半夜起来为母亲端水递药，他睡眠差，母亲一咳他更没法睡，也不止那些天，多少年就这么过来了。半夜里睡不着，两人说说话，主要是围绕我和姐的生活，批评，失落，恨其不争，最后大概以"比上不足，比下有余"为相互劝慰收尾，我这么猜。

纵使我父亲这样天性的人，被母亲多年熏陶，也有些钻牛角尖了，他这样性情的人一旦钻起来比我母亲还难开解，这是我所不愿的。但父亲又是顾大局的，对儿女再有气，仍是任劳任怨，兢兢业业。

40周年纪念日，截至晚饭时，父亲和母亲各收到二舅的贺电一次，他俩相互通电话两次（晚饭后肯定还得通个）。我问，妈说了什么呢？

"还能说什么，"父亲答，"你妈让我少喝酒，还说，今天各自庆贺吧。"父亲午饭在战友家吃的，母亲第一个电话嘱他少喝，第二个电话问他有没喝醉。

以前看王朔写给女儿的信，嘱她和妈妈在美国注意安全，他说，"现在的太平像画在玻璃上，你们那边稍一磕绊，我这边就一地粉碎"。亲人间就是这样，我父母也这样。母亲让他少抽烟，少喝酒的话叨了至少有几吨，她自己也知道这几吨的内容物是空气，可还是锲而不舍地说下去，有时当着一桌人，不管父亲是否难堪。她急他不爱惜自己。

除此外，他们还说什么呢，反正不会是儿女情长。即使今天是结婚40周年，母亲说的不过是买了冬笋，十二块一斤，父亲说他买了米粉和洋葱。就这些，两个城市的菜价、天气、孩子，从分别说到下次见面。零碎至极，只是，这些零碎以40年的规模呈现，还是挺了不起。

两个不同地域的陌生人，在时空的某一点遇上，组成一个家，从无到有，养育儿女，帮带儿女的儿女，送走各自的父母……两人互为归途。这途中，没有甜的形式，只有盐一样的平淡可靠。夜半起身，有人递杯水，拿颗药，说几句话，天色在窗外一点点就亮了。

"生活总还要继续"

在我的微信公众号"蓝池塘",我偶尔会发些儿子乎乎的语录,不想颇受欢迎,前几天更新了一期语录,有女友说,终于等到更新了!另位当编辑的朋友说,乎乎说的话真是有智趣,有意趣。

很小起,我开始记录乎乎的话,在他五岁时,我出版了一本亲子文学书《叠印》,收录了不少他说的我觉得有意思的话,比如他两岁左右,有次冬天,我们在阳台上看雪。我说,手好冷啊,乎立马给了我一个贴心建议:转,转一下。他平时看我把他的牛奶放到微波炉里加热,于是有了这个建议。

还是两三岁时,有次和乎读诗,"野火烧不尽,春风吹又生",读了多遍,再问春风吹什么,乎奶声奶气地答,"春风吹泡泡"。

另次,睡前,乎说:"妈妈我好爱你,连我的脚都感动得心跳了!"——这毫无逻辑的话,却是那么真挚可爱。

乎四五岁时,在浴室洗澡后指着沐浴液的泡泡说,"妈妈，地上有珍珠在流浪"。这句话就是一句诗啊，大人永远想不到。

另次，过春节，家门口街道路灯全熄，估计是坏了，过年无人修理。

"平时好好的，过年反倒坏了，真是的！"我说。

"因为要放焰火啊。黑了放焰火才好看。"四岁的乎乎说。

啊，多美的理由！街道的黑似乎一下别具深意——是为了成全焰火的璀璨。

随着年龄渐长，乎诗性的语言越来越少了，是的，当逻辑、秩序之类来到一个孩子的头脑中，那些灵性与诗性也许便会逐渐消失了。

当然，乎的语言从诗性转向了另种有趣与幽默。

十岁的时候，有次他在隔壁写作业，过来问我，"你别来无恙吧？"我说无恙。

"那就好！"他转身回房间了。

乎有阵子狂热地迷打乒乓球，但学校只有两张球台，时常被高年级同学占领。有次遇上位大哥哥，主动邀乎乎打，使乎乎倍受感动，回来说起：

"妈妈，今天我打球时遇上一个大哥哥，他人好好，长得很慈祥……"

"慈祥是指老年人温和的样子，形容大哥哥不合适吧。"

我说。

"那个大哥哥长得……就是……很纯洁。"

小升初那年，是乎小学阶段压力最大的阶段，因为想考家附近的名（民）校，突然一下从闲散模式切换到发条模式，上各种班，考各种试，有次乎做道数学题，求阴影面积，我问乎："你会吗？"

"是求心理阴影面积吗？"乎说。

另次，写作业至晚上十点半，乎说："我真的好困，眼皮子都要耷拉得眉清目秀了！"

也许是为缓解学习压力，乎渐渐表现出对物的极大热情，包括文具，他喜欢买各种优质文具，连涂改液都要买颜值高的。

有次我正看淘宝，乎在一旁说，"妈，看下购物车，我选了些笔，见好就收吧"。乎对成语的运用越来越出神入化了。

另次被他气到不行："你再这样，信不信我揍得你满地找牙？"当然，连我自个也不信。

"我戴了牙箍，妈，牙揍不下来，不会满地找牙的。"乎说，他正矫牙。

乎小学六年级，有次先生去外地出差，我和乎晚饭后在书房。乎说，"妈妈，我和你在一起时，觉得岁月静好"，这情抒的真好，哪学来的？乎说是从晨光文具的广告"岁月静好，生活本味"学来的。看来喜欢文具还是能涨点情怀的。

有次，我因为某事严肃地批评了乎，然后过一会儿，我顺嘴叫了他"宝贝"，乎问我："妈，你是经过了什么样的思想历程才叫我宝贝？"

小升初的六月，终于接到了心仪民校的录取电话，初一开学没多久，乎告诉我英语老师穿得很好看时尚，和我形容具体的衣服是怎样的——蓝白条纹衣服，搭配前面开衩的黑色喇叭裤，然后不无遗憾地说我："你就穿不出这种风韵犹存的味道。"

有回中午，我与朋友吃饭，席间有对老夫妻是某高校教授，他们说起三个儿子极孝顺，老太太举例说：每次出门，不管哪个儿子或儿媳在，都会蹲身为老人穿鞋，系鞋带。

老太太喟叹，"这几个孩子真是我们前辈子修来的福"。

晚上讲与乎听，希望他能当作榜样。乎听后，语重心长地对我说："你也说了，这对爷爷奶奶是上辈子修来的福，你没有修到，我有什么办法呢？"

我顿时无言以对，这是自己给自己挖坑啊！深感今后和乎说话一定要当心是否有漏洞被其利用。

"妈妈，我孤身一人去外公家，这一路艰辛……你不给点盘缠吗？"春节前，乎自己坐地铁去外公家，双肩包里塞满各种零食玩意儿。总共四站地铁，路上不知如何"艰辛"法。

初一上学期寒假快结束时，乎还有若干作业没完成，仍在疯狂刷电影，我批评了他。

"你因为经历过大惊喜，所以就会有很多小失望。"乎说。

"大惊喜"指的是他考上理想的初中。小失望自然指我批评他的事，他进一步解释，"这就像吃了糖，再吃有点酸的东西你会觉得更酸"。

某个周五晚上，得知乎数学考得出乎意料地糟，原本这门课是他强项。睡前，乎竟然还要求打会儿游戏。

我看着他，他看着我，叹口气："妈妈，考得再不好，生活总还要继续吧？"

又一次月考，乎爸答应他比上次有进步的话，买一双阿迪的联名款球鞋，以兹鼓励。

考前一天，乎说："妈，我拜过菩萨了，我还拜了三位课代表！哦，对了，我还要再拜下王艺璇。"

王艺璇是乎的女同桌，学霸。

月考完，乎得到了这双阿迪球鞋和 Champion 棒球帽，此外还有我送他的索尼 MP3 等。

校运动会，乎参加单人一百米比赛，未获奖，据他自称是因为啦啦队太热情。我从其他家长发的视频里看到，啦啦队员弄了只喇叭来喊加油，还有女生在一旁冲乎喊"太帅了吧"，以致干扰了他发挥，发令枪响几秒才开跑。

三十几度的天，乎穿着耐克三件套（T恤，紧身长裤外一条短裤），让他别穿长裤，不肯，说紧身长裤可以减少奔跑阻力。这明明就是去耍帅的好吗？

没几天要考试，乎仍戴着耳机边听音乐边看书。我说他，这样不合适。

"你不是也戴着耳机边听音乐边写东西？"他说。

我说我又不考试。

"谁说不考？人生就是一场考试。天天在考。"乎很严肃地说。

晚饭后，乎爸有些不舒服，半躺在沙发上，乎经过："爸，你怎么像油腻中年男一样？振作点嘛。"乎很振作地去写作业了，写了没一会儿："妈，我问你一道数学。"

"别问我，妈数学不好。"

"不是，是数学里的语文内容。"

"啥意思？"

乎叫我看题，"威立到小吃店买水饺，他身上带的钱恰好等于十五粒虾仁水饺或二十粒韭菜水饺的价钱……"

"妈，我好想吃虾仁饺子。现在就吃，不，明天就吃。"
原来这就是数学题里的"语文内容"……我看着这个身高一米七，但还一脸稚气的小少年，真是忍俊不禁。

次日早，买饺子皮，包了一份西葫芦虾仁馅饺子。

但愿这个巨蟹座的少年如歌里唱的，"小小少年很少烦恼，眼望四周阳光照。小小少年很少烦恼，但愿永远这样好！"

梦或星辰

灯——自明，并且把其余的也都照亮。

——题记

偶尔晚饭后去附近公园，一路遇到各种自发的群众舞蹈组织。有一位女老师，在对着公园大门的花坛处教舞，她在这公园跳了几十年，除了恶劣天气，每晚都来，有一帮固定的追随者。我曾也是跟着她跳的一个，那时还没孩子，夜晚有充分的自由。跟她学过若干支舞，江南的，蒙古的，还有印度的，等等，当然现在全忘了，不过仍记得跳完回家，走在路灯中的那种感觉——年轻的身体还未完全从刚才的音乐和舞蹈中抽离出来，仍有点跃跃欲试，像以前从卡拉 OK 厅出来，才觉得喉咙刚刚打开，歌意正浓，是可以放声一下的时候，却结束了。

那种路灯下往回走的感觉，是由年轻与舞蹈本身赋予的好，筋骨是有弹性的，腰身柔软，生老病死尚远。身体被音乐与舞的回响充满着，如春日河水的奔流。

中途我去上海工作，生孩子，再回到这城市生活已隔数年。公园内，这支舞蹈队仍在，女老师身姿依旧，面庞在暖黄灯光里老得并不明显。我往后退了些，竟有些怕她认出我似的，我是怕她讶异于我的变化吗？我领着儿子乎乎，碰上他有兴趣时，大模大样地坐在花坛边观舞，没兴趣时一下跑远了。我告诉他，妈妈以前也在这跳舞，乎热情地说，你去跳啊。

"这个舞妈妈不会跳，以后学了再跳。"我知道，我是不太可能回到这支队伍中了。

跟着她跳舞的人，一直保持在十几二十人左右，有像我一样离开的，也有新加入的，总人数持衡，这支经年的驻园舞蹈队，常引得人停足观看，主要是看女老师，当她示范起舞，旁观的人便要发出喟叹，跳得蛮像样！是的，如果你知道她如今有六十左右了，大概更要感叹。她神情严肃，鬓发在脑后扎成一把，保持着二十岁的腰身。

另有一位以前在小树林空地教交谊舞的男老师，也跳了多年，浓重的本地口音，总在那示范步伐，舒肩撑臂，前进步，后退步，旁移步，快慢慢……他响亮地喊着拍子，头略向后仰，在教会群众前先陶醉了自己。

当我从外地回来，小树林换了别的舞蹈组织，一些大妈在跳广场舞，音乐铿锵，但树林里似还依稀回荡着男老师的喊拍子声。

公园内有个大操场，有教健身舞的三个中年女人，她们在球场上像少女啦啦队一般活力无限，配合《最炫民族风》之类的流行歌，跳上一个钟头不歇一口气。中途会派其中一位下来收费，乌泱泱的面孔，竟记得谁交钱谁没交。大概十元钱一人吧，教舞费，现场收钱。

从外地回来后，我办了张健身卡。健身房的舞蹈老师比公园的教舞老师更专业，或者说，公园的教舞老师和他们比起来更"草根"，或用一个通俗说法，更接地气，他们使舞蹈成为人们茶余饭后的休闲运动。我不知道他们的职业及个人生活，但每回在公园看到他们跳得如此忘我、固定，也会生出点疑问：他们的夜晚从不需要应酬或其他社交吗？如那位女老师，七点半开始，八点半或更晚点结束，除了有次春节前说要去上海探亲，她从未请过假。我在那支队伍中时至少是这样，她像个信念般牢固，成为那公园的一部分，由此也可推想，她的个人生活亦如信念般牢固吧？

健身房的舞蹈课，老师来来去去，跳的人则相对固定，都是些在这三五年以上的老会员，来健身房和吃饭睡觉一样，成为她们日常的一部分。有细眯眼的胖女一人，五十上下，站那凡庸，一起舞竟颇有身段，转腰扭身间，波光粼粼，其胖成一汪活水，为有源头活水来，在她体内潜伏着舞蹈因子，脂肪不能移，岁月不可摧，甭管多粗的腰多少岁数，音乐一响，那些因子哔剥作响。

另一位身段胜她的眼镜女正好相反，四肢生硬，努力想跳好，但调度不了身体，举手投足尽是不协调。这是没法的事，万物长短上天注定。反正也不是竞赛，跳得好或不好不打紧，这是自娱的一刻，释放的一刻，健身房为身体提供了一个正当的舒展机会——在我们习以为常的文化中，身体的"耻感"伴随多年，即使在一个无人空间，多数人可能也难以用舞蹈的语汇去调动身体。

健身房的教室，剔除了身份、职业，脱离了符号世界的肉体，有更单纯的指向，指向光，自转，热力，风，早春，一切愉悦的事物。一种僵硬在温水中渐次松弛。人人近乎贪婪地盯着老师的示范——这些老师多来自高校、歌舞团或文艺团体，比起公园带舞的老师更专业，动作也抠得更精准。

男老师普遍小个头，有一位甚至可说是娇小，孩子气的面庞。在教新舞前，他通常先完整地跳一遍给我们看，舞姿柔媚，符合"轻云岭上乍摇风，嫩柳池边初拂水"之类讴歌舞姿的句子。他选的曲子也多悱恻，恰与他舞姿配合。也有欢快的少数民族舞，他小个头的敏捷优势尽显，鸟儿般轻巧。

他被南方某部队文工团相中，要去那边工作。最后一节课，他跳了支新编的舞，音乐是飒爽英姿的红歌，但他仍跳出一波三折，硬是把红歌跳成情歌，不过还是动人的。他很少笑，一笑带点忧郁的孩子气。

另一位民族舞老师，省歌舞团的，个子也不高，舞姿阳刚，抑扬顿挫，同时不乏儿女情长。我上他的第一节课是《女儿情》，舞蹈已教一半，我站在后排看他跳，有惊艳之感。曲调悠扬，歌词缠绵，"鸳鸯双栖蝶双飞，满园春色惹人醉"，这般粉面含嗔的情境中国古典文学最得精髓，即便《西游记》这样充满妖怪莽汉的雄性世界里，一旦有情，摧人断肠。只可惜落花有情流水无意，西梁女国的国王终是空相思一场。

L老师，这位外形阳刚的小伙子竟将女儿国的一腔幽怨演绎得颇传神，手中如有对隐形水袖，抛甩间带出几许痴怨。而跳起《春天的芭蕾》，他却把自己一米六几的身高跳出了一米八的挺拔。腾跃旋转，透着"台下十年功"的扎实训练。

有一年，他去北京参加了春晚，回来教我们在春晚伴舞的那支舞，难度不小，活生生被我们跳得走了样。

舞蹈的美，还在于它涵括了音乐。

音乐是提纯过的语言，去除了俗世生活带给语言的各种污染以及人工美化，只余下纯粹的部分。它不是介质，是舞蹈本身，时间的本身，它竖桅扬帆，带人抵达一个与世俗生活不同的异乡——它可能正是精神的故乡。

它注定与俗世生活相携共生，如果世上只剩音乐，舞蹈使人获得丰饶、欢愉的应然意义也就取消了。反之，一个没有魅影的实然世界也是不可想象的，只有用途，价值，数据，法则，律令。

我曾写道："如果世间确有永恒，那么就在此际，此刻。"它无须凭借对象，是一个自我对另一个自我全心全意的托举、拥抱与赞颂。

我刚开始跳舞的时候，甚至不敢看镜子。真正让我打开自己的是学了一支老歌 *Body Ache*，里面有段词：

> I wanna dance till my body ache
>
> Show you how I want ya
>
> ……
>
> On a whole another level

一位也喜欢跳舞的人说。我想起回到这个城市，第一次去健身房，路过走廊的一面镜子——镜中人是如此糟糕，经历了生育最辛苦的几年，镜中女人似乎退回到某个封闭的壳中，我不敢再看自己第二眼，匆匆逃离了镜子。之前，我与镜子的关系也并不融洽。正是那次，我下决心办了张健身卡，我要学习面对镜子。

没有多少时间上舞蹈课，但每一次去，仍然使我感到，它确是我生命里最喜爱的事物之一。在技艺之外，有比肉身更高的东西在飘荡。舞蹈中的身体，它使人觉得生命尚未枯萎，还有抒情的能力。无论他（她）遭遇什么，这一刻身体——无论美丑胖瘦，还陪伴着他（她），他（她）还能用肢体去感受、表达。

一枚火焰照亮，通体光明。

有若干年的岁尾，12月31号的晚上，我都在健身房的舞蹈课度过。这是最好的迎新方式，比起泡酒吧、聚会之类，更能以一个洗礼过的整全自我进入新年——不管过去有多少旧事擦痕。

那些老会员也在，她们的脸在大镜子中很不年轻了，岁月毫不客气地烙上印痕，但她们的背影，起承转合间，还有着对岁月热情的呼应——她们中的一个，大家叫她"何姐"，近六十岁，听说离异单身多年，走在人群中瞬间会湮灭的普通，身姿也不够"舞蹈"，可她跳了多年舞，几乎未落过一节课。有一次，她去外地看女儿，回来时从火车站径直来上舞蹈课。课后她总比别人多练习几遍，我们忘记动作时只需看她就行。

当她起舞时，那个普通女人消隐，被另一个优美的"她"置换。有次课后闲聊，她说她会跳到老，直到跳不动的那天为止。她像说起一种地老天荒，说起灵魂的伴侣。我想起有次冬天，健身房原本有节舞蹈课的，因糟糕的天气取消。我路过健身房去取一件忘在那里的衣物，大教室里有音乐声，过去一看，是何姐，她在复习上节课学的舞。旋律优美，饱含深情，何姐背对着门，跳得投入。我赶紧走了，怕打扰她，打扰这纯粹的心跳。

这庸常生活里的幸运，使生活在某些时刻的意义高于柴米油盐，高于男欢女爱，是作家说的闪电燃烧的"枝形光弧"，或者，像是一尊佛从石头里显身。

我到她的年龄，还会不会拥有这个时刻？无论彼时俗世人生什么状况，无论腰腹松弛，乳房瘪垂，身体有着各种暗疾，我还能通过镜子走入一个时空，有振翅飞升的愿念？

舞，是肉身的语言，也是心灵的语言。

"做不可能的梦，伸手向不可触及的星辰"，真的是不可触及吗？在看着一个早已不年轻的女人起舞的那刻，我想梦是有可能实现的，星辰在某个时刻也可以触及。